GW01375681

La memoria

882

DELLO STESSO AUTORE

La stagione della caccia
Il birraio di Preston
Un filo di fumo
La bolla di componenda
La strage dimenticata
Il gioco della mosca
La concessione del telefono
Il corso delle cose
Il re di Girgenti
La presa di Macallè
Privo di titolo
Le pecore e il pastore
Maruzza Musumeci
Il casellante
Il sonaglio
La rizzagliata
Il nipote del Negus
Gran Circo Taddei e altre storie di Vigàta
La setta degli angeli

LE INDAGINI DEL COMMISSARIO MONTALBANO

La forma dell'acqua
Il cane di terracotta
Il ladro di merendine
La voce del violino
La gita a Tindari
L'odore della notte
Il giro di boa
La pazienza del ragno
La luna di carta
La vampa d'agosto
Le ali della sfinge
La pista di sabbia
Il campo del vasaio
L'età del dubbio
La danza del gabbiano
La caccia al tesoro
Il sorriso di Angelica
Il gioco degli specchi

Andrea Camilleri

La Regina di Pomerania

e altre storie di Vigàta

Sellerio editore
Palermo

e-mail: info@sellerio.it
www.sellerio.it

2012 marzo terza edizione

Camilleri, Andrea <1925>

La Regina di Pomerania e altre storie di Vigàta / Andrea Camilleri.
- Palermo: Sellerio, 2012.
(La memoria ; 882)
EAN 978-88-389-2641-9
853.914 CDD-22

CIP - *Biblioteca centrale della Regione siciliana «Alberto Bombace»*

La Regina di Pomerania

e altre storie di Vigàta

Romeo e Giulietta

Uno

Quanno che nel munno 'ntero s'arrivò a mità dell'anno milli e ottocento e novantanovi non ci fu jornali o rivista che non parlassi del novo secolo, di come sarebbiro stati anni di civirtà e progresso, di paci e di prosperità, con l'appricazioni delle granni scoperti scientifiche che annavano dalla luci lettrica che di notti avrebbi illuminato le strate a jorno, a quella speci di carrozza a motori chiamata atomobili capaci d'arrivari alla vilocità pazza di trenta chilometri all'ura. E c'era macari chi sostiniva che si stava studianno 'na machina che avrebbi fatto volari 'n aria a 'n omo come se fusse un aceddro.

I jornali contavano macari dei granni festeggiamenti che si stavano priparanno in ogni parti, da Parigi a Nuovajorca, e parlavano del ballo Excelsior che si sarebbi viduto alla Scala di Milano e che sarebbi stato il cchiù granniuso binvenuto al primo secolo moderno, quello indove la vita di tutti si sarebbi cangiata. In meglio, naturalmenti.

«E ccà a Vigàta non facemo nenti?» fu la dimanna che accomenzò a corriri pàisi pàisi.

Epperciò il «Gran veglione mascherato per salutare il nuovo secolo» vinni proposto al consiglio comunali di

Vigàta dal sinnaco Pasquali Butera nella siduta del primo di ottobriro e ottinni subito l'approvazioni 'ntusiasta di tutti i consiglieri.

Si stabilì che si sarebbi tinuto al tiatro Mezzano, affittato per l'occasioni, e si sarebbi svolgiuto dalle deci di sira alli tri del matino. I partecipanti avrebbiro pigliato posto nei parchi, l'orquestra avrebbi sonato da supra al parcoscenico mentri che i balli si sarebbiro tinuti nella platea sgombrata dalle pultrune.

Mai a Vigàta, a memoria d'omo, c'era stato un ballo accussì.

Certo che s'usava abballari quanno c'era un matrimonio o uno zitaggio, ma la festa si faciva sempri 'n privato, con l'invitati, non era certo 'na cosa pubbrica alla quali potiva partecipari chi voliva.

Il sinnaco Butera fici fari un manifesto nel quali ci stava scrivuto che chi voliva 'ntirviniri lo doviva fari sapiri, «ai fini dell'ordine pubblico», all'apposito 'mpiegato comunali entro e non oltri la mezza di jorno trenta.

Chi non lo faciva sapiri a tempo non sarebbi stato ammesso. Accussì come non era ammesso, mascolo o fìmmina che fusse, chi non era in maschira.

Al circolo, la bella pinsata del sinnaco non attrovò lo stisso 'ntusiasmo del consiglio comunali. Anzi, ci foro reazioni decisamenti negative.

Don Gaetano Sferlazza, da tutti considerato omo di grannissimo sapiri, dissi che il profeta Nostradamus considerava il secolo che stava trasenno come un piriodo tirribbili di guerre e di morti ammazzati, di fami e di rivoluzioni. E dunqui non era propio cosa di farici festa.

Don Girolamo Uccello 'nveci era d'accordo a fari il ballo, ma non maschirato.

«La maschira si porta a cannalivari, non a capodanno».

«A mia 'sta storia della maschira non mi pirsuadi per nenti» dissi il dottori Annaloro. «Già nui semo capaci della qualunqui senza maschira, figurati con 'na maschira!».

«Si spiegasse meglio» fici don Ramunno Vella.

«Ora vegno e mi spiego, egregio. Lei ci va con la sò signura?».

«Certamenti» arrispunnì don Ramunno accomenzanno a quartiarisi.

'Nfatti l'argomento mogliere non era prudenti tirarlo fora con don Ramunno, datosi che si era maritato con una nipoti, Liliana, ch'era 'na gran beddra picciotta e aviva trent'anni meno di lui.

«Beni» continuò il dottori. «Ora metti caso che qualichiduno porta offisa alla sò signura, lei come fa ad arraccanoscirlo se quello avi la facci cummigliata dalla maschira?».

«Nisciuno sarà accussì pazzo da portari offisa a mè mogliere» arrispunnì siddriato don Ramunno, «e comunqui, sapenno com'è maschirata Liliana, io la pozzo tiniri sempri sutt'occhio».

'Ntirvinni lo 'ngigneri palermitano Lacosta ch'era un beddro picciotto scapolo e che s'attrovava a Vigàta da sei misi pirchì addiriggiva il travaglio della costruzioni del novo molo.

«A Palermo, egregio dottore, ho partecipato a molti di questi balli in maschera. E posso assicurarle che non è mai successo niente di men che corretto. Ci si diverte, si balla e basta».

Ma del viglioni non ci fu famiglia vigatisi che non 'nni parlò.

Partecipari o non partecipari?

I cchiù picciotti erano 'nfiammati e già pinsavano a come travistirisi, i cchiù vecchi erano o dubitosi o negativi e rimannavano la decisioni di jorno in jorno.

Comunqui, i cchiù scarsi misiro subito al travaglio tutte le sarte di Vigàta mentri che i cchiù ricchi s'arrivolgivano a sarte di gran nomi a Palermo o a Catania.

'N casa del baroni Filiberto d'Asaro la discussioni durò un intero doppopranzo.

Che avrebbiro partecipato non era quistioni, il probbrema era che avrebbi partecipato macari il baroni Giosuè di Petralonga con la sò numirosa famiglia.

Ora abbisogna sapiri che i d'Asaro e i Petralonga non si parlavano dai tempi dell'imperatori Fidirico secunno e non sulo non si parlavano, ma appena che sinni prisintava l'occasioni, si facivano guerra senza sclusioni di colpi, ogni famiglia spalleggiata da parenti stritti, parenti luntani e da famigli varii.

L'ultimo scontro con spargimento di sangue era avvinuto dù anni avanti, in un duello alla pistola tra don Filiberto e don Giosuè, concludutosi con una liggera firita al vrazzo mancino di don Filiberto.

Perciò i d'Asaro e i Petralonga facivano 'n modo di non vinirisi mai ad attrovari facci a facci, Vigàta tacitamenti era stata spartuta a mità, in una i Petralonga nascivano, criscivano, annavano a spasso, si maritavano, 'nvicchiavano e morivano senza mai sconfinari e l'istisso facivano i d'Asaro nell'autra parti.

Ma a stari tutti 'nzemmula dintra a un tiatro non era cchiù che sicuro che sarebbi finuta a schifìo?

Sarebbi abbastata non 'na parola, ma 'na sula taliata, 'ntinzionata o no, a scatinari il viriviri.

Don Giosuè aviva mannato a diri che proponiva 'na speci d'armistizio. Per la 'ntera durata del viglioni, non ci sarebbi dovuta essiri nisciuna offisa da ognuna delle dù parti, e per nisciuna raggiuni al munno doviva essirici un'azzuffatina.

I d'Asaro sarebbiro stati d'accordo, ma ci si potiva fidari della parola dei Petralonga? Notoriamenti genti fitusa e tradimintusa?

Della facenna i d'Asaro misiro a parti il notaro Cappadona che faciva da mediatori tra le dù famiglie. E fu il notaro ad attrovari la soluzioni.

I costumi dei Petralonga, compresi parenti stritti, parenti luntani e famigli, sarebbiro stati tutti di colori virdi, russi quelli dei d'Asaro. Accussì tutti si potivano riciprocamenti tiniri sutta controllo.

I d'Asaro con parenti e appartenenza varia si sarebbiro mittuti nella latata mancina della secunna fila dei parchi, i Petralonga nella latata dritta, lassanno libbiro il parco d'in mezzo, quello chiamato riali, che avrebbi fatto da cuscinetto.

Vinuto a canuscenzia dell'accordo, il sinnaco Butera stabilì che nel parco riali avrebbi pigliato posto la giuria, l'unica a essiri vistuta normali, la quali doviva assignari i premii alle meglio maschiri. La giuria sarebbi stata composta dal sinnaco stisso, dal profissori Lotito, presidi del ginnasio liceo, dalla maistra di disigno signura Agata Pinnarosa e, a scanzo di quistioni che potivano finiri a schifìo, da un rapprisintanti picciotto dei d'Asaro e da uno altrettanto picciotto dei Petralonga.

I d'Asaro ficiro sapiri che il loro giurato sarebbi stato un loro figlio, il vintino Manueli.

La notizia non piacì al sinnaco.

Se i Petralonga ci mittivano macari loro un mascolo, non c'erano santi, patti, promisse: di certo sarebbi finuta malamenti. E accussì misi 'n mezzo al notaro Cappadona.

Il quali arrinisci a pirsuadiri a don Giosuè a mannare nella giuria a Mariarosa, la figlia diciottina che nisciuno aviva viduta 'n paìsi pirchì dall'età di deci anni sinni stava in un collegio sguizzero e che era tornata sulo per il tempo delle vacanzi.

Ma ci furono macari autri accordi 'mportanti dei quali il paìsi non vinni a canuscenzia.

Pri sempio, la signura Liliana Vella s'appattò in gran sigreto con la sò amica del cori e compagna di sbintura, la signura Severina Fardella, che aviva la sò stissa età e che era stata maritata macari lei a un cuscino ricco ma tanto vecchio che già fitiva di morto pur essenno vivo.

L'accordo era che le dù signure, doppo che erano arrivate 'n tiatro coi rispettivi mariti, appena che si raprivano le danze, sarebbiro annate una appresso all'autra nel bagno riservato alle fìmmine e qui...

'N autro patto, se possibbili ancora cchiù sigreto, vinni stabiluto tra Giogiò Cammarata, un picciotto di bona famiglia che si stava consumanno per il vizio del joco e che era completamenti cummigliato dai debiti, e don Rosario Cernigliaro, 'ntiso 'u zù Sasà, omo di conseguenzia e al quali tutti portavano rispetto.

'Na simanata prima del viglioni ci furono 'na poco di sceni tragiche. Donna Margarita Aliquò comparse mezza nuda supra al balconi del sò palazzo facenno voci da dispirata e minazzanno di ghittarisi sutta e ammazzarisi pirchì la gran sarta palermitana le aviva completamenti sbagliato il costumi. Non sapiva, la mischina, che a pagari la sarta per sbagliari le misure era stato il marito il quali, essenno gilusissimo, non voliva che la mogliere annasse al viglioni.

Don Girolamo Cannalora aviva annunziato ai soci del circolo che si sarebbi prisintato vistuto da diavolo.

«Con le corna?» gli aviva spiato quella malalingua di Cocò Mennulia.

«Certamenti. Me le stanno facenno finte».

«Non è meglio se si tiene quelle che ha già?» aviva allura ditto Cocò.

L'inevitabili duello aviva avuto come conseguenzia 'na firita al petto di don Girolamo.

«Classico caso di cornuto e mazziato» era stato il commento dei soci del circolo.

La matina del trintuno spuntò appizzata mura mura un'ordinanza del sinnaco con la quali s'avvirtiva che nelle strate per arrivari al tiatro era proibito il passaggio delle carrozzi.

Il che viniva a significari che tutti i partecipanti al viglioni si dovivano fari a pedi minimo tricento metri di corso.

Era stata un'alzata d'ingegno del sinnaco.

Accussì la popolazioni minuta, i carrittera, i piscatori, i spalloni portuali, i surfatari, tutti quelli che non erano ammessi alla festa, almeno si sarebbiro goduta la sfilata.

Due

Alle novi e mezza di sira, quanno mancava appena mizzora alla sfilata dei partecipanti, il diligato della pubbrica sicurizza Arminio Lofante notò che il corso era ancora diserto.

Della gintuzza che si sarebbi dovuta ammassari supra ai marciapedi per vidiri passari le maschiri non si vidiva manco l'ùmmira.

La facenna era stramma assà, possibbili che il popolino ammostrasse 'na simili mancanza di curiosità? C'era qualichi cosa che non quatrava.

Pensa che ti ripensa, arrivò alla conclusioni che forsi qualichiduno gli aviva ditto di ristari nelle sò case. Qualichiduno che su di loro aviva un certo potiri.

Ma pirchì?

Stava a scirvillarisi supra a 'sta dimanna quanno notò quattro o cinco ùmmire che si cataminavano quatelose 'n funno al corso, nella parti cchiù vicina al tiatro, indove ci stava 'na putìa di frutta e virdura.

Allura dissi al brigateri Cusumano e alla guardia Cannizzaro di annare a dari un'occhiata. I dù tornaro doppo tanticchia dicenno che tutto era normali, si trattava di 'na poco di pirsone che aspittavano la passata delle maschiri.

La facenna comunqui non lo pirsuadiva, la sò natura di sbirro era allarmata.

«Aviti arraccanosciuto a qualichiduno?».

«Sissi, a Totò Bonito».

Quel nomi l'apprioccupò.

Totò Bonito era un bakuniano, un rivoluzionario, era stato uno dei capi locali dei fasci siciliani, ed era finuto 'n galera 'na quantità di vote come sovversivo.

«La putìa è aperta o chiusa?».

«Aperta».

Accapì tutto in un lampo. Oltri a Cusumano e a Cannizzaro c'erano macari autre dù guardie.

«Annate ad arrestarli a tutti e portateli 'n càmmara di sicurizza».

Lui assistì alla scena di lontano.

Po' s'avvicinò alla putìa ristata aperta. Dintra era china china di frutta e virdura, come di giusto. Sulo che si trattava di virdura appassuta e di frutta marciuta.

La 'ntinzioni di Bonito e dei sò amici ora gli era chiara. Fari finiri la festa a sullenni schifìo lancianno la robba marcia supra a quelli che s'avviavano al tiatro. S'asciucò il sudori. E subito appresso vitti arrivari le prime maschiri.

Il viglioni doviva accomenzare alle deci, ma tra saluti, baciamano e 'nchini le porti del tiatro vinniro chiuse alle deci e mezza.

L'orquestra attaccò a sonari un varzero e tutto 'nzemmula, senza che il direttori ne avissi dato l'ordini, si firmò.

E con la musica si firmaro macari le paroli, le risate, lo stisso respirari di tutti i prisenti. Dintra al tiatro chino chino di genti c'era un silenzio che si potiva tagliari col cuteddro.

Non c'erano occhi che non taliassero 'ngiarmati inverso il parco riali indove era comparsa la diciottina Mariarosa Petralonga.

Biunna, àvuta, occhi cilestri, capilli che le arrivavano, rispetto parlanno, alle natiche, d'una biddrizza che faciva spavento, portava un meraviglioso vistito rosa con lo strascico. 'Na fata.

Sorridì al sinnaco, che dovitti appuiarisi al parapetto del parco per non cadiri, al presidi e alla maistra di disigno, ma a Manueli d'Asaro, che sinni stava addritta 'mpalato, né gli sorridì né lo salutò.

Il sinnaco la fici accomidari allato a Manueli.

Da uno dei parchi si partì 'mprovisa 'na voci mascolina 'ntusiasta arrivolta a Mariarosa:

«Tu sì la cchiù beddra picciotta do munno!».

«Ca quali picciotta e picciotta! 'Na rigina è!» fici 'n'autra voci.

«Vero è! 'Na rigina!» approvaro 'na decina di prisenti.

«Sonate la marcia riali in sò onori!» gridò uno dell'entusiasti ai musicanti.

Quelli stavano per attaccare quanno supra al parcoscenico spuntò correnno il diligato Lofante che s'arrivolgì al pubbrico.

«Illustri signori, la marcia riali si pò sonari sulo nelle festi nazionali. Sarebbi un'offisa gravi per le loro Maistà sonarla ora».

In quel momento il direttori dell'orquestra, che po' era la banna comunali, gli s'avvicinò e gli dissi qualichi cosa all'oricchi. Il diligato ripigliò:

«In cangio l'orquestra potrebbi sonari 'na musica riali che 'mparò quanno passò il kaiser, sempri cosa di re è».

E fu accussì che a Vigàta il viglioni accomenzò con l'inno 'mperiali tidisco.

All'unnici e un quarto spaccati Liliana si susì e dissi al marito che annava 'n bagno.

Tri parchi appresso, macari la signura Severina si susì e dissi al marito che annava 'n bagno.

Le dù fìmmine tornaro doppo 'na vintina di minuti e ripigliaro ognuna il posto di prima.

Tanticchia avanti della mezzannotti il ballo si 'nterrompì e tutti si prepararo a brindari.

A mezzannotti ci fu 'na maschiata di tappi che satavano e tutti si scangiaro l'aguri.

A mezzannotti e mezza ripigliaro i balli.

Uno vistuto da guerriero romano vinni a 'nvitari a Liliana che accittò. Sò marito, che s'era portato appresso un binocolo, accomenzò a tinirla sutta stritta surviglianza.

Macari Severina niscì dal parco appena che vitti 'n platea a Liliana e non ebbi difficoltà pirchì sò marito, il morto viventi, dormiva della bella a malgrado del fracasso.

’Nveci di scinniri ’n platea, Severina, che accanosciva beni il tiatro essennoci stata diverse vote, sinni acchianò nel loggioni che era senza luci e diserto pirchì il sinnaco aviva voluto accussì.

«Sono qua» le dissi a voci vascia uno vistuto da moschitteri livannosi la maschira.

Era l’ingigneri Lacosta.

«Amore mio!» fici Severina livannosi macari lei la maschira.

E comparse la facci di Liliana.

I dù s’abbrazzaro stritti stritti e un minuto appresso si scordaro del viglioni.

’Ntanto don Ramunno Vella continuava a tiniri sutta controllo a Liliana che arraccanosciva dal costumi.

Non sapiva che ’n bagno le dù amiche se l’erano scangiato e quella che lui taliava non era sò mogliere Liliana, ma Severina Fardella il cui marito, il morto viventi, sinni stava a dormiri biato.

Nel parco riali, Manueli d’Asaro e Mariarosa Petralonga, assittati allato, parivano dù statue. Mai ’na vota che avissiro votato la testa a taliarisi. Immobili, tinivano l’occhi fissi ’n platea. E ogni tanto scrivivano qualichi cosa con la matita supra a un blocchetto che il sinnaco aviva dato a quelli della giuria. Si signavano evidentimenti le meglio maschiri da premiari.

Po’ capitò ’na cosa che nisciuno potì notari. Senza volirlo, la gamma mancina di Manueli sfiorò la gamma dritta di Mariarosa.

Manueli ritirò di scatto la gamma come se si fusse abbrusciato.

Doppo manco un minuto, fu la gamma dritta di Mariarosa a sfiorari la gamma mancina di Manueli. Manueli s'attrovava in una posizioni tali che non potti scostari la gamma. E Mariarosa non allontanò la sò.

Passati cinco minuti, le dù gamme parivano 'ncoddrate l'una all'autra.

Alle dù, successi 'n'autra cosa. Annanno al cesso di l'òmini, il diligato Lofante attrovò stinnicchiato 'n terra a don Vitaliano Nicotra che però tiniva l'occhi aperti.

«Si senti mali?».

«Mi girò la testa».

Lofante l'aiutò a susirisi e quello niscì.

Appena fora don Vitaliano tornò nel parco e acchiamò a sò figlio Pitrino.

«Accompagnami a la casa, non mi sento bono».

Arrivato, don Vitaliano si livò il costumi di doge viniziano. Sulo allura Pitrino notò che il costumi era assuppato di sangue.

«Papà, che fu?» spiò scantato.

«Un cornuto vistuto da antico romano mi detti 'na cutiddrata al scianco e mi dissi che 'u zù Sasà mi mannava a salutari».

«Meno mali che non t'ammazzò!».

«Non crio che ne aviva avuto l'ordini. 'U zù Sasà mi voli convinciri a fari 'na cosa che non voglio fari. E ora vammi a chiamari a un medico».

E fu accussì che Giogiò Cammarata si pagò i debiti di joco.

Alli dù e un quarto Liliana si sciogli dalle vrazza dell'ingigneri, s'arrivistì datosi ch'era mezza nuda, vasò all'amanti, si rimisi la maschira 'n facci e scinnì nel bagno.

Severina c'era già.

«Tutto beni?».

«A miraviglia».

Si scangiaro i costumi, tornaro nei rispettivi parchi.

«Ti sei stancata ad abballare?» spiò don Ramunno alla mogliere.

«Sunno balli che non mi stanchirebbiro mai» gli sorridì Liliana.

'Nveci Severina attrovò al marito che ancora dormiva. Non l'arrisbigliò, era accussì stanca d'aviri abballato al posto di Liliana che manco le spirciava di parlari. Po' sintì tuppiare a leggio alla porta del parco.

Trasì Filippo Gangitano, e il cori le si misi a battiri viloci.

Per tutta la sirata aviva spirato d'abballari con lui, di sintirisi stringiri dalle sò vrazza, ma sò mogliere Cristina non l'aviva lassato un attimo.

«Ho accompagnato Cristina a casa, s'è presa una storta. Te lo fai un ballo con me?».

A Severina la stanchizza scomparse di colpo. Si susì. Passò con Filippo mano con mano nel retroparco. E siccome l'orquestra aviva attaccato 'na mazurka variata, s'abbrazzaro, si vasaro, e se la ficiro subito ddrà stisso, addritta, tanto nisciuno li potiva vidiri.

Fu propio al principio della mazurka che a Mariarosa cadì il blocchetto. E si calò a pigliarlo. Ma 'nveci di 'ncontrari la carta, la sò mano 'ncontrò quella di Manueli che macari lui si era calato. Le dita delle dù mano si 'ntricciaro, s'arravugliaro, s'avvinghiaro.

Finuta la mazurka, il sinnaco si susì, fici fari silenzio, si pigliò i foglietti dai giurati, scinnì, acchianò supra al parcoscenico, liggì i nomi dei vincitori, 'Ntonio Sutera che si era vistuto da Fornaretto di Venezia e 'Ngilina Caruana che portava un costumi alla Lucrezia Borgia. Po', arrivolto all'orquestra, ordinò:

«Gran galop finali!».

Nel retroparco, Severina e Filippo non avivano aspittato l'ordini del sinnaco per abballari, doppo la mazurka variata, macari il galop.

Tanto, il morto viventi continuava a runfuliari.

E fu mentri l'orquestra si scatinava che Mariarosa scrissi qualichi cosa nel blocchetto e fici 'n modo che Manueli lo liggissi.

«Non posso partire senza rivederti».

«Ma io non ti lascerò partire» scrissi Manueli 'n risposta usanno lo stisso sistema.

Tre

La matina di Capodanno, per vecchia costumanzia, i d'Asaro, 'nzemmula a parenti stritti, parenti luntani, amici e famigli s'arritrovavano tutti a Fasanello, che era un feuto indove tinivano 'na granni massaria. E lì sinni stavano a mangiari e a viviri fino alle cinco di doppopranzo per po' tornarisinni a Vigàta che distava un'orata e mezza di carrozza.

L'amico cchiù stritto di Manueli, Cola Zirafa, che a tavola gli stava assittato allato, notò che il picciotto pariva prioccupato, non arridiva e non aviva pititto. Ma non gli spiò spiegazioni. Fu però lo stisso Manueli che verso la fini della gran mangiata e della gran vivuta dissi a Cola:

«Ti voglio parlari».

Epperciò i dù amici si susero e s'alluntanaro campagna campagna. Quanno foro lontani dalla massaria, s'assittaro sutta a un aulivo e Manueli contò all'amico tutto quello che era capitato duranti il viglioni tra lui e Mariarosa.

«E ora semo 'nnamurati pazzi, senza rimeddio» concludì.

«'Sta storia non mi piaci» fici Cola storcenno la vucca.

«Il probbrema non è che non piaci sulo a tia» ribattì

Manueli. «Ci poi mittiri la mano supra al foco che quanno lo virranno a sapiri 'u papà e 'a mamà non piacirà manco a loro. Per non parlari dei Petralonga».

«Che 'ntinzioni aviti, tu e Mariarosa?».

«Semprici. 'Nni volemo maritari».

Cola era un picciotto posato e sperto, con la testa che gli caminava. Sinni stetti tanticchia 'n silenzio e po' dissi:

«Allura, per prima cosa, non ne devi parlari con nisciuno. Tò patre e tò matre non sulo ti diranno di no, ma faranno un burdello per fariti cangiari idea. E i Petralonga rispediranno 'mmidiato la figlia in Sguizzera».

«E se parla Mariarosa?».

«La picciotta non ne parlirà con nisciuno o forsi sulo con l'amica del cori. Le fìmmine sunno frubbe di nascita e sanno come cataminarisi».

«A proposito, Mariarosa sinni riparti jorno otto. Lo sintii che lo diciva al sinnaco».

«Perciò avemo picca tempo».

«Per fari chi?».

«Per obbligarla a ristari ccà. Si sinni parti per la Sguizzera, tu a Mariarosa ti la poi scordari, di sicuro non la vidi cchiù».

«E come si pò fari?».

«Talè, Manuè, tra il viglioni e 'sta mangiata io sugno completamenti 'ntordonuto. Domani a matino all'otto veni 'nni mia che 'n casa non c'è nisciuno e parlamo con commodo».

Manueli passò la nuttata senza chiuiri occhio, arramazzannosi nel letto, epperciò s'apprisintò puntuali.

«La prima cosa da fari» dissi Cola «è attrovare 'na pirsona capace di mittirisi 'n contatto con Mariarosa. Abbisogna essiri 'nformati dei sò movimenti di 'sti jorni e abbisogna che lei sia a canuscenzia di quello che facemo».

«Non è cosa facili» dissi Manueli. «Noi e i Petralonga non avemo amici 'n comuni. Ma mi spieghi che hai 'n testa?».

«Farla siquestrari, non c'è autra strata, ci ho pinsato a longo».

«Vali a diri che io e Mariarosa dovemo fari la fuitina?».

«Nella sostanzia sarà 'na fuitina, nell'apparenzia 'nveci dovrebbi pariri come un vero e propio siquestro a scopo di riscatto».

«E pirchì tutta 'sta finzioni?».

«Pirchì i Petralonga, se accapiscino subito che si tratta di 'na fuitina, si tirano il paro e lo sparo, arrivano alla conclusioni che darrè ci sei tu e addichiarano guerra a tia e ai d'Asaro. E dato che tu non potrai contari supra all'appoggio di tò patre, che sarà contrario al matrimonio con una Petralonga, tutti si scatiniranno contro di voi. Tempo mezza jornata vi trovano, ci puoi scommettiri, prima che tu arrinesci ad abbrazzarla e a vasarla».

«Vero è. Ma come si fa ad annare a siquestrari a Mariarosa? Se uno di noi metti pedi nella loro latata di paìsi, i Petralonga sinni addunano subito».

«'Nfatti ci devono annare pirsone stranee, di fora».

«E indove s'attrovano?».

Cola lo taliò senza arrispunniri.
«Allura?» spiò Manueli nirbùso.
«Mi dai il primisso di parlari di 'sta facenna a 'u zù Sasà? È l'unico che pò arrisolviri il probbrema».
«Pi Mariarosa chisto e autro!» pinsò Manueli che con 'u zù Sasà non ci avrebbi mai voluto aviri a chiffari.
«Se ti pari l'unica soluzioni... Ma quello non fa favori per nenti. Vorrà qualichi cosa in cangio».
«Chisto è picca ma sicuro. Ma arricordati che 'u zù Sasà, omo d'onori è. Spierà qualichi cosa sulo a travaglio finuto. Devi essiri tu a decidiri si 'nni vali la pena».
«Vabbeni, parlaci».

Nella notti tra il Capodanno e il dù, Giogiò Cammarata persi nella bisca milli liri supra alla parola, nella notti tra il dù e il tri 'nni persi autri cincocento, sempri sulla parola. La sira del quattro, mentri stava ghienno a jocari, si vitti parari davanti a uno che non accanosciva. «Bonasira».
«Bonasira».
«Taliasse, 'u zù Sasà l'aspetta 'mmidiato a la sò casa. Se primetti, l'accumpagno».
Giogiò si sintì siccari il cannarozzo, ma sapiva che il sò distino era oramà signato, doviva bidiri.
«Vidisse che non voglio cchiù fari mali a nisciuno» dissi a 'u zù Sasà appena che fu alla sò prisenza, raccoglienno tutto il coraggio che aviva.
'U zù Sasà si misi a ridiri.
«Tu non devi fari mali, stavota, ma beni!».
E appresso:

«Tu sì bono amico dei Petralonga, mi pari. Se t'arricivino 'n casa!».

«Sissi».

«Ti veni difficili parlari con Mariarosa?».

«Nonsi».

«Oh, biniditto Dio! Allura stammi a sintiri».

Il cinco a matino Manueli e Cola, coi dù botti 'n spalla, sinni partero a cavaddro per Fasanello dicenno che annavano a tirari qualichi scupittata. Doppo 'na mezzorata arrivò 'na carozza chiusa dalla quali scinnì 'u zù Sasà.

«Tutto pronto è, picciotti!».

S'arreunero tutti e tri nella cucina con un sciasco di vino davanti. «Vossia» dissi 'u zù Sasà a Manueli «stasira devi attaccari liti col primo che attrova, fari 'ntirviniri i carrabbineri e ristari la nuttata e la matinata 'n caserma».

«E pirchì?» addimannò Manueli sbalorduto.

«Pirchì accussì a nisciuno dei Petralonga potrà passari per l'anticàmmara del ciriveddro che vossia è ammiscato col siquestro della figlia».

«Minchia! Vero è!».

«Ho fatto sapiri alla signorina Mariarosa» prosecutò 'u zù Sasà «che domani a matino, che è la Pifanìa, lei, accompagnata dalla sula cammarera, dovrà annare a confissarisi e a comunicarisi alla prima missa e non a quella di mezzojorno».

«E pirchì?».

«Pirchì essenno festa, alli sei del matino c'è picca genti strata strata».

«Ho capito».

«E chi sunno l'incarriccati?» spiò Cola.

'U zù Sasà sorridì con ariata supiriori.

«Dù òmini mè di Roccalumera. Forasteri scanosciuti a Vigàta, ma genti che sapi il fatto sò. Pigliano alla picciotta e se la portano 'n casa della matre di uno dei dù. Sarà trattata pricisa 'ntifica a 'na figlia».

«E come se la portano?» spiò Manueli.

«Taliasse, i dù la pigliano prima che arriva 'n chiesa, uno se la metti con lui supra al cavaddro, po', appena fora paìsi, c'è 'na carrozza che l'aspetta. Ho raccumannato alla signurina di fari tiatro, voci, chianti, lamenti, come se tutto fossi vero».

«E io quanno pozzo vidirla?» fici Manueli smanioso.

«Vossia, appena che i carrabbineri lo rimettino 'n libbirtà, sinni veni ccà a Fasanello senza vidiri a nisciuno, manco al signor Zirafa. Sinni sta fermo mezza jornata, po' piglia un cavaddro e va a Roccalumera, in contrata Ristuccia. C'è 'na casuzza pittata di russo e ddrà dintra ci sta la sò Mariarosa che l'aspetta. E ora, se mi primittiti, levo il distrubbo».

«Un momento» 'ntirvinni Cola. «Glielo spiegò bono a 'sti dù pirsoni di Roccalumera com'è fatta Mariarosa per potirla arraccanosciri? Non per mittiri 'n dubbio la loro bilità, ma sunno jorni di friddo e le fìmmine si cummogliano, si mettino lo scialletto...».

'U zù Sasà sorridì novamenti con ariata supiriori.

«Non c'è stata nicissità di spenniri tanti paroli. Ci dissi di pigliari a la cchiù beddra».

Qualichi orata doppo, a tavola, Mariarosa fici sapiri ai sò, come le aviva ditto di fari Giogiò Cammarata, che aviva la 'ntinzioni di ghiri il jorno appresso alla prima missa delli sei.

«Pirchì non veni con tutti nuautri a quella di mezzojorno?» spiò la matre.

«Perchè mi voglio fare la Comunione e non reggo digiuna fino a mezzogiorno e oltre. Mi farò accompagnare da Nunziata».

Alli setti di sira, Manueli d'Asaro s'apprisintò, chiaramenti 'mbriaco, al cafè Castiglione. Era accompagnato dall'amico Cola che macari lui era vivuto. Essenno che era vigilia di festa, tutti i tavolini erano accupati.

«Cammarere, voglio assittarimi!» fici Manueli.

«Se vossia avi cinco minuti di pacienza...» dissi il cammarere.

«Non 'nni aio pacienza!» ribattì Manueli.

E traballianno annò a mittirisi supra alle gamme della signura Panzeca che era assittata con sò marito. Il quali subito gli detti un ammuttuni tali che lo fici cadiri 'n terra. Manueli si susì e gli ammollò un cazzotto. Cola, per non essiri di meno, detti un càvucio a un clienti che non ci trasiva nenti.

Tempo cinco minuti accomenzaro a volari seggie, tavolini, buttiglie. Il propietario del cafè mannò di cursa un cammarere a chiamari i carrabbineri. I quali arrivaro e portaro 'n caserma a Manueli e a Cola.

Alli sei meno vinti della matina appresso il portoni di palazzo Petralonga si raprì e lassò passari a Mariarosa e a Nunziata. Era 'na bella matinata, macari se faciva friddo. Le dù fìmmine avivano la testa cummigliata, ma la facci scoperta. S'avviaro a passo sverto. Strata strata c'erano sulo tri vicchiareddre che ghivano alla missa.

Non avivano fatto manco deci metri che dù òmini a cavaddro, comparsi da un vicolo laterali, puntaro a vilocità dritto verso di loro. 'Stintivamenti, una delle dù fìmmine si ghittò a mano manca, l'autra a mano dritta. I dù a cavaddro misiro 'n mezzo a quest'urtima, si calaro, la pigliaro ognuno per un vrazzo, la isaro, po' uno dei dù l'agguantò e se la misi di traverso supra alla seddra. La fìmmina faciva voci alla dispirata. In un vidiri e svidiri i siquestratori scomparero al galoppo. Le tri vicchiareddre, morte di scanto, s'apprecipitaro dintra alla chiesa.

La cumpagna della siquestrata 'nveci ristò dritta, ferma, 'ngiarmata, la vucca aperta.

Era addivintata 'na statua.

Quattro

Datosi che era la Pifanìa, il cafè Castiglione raprì di prima matina, alli sei, pirchì i cammareri dovivano mittiri nelle guantere e 'ncartare i cannoli e le cassate che i vigatisi avivano ordinato per il jorno di festa.

'U zù Sasà comparse alli sei e deci, s'assittò a un tavolino darrè alla vitrina e ordinò 'na granita e un tarallo. Da lì potiva tiniri sutt'occhio tanto la caserma dei carrabbineri quanto la diligazioni della pubbrica sicurizza. Verso le setti meno un quarto vitti spuntari nella strata a don Giosuè Petralonga e a sò figlio Jacinto, che parivano agitati. I dù si firmaro davanti al portoni della diligazioni e tuppiaro. Il portoni vinni aperto e trasero.

'U zù Sasà si ralligrò. Viniva a significari che i Petralonga avivano ammuccato alla storia del siquestro e avivano sconfinato per annari ad addenunziarlo. Pirchì se si fusse trattato di 'na fuitina, mai sarebbiro annati a contare la facenna alla liggi per evitari lo scannalo.

Satisfatto, ordinò 'n'autra granita e 'n autro tarallo.

Manco 'na decina di minuti appresso, dalla diligazioni niscero di cursa don Giosuè e Jacinto e appresso a loro il diligato Lofante e dù guardie.

Tutto stava annanno alla pirfizioni.

Alli setti e un quarto allo stisso cafè s'apprisintò don Gaetano Milonga, amministratori di casa d'Asaro. Si firmò alla cassa indove ci stava il propietario.

«Bongiorno. Quant'è il danno?».

«Sunno quattro seggie scassate, un tavolino, deci bicchieri romputi, dù cassate e quattoddici cannoli scrafazzati».

«Vabbeni. Le devo?».

Il signor Castiglione fici 'u cunto, gli dissi il risultato e don Gaetano pagò.

«Vada subito dai carabinieri a ritirare la denunzia» s'arraccomannò prima di nesciri.

Manueli e Cola vinniro mittuti 'n libbirtà che erano l'otto. Fora ci stava un cammarere di casa d'Asaro con la carrozza. Manueli gli dissi che non ne aviva di bisogno, aviva 'nveci nicissità del sò cavaddro.

«Tra deci minuti fammillo attrovari ccà davanti».

E po', arrivolto a Cola:

«Facemonni un cafè».

Trasenno, vittiro a 'u zù Sasà che era arrivato alla quinta granita con rilativo tarallo. Manueli lo salutò, 'nveci Cola gli s'avvicinò pruiennogli la mano. Mentri che gliela stringiva, 'u zù Sasà gli murmuriò:

«Tutto a posto».

«Tutto a posto» arrifirì Cola a Manueli.

Po' Manueli 'nforcò il cavaddro e sinni partì per Fasanello seguenno le 'struzioni che gli aviva dato 'u zù Sasà.

Non arriniscì a chiuiri occhio per tutta la nuttata. Ardiva al pinsero che tra picca avrebbi stringiuto a Mariarosa tra le vrazza. Spasimava di vasarla. Dovitti vivirisi tri camomilli per carmarisi tanticchia. Po', quanno da fora sintì cantari l'aceddro del matino, doppo essirisi lavato, svarvato e cangiato di vistito, si misi a cavaddro e sinni partì per Roccalumera, a tri ure e passa di strata.

«Scusati, da indove piglio per annare 'n contrata Ristuccia?».

Il viddrano isò l'occhi, lo taliò, vitti che era forasteri.

«Non sugno di ccà».

Nella chiazza di Roccalumera non è che c'era tanta genti. Manueli scinnì da cavaddro, trasì nell'unico cafè a vista. Era nirbùso pirchì stava pirdenno tempo. Dintra non c'era nisciuno, sulo un cinquantino pilato e grasso darrè il banconi.

«Scusi, ma mi sa diri quali strata devo fari per annare 'n contrata Ristuccia?».

«Ma uno come a vossia che ci va a fari 'n contrata Ristuccia?».

Manueli lo taliò strammato.

«Vado a trovari a un amico».

«E uno come a vossia amici avi 'n contrata Ristuccia?».

A Manueli gli giraro i cabasisi. Gli votò le spalli, nisciì, s'addiriggì verso il municipio. A mità strata 'ncontrò 'na guardia 'n divisa.

«Mi sapiti diri la strata per contrata Ristuccia?».

«Armato è?».

Manueli, ch'era già strammato, allucchì.

«No. Pirchì?».

«Pirchì quello non è posto per genti pirbeni come a vossia».

Persi cinco minuti per convinciri la guardia a spiegarigli la strata.

Doppo 'n'autra mezzorata di cavaddro dintra a 'na campagna abbrusciata dal soli e indove non si vidiva un àrbolo, darrè a 'na curva della trazzera finalmenti gli comparse 'na casuzza pittata di russo. Il soli oramà era a pirpinnicolo e c'era un silenzio totali.

Allato alla porta aperta, assittata supra a 'na seggia di paglia sfunnata, ci stava 'na vecchia che pilava patati.

Scinnì da cavaddro e fici per avvicinarisi. La vecchia, che doviva essiri surdiceddra pirchì non l'aviva sintuto arrivari, isò l'occhi, portò 'na mano darrè alla seggia, agguantò lesta 'na lupara e la puntò contro a Manueli.

«Si fai un passo sì morto».

Manueli da un lato s'arraggiò e dall'autro si compiacì. Mariarosa era bono guardata.

«Io sono lo zito...» principiò a diri sorridenno rassicuranti e avanzanno d'un passo.

«Surda sugno» fici la vecchia.

E gli sparò. Manueli fu pronto a ghittarisi 'n terra.

«Non ti cataminare» dissi la vecchia.

Nei deci minuti che ristò accussì, dato che la vecchia lo tiniva sutta puntaria, Manueli non fici che santiari. Po' sintì arrivari un cavaddro al galoppo e 'na voci mascolina che faciva:

«Susiti adascio».

Manueli bidì. L'omo, un quarantino sicco con una facci da sdilinquenti che acconsolava, sempri tinennogli puntato il dù botti, scinnì da cavaddro e gli s'avvicinò. 'Ntanto la vecchia aviva ripigliato a pilari patati.

«Vegno da parti di 'u zù Sasà».

«L'accapii» dissi l'omo. «Mi chiamo Cosimo Barletta».

E non si cataminò. Manueli non si capacitava.

«Comprimenti» fici tutto 'nzemmula Cosimo.

«Di che?».

«Della biddrizza della vostra picciotta. Un soli è».

«Grazii. La pozzo vidiri?».

«Certamenti, vossia è patroni. Ma vegno con vossia accussì l'aiuto a scioglirla».

«Scioglirla?» addimannò Manueli 'ntronato firmannosi di colpo. «La tiniti ligata?».

Cosimo allargò le vrazza.

«E l'avemo macari dovuta 'mbavagliari. Non 'nni pottimo fari a meno. Si vossia vidi come arriducì a Nicola, al mè cumpagno! La facci tutta gracciata, il naso scugnato... e vossia ci stassi attento, pirchì quella, con un muzzicone, capace che gliela mangia».

«Indov'è?» tagliò Manueli.

«Nella càmmara di supra».

Mentri acchianava la scaluzza di ligno che portava supra, Manueli si spiò che potiva essiri capitato a Mariarosa. Lei lo sapiva benissimo che si trattava di un finto siquestro. E allura pirchì si comportava accussì? Vuoi vidiri che aviva cangiato idea? Che non voliva cchiù aviri a chiffari con lui? Che la storia del viglioni era stata un momintanio crapiccio? Sì, questa era l'unica spiegazioni. I fìmmine sunno fatte accussì. Sintennosi moriri il cori, si firmò all'urtimo graduni, le gammi pisanti come chiummo.

«Acchianasse» lo 'ncitò Cosimo darrè di lui.

Acchianò come un cunnannato che va al patibbolo.

Dintra, supra al littino, mano e pedi ligati, un fazzoletto a sirrarle la vucca, ci stava 'na picciotta vintina, laida, mezza nana, pilusa, grossa come un varliri, che lo taliava con l'occhi sbarracati.

Si erano sbagliati, avivano siquestrato alla cammarera.

Annichiluto, Manueli si votò verso il siquestratori e lo vitti che taliava alla picciotta con un sorriso supra alle labbra, affatato, al settimo celo, l'occhi sognanti e murmuriava:

«Maria, quant'è beddra!».

Per la prima e urtima vota nella sò vita, Manueli ebbi un pinsero filosofico:

«Che cos'è la biddrizza?».

Po', accapenno che tutto era perso, votò le spalli,

scinnì, niscì fora, acchianò a cavaddro e sinni partì per Vigàta.

'Ntanto la notizia del siquestro di Nunziata, 'na cammarera dei Petralonga, era vinuta a canuscenzia di tutto il paìsi.

La signurina Mariarosa, 'nterrogata dal diligato Lofante, aviva addichiarato che no, non si era trattato di un equivoco, non volivano siquestrari a lei, non c'era stato nisciuno scangio di pirsona, i dù a cavaddro avivano puntato decisi supra a Nunziata, senza la minima sitazioni.

Arrivato a la casa, Manueli si annò a corcari dicenno che non si sintiva bono. Stinnicchiatosi nel letto, si 'ncuponò con la coperta supra alla testa, spiranno che il munno scomparisse.

Doppo un'orata che sinni stava accussì, sintì tuppiare alla porta. Non arrispunnì. La porta si raprì lo stisso e la voci di sò matre fici:

«C'è Cola che ti voli vidiri».

Non arrispunnì manco stavota. Cola trasì, chiuì la porta alle sò spalli, pigliò 'na seggia, s'assittò.

«Come ti senti?».

Non ebbi risposta. Cola ripigliò a parlari alla coperta.

«Un'orata fa m'avvicinò Giogiò Cammarata. Mi detti 'na cosa da consignari a tia pirsonalmenti».

Nisciuna reazioni.

«È 'na busta chiusa, senza 'ndirizzo. Penso che è 'na littra di Mariarosa».

Di scatto, la coperta vinni scummigliata. Comparsero l'occhi spiritati di Manueli.

«Dammilla».

Cola gliela detti. Ma a Manueli gli trimavano tanto le mano che manco arriniscì a strazzare la busta. Lo fici Cola che gli pruì il mezzo foglio che c'era dintra.

Manueli non arriniscì a leggiri, l'occhi gli facivano pupi pupi.

«Leggi tu».

Appena sarò in Svizzera farò dire una messa di ringraziamento per non avere sposato un imbecille come te.

Non c'era la firma, che d'autra parti sarebbi stata 'nutili.

Senza diri manco 'na parola, Manueli tornò a 'ncuponarisi.

E tri misi appresso dovitti annare a Roccalumera a fari da tistimonio al maritaggio di Nunziata con Cosimo Barletta.

I duellanti

Uno

Cecè Caruana era un trentino che di 'nvernu faciva il muratori e di 'stati vinniva gilati pàisi pàisi e pilaja pilaja.

Cchiù che essiri un muratori di quelli che fanno case, Cecè era un rattiddraru solitario, vali a diri che viniva chiamato dalle famiglie per travagliuzzi di picca conto, detti appunto ratteddri, come rimittiri di prescia a posto un canali del tetto che il vento aviva spostato e ora lassava passare l'acqua o sostituiri un pezzo di 'ntonaco caduto o dari 'na ripassata di bianco a 'na càmmara.

Dal primo jorno di luglio all'urtimo di austo però, e cioè duranti la stascione dei bagni, Cecè finiva di fari il muratori e passava a fari il gilataro. Si mittiva 'na parannanza bianca, un cappiddruzzo puro bianco e annava vinnenno strata strata gilati che faciva lui stisso sempri e solamenti di 'sti gusti: granita di limoni e cafè, crema e cioccolato.

A Palermo si era accattato un apposito carrittino montato supra a dù rote cchiù granni di quelle di una bicicletta.

Il carrittino aviva la forma di 'na varca tagliata a mità, dintra alla parti di prua ci stava lo spazio per dù pozzetti di gilati e per i pezzi di ghiazzo assistimati torno torno per non farli squagliari.

Dei dù pozzetti sporgivano in supirfici sulo i coperchi, fatti a forma di turbanti.

La puppa non c'era, al sò posto ci stavano dù longhe stanghe di mitallo. Cecè si mittiva 'n mezzo, le sollivava, principiava ad ammuttare e il carrittino, che quanno era fermo poggiava su dù gammuzze di mitallo, caminava.

All'ebica i cafè di Vigàta non avivano ancora l'usanza di vinniri granite o gilati da asporto.

Perciò Cecè, che firriava case case, e che il gilato lo sapiva priparari bono, faciva affari.

Di prima matina i dù pozzetti erano chini di dù tipi di granita, di limoni e al cafè. Era il gilato prifirito dalla povira genti che bitava nei catoj o nelle casuzze di certe strate che parivano la casba.

Ai povirazzi spisso e volanteri 'na granita con tanticchia di pani doviva abbastari come mangiari per tutta la jornata.

Verso le deci del matino 'nveci i dù pozzetti vinivano 'nchiuti uno di crema e l'autro di cioccolato e Cecè sinni calava alla pilaja indove s'attrovavano già i primi bagnanti.

La pilaja era divisa in dù parti.

Una era riservata a quelli che friquintavano lo stabilimento, che naturalmenti s'acchiamava «Nettuno», e le sò quaranta gabine alliniate 'n fila nella parti cchiù asciutta della rina, l'autra era libbira e ci potiva annare chi lo voliva senza pagari un centesimo.

In questa s'arradunavano quelli che non avivano 'na lira o la genti che viniva dai vicini paìsi di campagna e capace che era la prima vota che vidiva il mari.

Cecè aviva accesso alle dù pilaje, quella dei ricchi e quella dei povirazzi.

Il cono gilato all'ebica non era stato ancora 'nvintato.

Il gilataro usava la machinetta.

Che era fatta da 'n'impugnatura nella quali era avvitato un cilindro di metallo, aperto di supra. Dalla parti di sutta del cilindro sporgiva 'na livetta che sirviva a isare o ad abbasciarne il funno.

Cecè ci 'nfilava un viscotto sottili e rotunno, a forma di ostia, e con una paletta ci mittiva supra il gilato che cummigliava alla fini con 'n'autra ostia. I prezzi erano tri.

Deci centesimi, e questo viniva a significari che il funno del cilindro era stato isato al massimo lassanno picca spazio tra ostia e ostia; quinnici, vali a diri funno a mità e vinti che era il gilato cchiù granni, quanno il funno toccava il funno.

Ma cchiù granni era il gilato e cchiù difficoltoso era a mangiarisillo in quanto che appena ci davi un mozzicone ti scappava da tutte le parti e le dù ostie, una supra e l'autra sutta, non potivano trattinirlo.

La mità dei gilati granni era distinata a finiri supra alla rina.

Ma per Cecè annava beni, pirchì i picciliddri si mittivano a chiangiri e ne volivano accattato 'n autro.

Mentri che caminava col carrittino, Cecè abbanniava:

«Arricriativi col gilato di Cecè! Il gilato di Cecè vi fa scordari la calura! Accattativi il gilato di Cecè che devi mantiniri a dù mogliere!».

«E pirchì devi mantiniri a dù mogliere?» si spiavano i bagnanti forasteri.

E quei picca bagnanti vigatisi che sapivano la storia allura gliela contavano.

Dai tridici ai vintisetti anni Cecè aviva travagliato prima come aiuto muratori e po' come muratori 'n propio senza potirisi mai maritari in quanto supra alle sò spalli gravavano il patre, al quali erano state tagliate le gamme per un incidenti, e la matre di necessità casaligna, dato che doviva dari adenzia al marito.

Morti tutti e dù a distanzia di un anno, Cecè, osservati i dudici misi di lutto regolamentari, aviva accomenzato a pinsari di pigliarisi 'na mogliere.

Ne aviva parlato torno torno con dù vicchiareddre che di misteri facivano le ruffiane.

Voliva 'na bona picciotta, fìmmina di casa come a sò matre, 'nveci un jorno di settembriro dell'anno milli e novecento e trentacinco, chiamato 'n casa di Fofò Pillitteri per aggiustari il tetto, ebbi la disgrazia di 'ncontrari a sò figlia Sisina.

Era 'na gran beddra picciotta allura diciottina, sempri alliffata, sempri aliganti.

E tutto il paìsi 'ngiarmò quanno Sisina dissi di sì

squasi subito a Cecè che appena l'aviva viduta sinni era 'nnamurato pazzo.

Ma come?

Pirchì 'na picciotta accussì beddra che di sicuro avrebbi potuto aviri i picciotti cchiù ricchi del paìsi si annava a maritari, e di gran cursa, con un morto di fami?

Mistero profunno.

Cecè e Sisina annaro a bitari in una casa del patre della picciotta ed ebbiro un figlio a setti misi dal matrimonio. Che però morse sei jorni doppo che era nasciuto.

Allura le malilingue si scatinaro.

Dicivano che Sisina aviva voluto maritarisi di prescia pirchì era già prena di qualichi autro.

E facivano macari il nomi di chisto qualichi autro: il medico cunnutto Arcangilo Foti.

La filama non tardò ad arrivari macari all'oricchi di Cecè che però non ci volli assolutamenti cridiri.

Anzi, per potiri fari stari meglio a Sisina, accattannole le cose che a lei piacivano, strumentiò di mittirisi a fari macari il gilataro.

Doppo un anno ch'erano maritati, Sisina accomenzò a non sintirisi cchiù bona.

Non è che aviva la fevri o le era passato il pititto, no, pativa sulo di un gran malo di testa che l'assugliava sempri di sira doppo mangiato e durava bona parti della nuttata.

Per cui, per quanta gana ne aviva, non se la sintiva, mischina, di fari la cosa col marito.

E allura fu lo stisso Cecè, che per Sisina spasimava, a convincirla ad annare a farisi visitari dal dottori Foti.

Quanno tornò dalla prima visita, durata squasi un dù orate, Sisina contò al marito che il dottori facennole granni 'mpacchi 'n testa le aviva portato giovamento.

«Ci devo tornari 'na vota alla simana, ma siccome ogni visita dura a longo, mi dissi di annari all'ambulatorio il jovidì sira doppo la chiusura delle setti».

Passati tri misi di cura, 'na notti Sisina pirmittì al marito di fari la cosa.

E non per una sula vota, dato l'attrasso che Cecè aviva.

«Lo vidi la cura quanto m'aggiova?».

Cecè ne fu contento assà.

Un jovidì sira, che per tutta la jornata aviva chiuvuto e tirato vento, Sisina alli setti meno deci era pronta per nesciri.

«Ma unni vai con 'sto malottempo?».

«Non lo sai indove devo annare? Il dottori mi dissi che se sàvuto un sulo 'mpacco, uno sulo, tutto il binificio della cura fatta sino a ora si perdi».

«Pigliati almeno il paracqua».

«Vabbeni, ma non t'apprioccupari, tanto sunno appena deci minuti di strata».

E sinni niscì.

'Na vintina di minuti doppo, si scatinò la fini del munno.

Arrivò 'na dragunara tirribbili che in cinco minuti

scoperchiò case, abbattì àrboli, affunnò varche, arrovisciò carretti e atomobili.

Po' tutto finì.

Deci minuti appresso un carrabbineri tuppiò alla porta di Cecè, il tetto della caserma doviva essiri riparato subito, 'na quantità di canali sinni erano volati.

«Arrivo 'mmidiato» dissi Cecè.

Dato che si trattava di un travaglio longo, che sarebbi durato forsi tutta la nottata, voliva avvirtiri a Sisina di non prioccuparisi se, tornanno dalla visita, non l'attrovava 'n casa.

Quanno arrivò all'ambulatorio, vitti che la porta pinnuliava dai gangheri, mezza scardinata.

Trasì nell'anticàmmara che era allo scuro, la lampatina non s'addrumava. Però da sutta alla porta dello studdio passava un filo di luci.

Cecè sintì che sò mogliere si lamintiava.

Non glielo aviva ditto che li 'mpacchi erano dolorosi.

Tuppiò a leggio alla porta ma nisciuno gli arrispunnì.

Ora il lamentio di Sisina si era fatto cchiù forti.

Allura, prioccupato, si calò a taliare dal pirtuso della chiavi.

Sò mogliere stava nuda supra al lettino del dottori e supra a sò mogliere ci stava il dottori macari lui nudo.

Difficili sostiniri che le stava facenno un impacco.

Erano accussì 'mpignati nella cosa che non sulo non avivano sintuto tuppiare, ma di sicuro non si erano manco addunati del passaggio della dragunara.

Cecè arriflittì che se faciva scoppiari uno scannalo

in quel posto stisso, il pàisi avrebbi avuto raggiuni a chiamarlo cornuto.

Meglio chiantarisi con vintotto.

Perciò votò le spalli e sinni annò a travagliare.

Tornò a la casa il jorno appresso.

Sisina gli aviva priparato il mangiari.

«Non aio pititto».

Annò 'n càmmara di dormiri, pigliò la sò robba, la 'nfilò dintra a 'na vecchia baligia.

«Parti?» gli spiò Sisina strammata.

«Sì. Minni torno nella mè casa e a tia non ti voglio vidiri cchiù».

Tri misi doppo gli arrivò un papello di un avvocato. Sisina l'aviva addenunziato «per abbandono del tetto coniugale» e ora pritinniva da lui un minsili.

Cecè persi la causa.

Ma dato che all'ebica non c'era il divorzio, Sisina, supra alla carta, continuò a essiri sò mogliere.

Passato un anno, Cecè accanoscì a 'na vidova picciotta e senza figli, che s'acchiamava Assunta Cusumano.

Si ficiro simpatia, si piacero e Cecè se la portò 'n casa.

Ecco pirchì abbanniava che doviva mantiniri a dù mogliere, macari se nisciuna delle dù lo era veramenti.

Due

Appresso un sei misi, Sisina accomenzò a farisi vidiri con un picciotto senza arti né parti che di nomi faciva Micheli, Micheli Filippello.

A 'sto punto Cecè annò dall'avvocato.

«Pirchì devo continuari a pagari il minsili a Sisina?».

«Pirchì arrisulta essiri sempri tò mogliere».

«Ma dato che tiene cunnutta scannalosa...».

«E tu non convivi con 'n'autra fìmmina?».

«Ma non dugnu pubblico scannalo».

«Causa persa è, te lo dico 'n anticipo».

E accussì Cecè dovitti continuari a mantiniri a dù mogliere.

Il tri di luglio del milli e novecento e trentanovi, che già da dù jorni Cecè come al solito si era mittuto a vinniri gilati, capitò un fatto che misi a rumori tutto il paìsi.

Supra alla pilaja spuntò 'n autro carrittino di gilati.

Era cchiù moderno e cchiù granni di quello di Cecè, 'nfatti aviva la capacità di tri pozzetti.

E inoltri non era un vero e propio carrittino da ammuttari a forza di vrazza, era un triciclo.

Il gilataro potiva spostarlo comodamenti stannosinni 'n sella e pidalanno.

Ma la cosa che a momenti fici cadiri 'n terra sbinuto a Cecè per la raggia fu che il gilataro era Micheli Filippello, l'amanti di Sisina.

Di sicuro era stata lei, la grannissima buttana, ad aviri avuto chista bella pinsata, sulo per fari 'no sfregio all'ecchisi marito.

Macari Micheli abbanniava:

«Accattativi 'u gilato 'nni Micheli! 'U gilato cchiù bono do munno! Accattativi 'u gilato 'nni mia ch'aio a mantiniri la mogliere di 'n autro!».

Le novità, è cosa cognita, 'ncontrano.

Tempo quinnici jorni Cecè perse la mità dei clienti.

Micheli potiva spostarisi cchiù di cursa epperciò era 'n condizioni di sirviri un nummaro maggiori di pirsone.

In meno d'una simana, Cecè si fici arrivari da Palermo un triciclo priciso 'ntifico a quello di Micheli.

Ora erano ad armi pari.

Il duello potiva accomenzare.

E 'nfatti Micheli, 'na bella jornata s'apprisintò con un migafono di lanna in modo che il sò abbanniari si sintiva a granni distanzia.

Il jorno appresso Cecè arrivò macari lui con un migafono.

Tutto l'abbanniari che i dù facivano, ma soprattutto quello che dicivano nell'abbanniare, urtò i sintimenti del cavaleri Antemio Pinna, presidenti dell'unioni dei patri di famiglia catolici, il quali scrissi un esposto al potestà signalanno sdignato come e qualmenti sia Cecè che Micheli esaltavano pubblicamenti l'adulterio e il concubinaggio, «minando alla base i sacri principi della famiglia cattolica e fascista».

Concludiva danno tri jorni di tempo al potestà «per porre fine allo sconcio», masannò avrebbe fatto ricorso alle Superiori Autorità.

Il potestà, accanoscenno quant'era camurrioso il cavaleri Pinna quanno amminchiava supra a 'na cosa, mannò subito 'na guardia comunali alla pilaja la quali proibì l'abbanniamento.

Tri jorni doppo Micheli fici la comparsa con una trummetta.

Non abbanniava, ma faciva tri squilli potenti di trumma che si sintivano a un chilometro.

Allura Cecè s'accattò un tammuro.

Il fracasso che facivano fu tali che il commendatori Ballassaro Arcidiacono, judici a riposo e presidenti del circolo «Ordine e Legalità», fici 'n esposto al potestà accusanno i dù di «insopportabile disturbo della quiete pubblica».

Arrivò 'na guardia che sequestrò trummetta e tammuro.

Allura Micheli fici chiantare supra al triciclo un'asta longa che riggiva 'na bannera gialla la quali si vidiva a distanzia di un miglio.

Il jorno seguenti Cecè fici l'istisso, sulo che il colori della bannera era russo.

A 'sto punto 'ntirvinni la Capitaneria di porto.

Le dù bannere erano signali marittimi che potivano fari nasciri equivoci.

La solita guardia fici livari le bannere.

Quel jorno stisso il potestà chiamò a Cecè e a Micheli.

«O la finiti di scassarimi i cabasisi o v'arritiro la licenza».

Po' Cecè ebbi un'alzata d'ingegno.

Si fici fari dal fornaro un cintinaro di vaschette a forma di varca della stissa pasta della scorcia dei cannoli: il gilato lo virsava direttamenti dintra alla vaschetta.

Ora non sinni pirdiva manco 'na guccia, il gilato te lo potivi mangiari macari se era mezzo squagliato.

La 'nvinzioni ebbi tanto successo che Cecè non usò cchiù i viscotti a forma d'ostia.

Micheli si vinni ad attrovari 'n difficoltà.

La stascione si chiuì accussì, uno a zero a favori di Cecè.

Al principio della 'stati che vinni, che da appena un misi Mussolini era trasuto 'n guerra, Cecè, mentri s'attrovava nella pilaja libbira, fu abbicinato da don Cocò Zirafa.

«Dammi un gilato grosso di crema».

Cecè l'aviva sirvuto prima dell'autri clienti e l'autri clienti non avivano protestato pirchì protestari contro a don Cocò potiva fari mali assà alla saluti.

«Quanto pago?».

«Nenti, don Cocò. Doviri».

Don Cocò principiò a mangiarisi il gilato stannosinni fermo vicino al carrittino. Po', approfittanno d'un momento che non ci stavano clienti, dissi a mezza voci:

«Ti devo spiare un favori».

«All'ordini».

«Tu ora da ccà vai nella pilaja dello stabilimento?».

«Sissi».

«L'accanosci alla signura Contino?».

«Certo».

E chi non l'accanosciva? Trentacinchina, biunna, àvuta, triestina, la mogliere dell'ingigneri capo del comuni era 'na bona clienti. Licca com'era di gilati, sinni sbafava tri a matina.

«Quanno veni ad accattarisi il gilato, dalle chisto».

E gli misi 'n mano un pizzino piegato e ripiegato tanto da pariri un lazzo di scarpa.

Quanno la signura Contino vinni ad accattarisi il primo gilato della matinata, le detti ammucciuni il pizzino. Quella se lo pigliò senza spiargli nenti e senza ammostrari sorprisa.

Verso l'una la signura vinni ad accattarisi il terzo gilato e detti a Cecè un pizzino senza rapriri vucca.

Cecè lo consignò a don Cocò.

E da quella vota, ogni lunidì, Cecè pigliò a fari il postino tra i dù.

Siccome che erano jornate càvude assà, pariva di stari dintra a un furno, la genti sinni ristava supra alla pilaja, trasenno e niscenno dal mari, fino a quanno il soli non sinni calava.

Cecè avrebbi potuto guadagnari quello che voliva, ma con Micheli pedi pedi che gli faciva concorrenzia doviva contintarisi di quello che arrinisciva a portari a la casa.

Tutta corpa di quella grannissima buttana della sò ecchisi mogliere!

Lui, prima di nesciri, si faciva pripararì da Assunta un muffoletto ora col salami ora con un ovo fritto e si portava appresso 'na buttiglia d'acqua che tiniva allato a un pozzetto per mantinirla fridda.

'Na matina, talianno ad Assunta che gli priparava il solito muffoletto, ebbi 'n'idea giniali.

E la dissi subito ad Assunta.

Nella pilaja Cecè arrivò con dù orate di ritardo.

Supra al triciclo era chiantato 'no striscioni che diciva: «si ventono agua frisca e muffoletti 'mbottiti».

Le buttigliette erano quelle della birra inchiute però d'acqua e tinute 'n mezzo al ghiazzo dei pozzetti.

I muffoletti, ognuno cummigliato dalla carta oliata, Cecè li tiniva dintra a 'na cassetta di ligno ligata darrè al sellino.

Tempo 'n'orata, esaurì muffoletti e acqua.

L'indomani Micheli fici l'istisso.

Allura il cavaleri Antonino Pusateri, capo dell'ufficio tasse, mannò un esposto al potestà nel quali signalava che Cecè e Micheli avivano «arbitrariamente cambiato la destinazione dei loro rispettivi esercizi ampliandone l'attività, per cui si rendeva indispensabile la revisione delle licenze date da cotesto Comune ai due, con il relativo aumento della tassa di concessione».

La conclusioni fu che la tassa da pagari ora addivintava accussì àvuta che Cecè arrinunziò all'acqua e ai muffoletti.

Micheli 'nveci pagò.

Cecè si mangiava il ficato.

Con tutta quella genti che arrivava scasata dai paìsi vicini per farisi il bagno, avrebbi potuto arricchirisi!

E 'nveci...

Tri jorni appresso Micheli non potì cchiù vinniri né muffoletti né acqua.

La licenzia gli era stata rivocata con effetto 'mmidiato, gli ristava sulo quella per vinniri gilati.

Era successo che don Pasqualino Privitera, propietario del «Nettuno», e la cui mogliere era l'amanti del potestà, aviva pinsato bono di mittirisi a vinniri lui stisso muffoletti ed acqua raprenno 'na speci di bar all'interno del sò stabilimento.

E il potestà non aviva potuto dirigli di no.

Ora Cecè e Micheli tornavano a commattiri con le stisse armi.

Ma a Cecè non ci potiva sonno.

Doviva strumentiari qualichi cosa per battiri l'avvirsario.

E finalmenti fici 'na pinsata.

'Na matina i bagnanti vittiro compariri sì a Cecè, ma in mari. Vicino alla riva, ci stava macari 'na varca a remi che portava 'no striscioni:

«Gustativi i gilati di Cecè mentri che stati in acqua! Doppio rifriggerio assicurato!».

La varca era protetta da 'na tenda, il pozzetto col gilato stava a puppa, 'nfilato dintra a 'na cascia di ligno zincata china china di pezzi di ghiazzo.

Ai remi c'era un nipoti di Cecè.

Il successo fu 'mmidiato, tanto che Micheli principiò a vinniri picca e nenti.

Il potestà raddoppiò il costo della licenzia a Cecè. Ma la spisa valiva il guadagno.

'Na simanata appresso Micheli spuntò con una pilotina che portava ben cinco pozzetti di gilato di gusti diversi e si spostava cchiù vilocimenti della varca a remi.

A salvari a Cecè dal fallimento fu la Capitaneria di porto che stimò «estremamente pericolose per l'incolumità dei bagnanti le evoluzioni della pilotina a così breve distanza dalla riva».

Per non fari torto a nisciuno, il potestà revocò a tutti e dù la licenzia per la vinnita del gilato 'n mari.

Cecè e Micheli si dovittiro contentari dei tricicli.

Fu allura che Cecè s'invintò il gilato a domicilio.

Con quel gran càvudo che faciva, la genti stintava a susirisi da sutta all'ombrelloni o a nesciri fora dall'ùmmira delle gabine per annare sino a ripa di mari per accattarisi il gilato.

D'autra parti Cecè doviva per forza starisinni indove la rina era vagnata, nella rina asciutta le rote del triciclo sarebbiro affunnate.

Il nipoti di Cecè corriva tra l'ombrelloni e le gabine, pigliava le ordinazioni e portava i gilati ai clienti senza che quelli avivano bisogno di scommodarisi.

Sulo la signura Contino e 'na poco di picciliddri continuaro ad annare ad accattarisi di persona il gilato.

Ma la signura aviva autri motivi.

Manco a dirlo, il jorno appresso Micheli copiò l'idea di Cecè.

Tre

Allura Cecè vinni pigliato da 'na botta di scoraggiamento.

Gli era vinuta a fagliare la fantasia per 'nvintarisi cose accussì novi da tirarisi la clientela dalla sò parti.

La stascione stava oramà per finiri e il risultato del duello viniva dato alla pari dagli scommettitori.

Sì, pirchì Libertino Sparma, cognito come gran jocatore d'azzardo, aviva rapruto, nella sò gabina, 'na speci di putichino come a quello delle curse dei cavaddri.

Ccà c'erano tri tipi di puntate: o vincenti Cecè o vincenti Micheli opuro risultato paro.

Squasi tutti i bagnanti dello stabilimento, e macari qualichiduno della pilaja libbira, si erano fatta la jocata e la maggioranza puntava supra a un risultato di parità.

«Vidisse che alla fini di 'sta simana, m'arritiro» dissi un lunidì Cecè a don Cocò, mentri quello gli consegnava il solito pizzino da dari alla signura Contino.

«Che veni a diri?».

«Veni a diri che non vegno cchiù a vinniri gilati».

Don Cocò ristò 'ntamato:

«E io come fazzo?».

«Per questo l'avverto a tempo, pirchì per i pizzini si cerca a qualichiduno d'autro».

«Fidati come a tia, difficili. Non mi voglio 'ntromittiri nelle tò cose, ma pozzo sapiri il pirchì?».

«Non c'è sigreto, don Cocò. Non ce la fazzo cchiù a reggiri alla concorrenza di Micheli».

«Ah!» fici don Cocò.

Po' lo taliò.

«Ah!» arripitì.

Cecè si scantò.

L'occhi di don Cocò erano addivintati dù fissuri e le pupille parivano dù lame lucenti.

«Se è per questo pozzo providiri».

Cecè non accapì quello che diciva don Cocò.

In che modo potiva providiri? Suggirennogli autri modi per vinniri cchiù gilati?

E perciò sinni ristò muto.

«Rispunni sulo a 'sta simprici dimanna» proseguì l'autro. «All'omo o alla cosa?».

Ma che voliva diri?

Però 'na risposta 'mmidiata gliela doviva dari. Capace che se non diciva nenti don Cocò s'offinniva.

E quanno don Cocò s'offinniva, la meglio era cangiare paìsi, il cchiù lontano possibbili da Vigàta.

«Alla cosa» dissi.

«D'accordo» fici don Cocò.

Quella notti stissa 'gnoti trasero nel magazzineddro indove Micheli tiniva il triciclo, se lo portaro 'n campagna e l'arriducero a pezzi a colpi di mazza firrata.

Cecè, non sapenno nenti della facenna e non videnno a Micheli supra alla pilaja, pinsò che il sò rivali forsi non stava bono di saluti.

Meglio accussì, se quello sinni ristava qualichi jorno corcato con la 'nfruenza, lui sarebbi tornato ai vecchi guadagni.

Verso mezzojorno un carrabbineri gli s'apprisintò.

«Che gusti?» gli spiò Cecè pinsanno che voliva un gilato.

«Veni subito 'n caserma con mia».

«E che fu?» spiò Cecè scantato.

«Te lo dirà il marisciallo».

Cecè lassò il triciclo al nipoti e annò 'n caserma.

Il marisciallo era un tipo col quali non si sgherzava. Ed era macari di mano facili.

«Bongiorno, mariscià. C'è cosa?».

«Le domande le faccio io».

Cecè addivintò muto.

«Tu dov'eri stanotte?».

«E indove dovevo essiri? Corcato».

«Ci sono testimoni?».

«Mariscià, non è che io chiamo a mezzo paìsi per assistiri a quanno mi corco».

«Non fare lo spiritoso!» fici il marisciallo isanno significativamenti 'na mano. Cecè sintì odori di lignati e fici la facci di chi si sta mittenno a chiangiri.

«Ma pozzo almeno sapiri pirchì...».

«Va bene, per una volta ti rispondo. Stanotte hanno reso inservibile, o meglio, hanno distrutto il triciclo di Michele Filippello».

Cecè aggiarniò.

Quella di sicuro era opira di don Cocò!

Ora accapiva che viniva a significari di priciso per don Cocò il verbo providiri!

E meno mali che aviva arrisposto «alla cosa», che se diciva «all'omo» a quest'ora Micheli era allo spitali con l'ossa rumputi.

Il marisciallo se lo tinni per un'orata, lo tartassò di dimanne e po' lo lassò libbiro.

Cecè, appena nisciuto dalla caserma, pigliò 'na decisioni.

Di cursa, annò alla gabina di Libertino Sparma.

«Da domani in po', io non vinno cchiù gilati fino a quanno Micheli non ricompari con un triciclo novo».

«O gran bontà dei cavalieri antiqui!» sclamò Libertino che liggiva spisso l'Orlanno furioso.

Il gesto di Cecè vinni apprizzato e lodato da tutti i bagnanti.

Macari da don Cocò.

Tri jorni appresso Micheli ricomparse con un novo triciclo.

E macari Cecè ripigliò a vinniri gelati.

La stascione alla fini si chiuì con la vittoria di Cecè: il gesto giniroso verso l'avvirsario aviva fatto penniri la vilanza a sò favori.

A mità giugno dell'anno appresso, Cecè vinni chiamato a fari 'na ratteddra 'n casa del signori Giurlanno Castiglione, proprietario del cchiù 'mportanti cafè di Vigàta.

Cecè aviva fatto sulo le scoli limentari, ma sapiva leggiri sia pure con qualichi difficortà.

Alla fini del travaglio, la signura Castiglione se lo portò 'n cucina per offrirgli un cafè.

Supra al tavolino c'era posata 'na rivista che s'acchiamava «Il Bar moderno».

Nella prima pagina ci stava un titolo che faciva accussì:

«Una scoperta che rivoluzionerà la vendita del gelato: il cono».

E che era 'sto cono?

«Signura, me la pozzo pigliari 'sta rivista?».

«Sì, la stavo per ghittari».

L'articolo che c'era dintra spiegava per filo e per signo che cos'era il cono, quanto costava e unni si vinniva all'ingrosso.

Cecè si fici un ràpito carcolo: cento coni gli vinivano a costari meno della mità di cento vaschette fatte dal fornaro.

Il punto di vinnita cchiù vicino era a Catania. Ma la rivista diciva che il cono, che aviva 'ncontrato beni al nord, stintava nel centro e nel sud.

Cecè 'nni parlò con Assunta.

«Tu chi 'nni pensi?».

«A mia mi pari 'na bona cosa».

Cecè non ci persi tempo e sinni partì all'indomani per Catania.

All'apirtura della nova stascione il successo del cono fu enormi.

Tutti i clienti di Micheli l'abbannunaro e passaro con Cecè.

Micheli persi quinnici jorni priziosi prima d'arrinesciri a sapiri unn'è che si vinnivano i coni all'ingrosso.

Po', 'na matina, macari lui arrivò coi coni.

Allura Cecè abbasciò i prezzi.

Se lo potiva permittiri dato che i coni costavano assà meno delle vaschette.

Micheli era nelle stisse condizioni epperciò macari lui abbasciò i prezzi.

Allura Cecè supra a ogni cono gilato ci misi tanticchia di mennuli arrustute e tritate.

Quattro jorni doppo Micheli, supra al cono, ci misi un cucchiarino di panna.

Il duello tra i dù 'ncaniò.

A Vigàta la sfida tra Cecè e Micheli 'ntirissava a momenti chiossà della guerra alla quali oramà partecipava mezzo munno. I forasteri arrivavano da fora cchiù per assistiri al duello che per farisi il bagno.

Cecè si 'nvintò il buono cono.

Consistiva in questo: a ogni pirsona che s'accattava un cono, Cecè dava un biglietto con supra un timbro: «Premiata Gelateria Cecè Caruana».

A chi consignava deci buoni, viniva dato un cono granni a gratis.

Micheli rilanciò col cono a estrazioni.
A ognuno che s'accattava un cono viniva dato un pizzino con un nummaro. Po', da un sacchetto con dintra i nummari della tombola, Micheli ne estraiva tri. Quelli che erano in posesso dei nummari corrisponnenti vincivano un cono granni a testa.

Cecè ribattì col dari cinco coni a gratis ai primi cinco clienti della matinata.

Micheli arriplicò arrigalanno cinco coni all'urtimi cinco clienti.

Cecè tirò fora il cono con l'abbonamento.
A chi s'abbonava per un cono al jorno viniva fatto uno sconto. Che addivintava cchiù grosso se un clienti si faciva cchiù abbonamenti o per la sò famiglia o per l'amici.

Micheli strumentiò il cono abbinato.
Vali a diri che a chi si pigliava un cono viniva arrigalata 'na caramella o un cioccolatino.

Cecè misi 'n comercio il cono famigliare.
Se un patre e 'na matre s'accattavano un cono a testa, ai figli nicareddri fino a sei anni il cono viniva arrigalato.

Micheli rilanciò col cono a mità prezzo per militari e reduci.

Cecè si fici fari apposta il cono sorpresa.

Il cono era di misura cchiù granni pirchì nella parti 'nfiriori c'era lo spazio per una sorprisa: 'n'atomobilina, un aniddruzzo, 'na spillina, un ciondolo.

Micheli tirò fora il cono primo estratto.

Per ogni cono viniva dato un nummaro da uno a novanta. Il lunidì, tutti i clienti che avivano il nummaro corrisponnenti al primo stratto della rota di Palermo, vincivano cinco coni.

'Ntanto il putichino di Libertino faciva affari d'oro.

Don Pasqualino Privitera sponì un avviso nel quali si diciva che dato il grannissimo càvudo che continuava, lo stabilimento sarebbi ristato aperto fino al quinnici di settembriro.

Quattro

Un sabato matina al putichino si vinniro ad attrovari scianco a scianco don Filiberto Magnacavallo e don Liborio Sferlazza.

Tutti e dù sissantini, era da 'na vita che avivano fatto 'n modo di non 'ncontrarisi mai.

E c'erano fino ad allura arrinisciuti.

Po' il distino decidì diversamenti. Li fici annare a jocare nello stisso jorno, nella stissa ura, nello stisso minuto.

L'odio mai sanato tra le dù famiglie risaliva a quanno Calibardo era sbarcato a Marsala coi Mille.

Tra i calibardini c'era Angelo Magnacavallo, tra i borbonici Gaetano Sferlazza.

Ed era continuato nei decenni appresso.

Se gli Sferlazza erano monarchici, i Magnacavallo repubblicani; se i Magnacavallo catolici, gli Sferlazza antipapalini: ora tra i gerarchi fascisti c'erano i figli di don Filiberto, mentri i figli di don Liborio erano stati mannati al confino pirchì antifascisti.

Don Filiberto puntò Micheli vincenti.

Don Liborio puntò vincenti Cecè.

«Ppuh!» fici in signo di disprezzo don Filiberto sputanno 'n terra.

«Ppuh!» arrispunnì don Liborio sputanno macari lui.

E i dù in un vidiri e svidiri s'aggramparo. Libertino si misi a fari voci.

Da 'na parti, currero Antonio, Manueli, Alberto e Giuseppi Magnacavallo in aiuto di don Filiberto, dall'autra Cosimo, Stefano, Gaspano e Totò Sferlazza s'apprecipitaro a dari man forti a don Liborio.

I parenti lontani dei Magnacavallo, mascoli, fìmmine e picciliddri, allura si lanciaro contro gli Sferlazza.

Lo stisso ficiro i parenti lontani degli Sferlazza.

A 'sto punto scinnero 'n campo tanto l'amici dei Magnacavallo quanto l'amici degli Sferlazza.

Appresso l'amici dell'amici.

Po' accomenzaro ad azzuffarisi pirsone che non si erano mai accanosciute prima e che non avivano nenti a chiffare né coi Magnacavallo né con gli Sferlazza.

Il soli aviva dato 'n testa a tutti.

Fu come 'na miccia addrumata che supirò la staccionata che dividiva la pilaja dello stabilimento dalla pilaja libbira.

Macari ccà scoppiaro azzuffatine varie che in pochi minuti addivintaro 'n azzuffa azzuffa ginirali.

Tempo 'na mezzorata non ci fu un bagnanti supra a tutta la pilaja che non s'azzuffava con 'n autro bagnanti.

L'unici a non azzuffarisi foro Cecè e Micheli, che ristaro 'ngiarmati allato ai loro tricicli.

Dovitti 'ntirviniri la forza pubblica.

Ci foro quattro arresti e dudici firiti.

Il potestà ordinò la provisoria sospensioni della vinnita ambulanti di gilati.

La duminica sira, al circolo, ci fu 'na discussioni supra a quello che era capitato sabato matina.

«Tutta colpa di 'sti dù fitusi gilatari» dissi don Arelio Mezzano.

«I gilatari non c'entrano nenti di nenti» ribattì don Sasà Carbone.

«Ah, no?».

«No. Semmai la colpa è dei Magnacavallo e degli Sferlazza».

«Nossignore, egregio» fici don Arelio. «Magnacavallo e Sferlazza si sono trovati in quella gabina per puntare sui gilatari. Se i gilatari non principiavano 'sta gara tra loro dù, Magnacavallo e Sferlazza non avrebbiro avuto occasione di incontrarisi. Ergo...».

«Ergo abbisogna livari la licenza ai dù» concludì don Mariano Picciò.

«Troppo tardi» fici il profissori Sarino Tripodi, che 'nsignava filosofia al liceo di Montelusa.

«Che veni a diri?» spiò don Sasà.

«Voglio dire che ormai gli animi sono troppo infiammati. Se non si dà uno sfogo alla popolazione, si rischia di creare rancori che dureranno nel tempo».

«Per caso, lei voli organizzari 'n'autra azzuffatina?» spiò ironico don Mariano.

«Me ne guardo bene. Propongo la cosa che mi pare più giusta: una votazione popolare».

Tutti i prisenti strammaro.

«Si spieghi meglio» dissi don Sasà.

«I due gelatai, senza volerlo, ci hanno fatto cadere tutti in una specie d'inganno. Ci hanno costretti a una disputa sulla forma e non sul contenuto, sull'apparire e non sull'essere...».

«Profissori, pi carità!» l'interrompì don Arelio. «Lassamo perdiri la filosofia!».

«Sto solo dicendo che ci siamo accapigliati sul cono e non su quello che c'è dentro il cono. Questo è stato un errore. Non va discusso il contenitore, ma il contenuto. Chiaro? In parole povere, la sostanza del contendere avrebbe dovuto essere questa: è meglio il gelato di Cecè o quello di Micheli?».

«Minchia, vero è!» sclamò don Sasà.

«E come pensa di organizzare la cosa?» spiò don Mariano.

«Semplice. Si forma una giuria di cento membri, scelti tra tutta la popolazione. Cecè e Micheli distribuiranno cento coni ognuno. La giuria deciderà chi dei due fa meglio il gelato. E tutti dovranno adeguarsi al giudizio della giuria».

«Che significa adeguarisi? Che chi è pirdenti non può cchiù vinniri gilati?».

«No, potrà continuare a farlo. Ma è chiaro che la gente preferirà quello del vincitore».

«Parliamone subito al potestà» proponì, 'ntusiasta, don Arelio.

Al potestà la proposta piacì.

E fici 'mmidiatamenti stampari e appizzari un manifesto nel quali si 'nvitavano le varie categorie della popolazioni, spalloni, piscatori, carritteri, 'mpiegati, comercianti, professionisti eccetera, a fari, entro tri jorni, i nomi di deci diligati per categoria.

E ccà accomenzaro i guai. Pirchì all'interno d'ogni categoria ci foro sciarriatine, discussioni, sgambetti e guerre 'ntestine per sceglìri i deci rappresentanti.

Per esempio, Austino Palummo e sò mogliere Viggìnia (categoria piscatori) si sciarriaro a morti pirchì la mogliere non volli votari per il marito candidato sostinenno che non distinguiva il pisci frisco da quello morto da 'na simanata.

Per esempio, la soro del giometra Sciaverio Corbo, Miluzza (categoria 'mpiegati), fìmmina di spicchiata onistà, sostenni la non 'mparzialità di sò frati pirchì ogni tanto jocava a scopa con Micheli.

Cecè, quanno vinni a sapiri che il medico cunnutto Arcangilo Foti faciva parti dei giurati nella categoria professionisti, s'arribbillò e annò dal potestà.

E tanto dissi e tanto fici che quello vinni sostituito.

'Nzumma, a farla brevi, tutte le categorie ficiro sapiri al potestà che tri jorni non abbastavano.

Allura il potestà stabilì che il duello finali si sarebbi tinuto il quinnici di settembriro, ultimo jorno della stascione prolungata il quali oltretutto cadiva di duminica.

Jorno dudici tutti i membri della giuria foro eletti.

Presidenti fu nominato il profissori Tripodi che aviva avuta la bella pinsata.

Il putichino di Libertino 'ntanto si era trasformato in una vera e propia minera d'oro.

Quello stisso dudici sira, al circolo, il dottori Marcello Scannaliato sollivò 'na quistioni seria.

«Il giudizio della giuria sarà inevitabilmente condizionato dall'orario del pasto serale di ogni singolo membro» dissi a un certo momento.

«Si voli cortesementi spiegari?» fici allarmato don Arelio.

«Certamente. Se lei deve andare a farsi un'analisi del sangue, che fa? Finisce di cenare verso le ventuno e poi resta digiuno, senza prendere nemmeno il caffè, fino a quando non le avranno estratto il sangue. È una regola che bisognerebbe rispettare anche in questo caso. Ma, tanto per fare un esempio, gli spalloni, gli scaricatori del porto, quelli se ne staranno all'osteria a bere, sino a mezzanotte e oltre!».

«E lei pensa che questo possa influire sul loro palato?» spiò il profissori Tripodi.

«Ne sono più che convinto. Altererà il loro gusto e di conseguenza il giudizio ne sarà falsato».

«Abbisogna avvirtiri d'urgenza il potestà» dissi don Sasà.

Il potestà attrovò la soluzioni.

Tutti e cento i giurati erano arrisultati, com'era logico, mascoli.

Usanno le guardie comunali, il potestà avvirtì a tutti e cento che si dovivano apprisintari il quattordici sira, alle setti e mezza, al cinema tiatro «Splendor».

L'assenti sarebbiro stati esclusi dalla giuria.

Dintra allo «Splendor» avrebbiro mangiato (cena offerta dal comune) e dormuto nelle pultrune di platea che erano commode.

Sarebbi stato proiettato, a gratis, un film di Tarzan.

L'indomani a matino la giuria sarebbi nisciuta alle deci dallo «Splendor» scortata dalle guardie comunali per evitari scappatine nei bar lungo il pircorso.

La matina presto del quinnici accomenzaro ad arrivari correre chine chine di genti dei paìsi vicini.

Per l'occasioni, s'addecisi d'abbattiri la palizzata che dividiva la pilaja dello stabilimento da quella libbira.

La giuria fu assistimata davanti al «Nettuno».

La banna municipali vinni disposta di lato.

Il pubblico si schierò davanti alle gabine e le guardie comunali faticaro a lassari 'no spazio per i tricicli di Cecè e di Micheli.

All'unnici spaccate la banna attaccò «Giovinezza, giovinezza», l'inno fascista, che fu cantato da tutti 'n coro.

Alla fini, il potestà detti il via al duello finali.

Cecè, col nipoti allato, era giarno come un morto.

Micheli, con allato un aiutanti, era russo come un pipirone.

Il professori Tripodi si misi 'n mezzo ai tricicli con una monita di mezza lira 'n mano e spiò a Cecè:

«Testa o croce?».

«Testa» dissi Cecè.

Il professori ghittò la monita in aria. Po', quanno cadì supra alla rina, la taliò.

«Croce».

Toccava a Micheli accomenzari.

Tra la confizionatura dei coni, la distribuzioni e la mangiata dei medesimi sinni passò un'orata.

Prima che vinisse il turno di Cecè, il potestà fici viviri a ogni giurato un bicchieri d'acqua in modo che aviva la vucca puliziata dal sapori del gilato di Micheli.

Cecè principiò a fari assaggiari il sò gilato alli dudici e mezza.

La giuria s'arreunì alle dù dintra allo stabilimento prisidiato dalle guardie.

Nisciuno del pubblico si cataminò.

Il soli arrostiva vivi, ci foro setti casi d'insolazioni e novi sbinimenti.

Macari tra quelli della banna comunali che non avivano cchiù sciato per sonari.

Il virdetto vinni liggiuto alli cinco del doppopranzo, con voci emozionata, dal profissori Tripodi: cinquanta avivano votato per Cecè e cinquanta per Micheli. Parità assoluta.

Appena finì di leggiri, un urlo si partì dalla folla e subito appresso tutto il pubblico assaltò lo stabilimento nel tentativo di linciari la giuria.

Quattordici firiti, vintidù arresti.

E questo vinni a significari che il duello continuava.

Passaro l'anni e passaro la guerra, lo sbarco dei miricani, la paci, la libbirtà, la ripubblica, la guerra fridda, la Corea, il Vietnam, la caduta del muro di Birlino.

Micheli e Cecè continuaro a vinniri gelati supra la pilaja facennosi concorrenza.

Micheli, a sittantacinco anni, mentre vinniva un cono «superfamigliare» che consistiva in un cono granni, uno mediano e quattro coni nichi attaccati al cchiù granni a grappolo, cadì supra la pilaja.

Il primo a corriri per darigli aiuto fu Cecè. Ma accapì subito che il sò rivali era morto. Si misi a chiangiri dispirato.

Doppo il funerali di Micheli, Cecè s'arritirò dal comercio.

Le scarpe nuove

Uno

La festa di San Calò, che era un santo nìvuro che favoriva quanno potiva i povirazzi, i morti di fami, i malati e, in modo spiciali, i povirazzi malati e morti di fami, cadiva ogni prima duminica del misi di settembriro e principiava a mezzojorno spaccato con la nisciuta del santo dalla chiesa.

L'uso voliva dù cose. La prima era che nella matinata cavaddri, mule e scecchi, parati a festa, vali a diri con un mazzo di piume colorate supra alla fronti e 'na coperta bona per gualdrappa, portavano forme di pani al santo fino a dintra alla chiesa. La secunna era che, quanno passava strate strate la statua del santo, la genti dai balconi gli ghittasse pagnotte di un pani particolari fatto fari apposta.

Epperciò appresso al santo, oltre ai fideli che s'arricampavano macari dalle campagne vicine, ci annavano un cintinaro e passa di pizzenti dei paìsi dei contorni che campavano addimannanno la limosina e che accussì potivano mangiari pani per 'na simanata 'ntera.

Po', a sira, 'n paìsi la banna municipali attaccava a sonari e le pirsone caminavano nella strata principali, illuminata con archi di lampatine, tra le bancarelle indove si vinnivano statuine del santo miracoloso, scarpi, vistiti, cammise, ma soprattutto cose bone di mangiare come cubaita, càlia e simenza, gilato di campagna, bomboloni.

Bartolomè Sgargiato era un viddrano che bitava fora paìsi nella muntagna del Crasto indove possidiva la sò casuzza lassatagli in rititità dal patre Jachino.

Ci bitava con la mogliere Assunta, col primo figlio mascolo, Jachino, che aviva diciannovi anni, con il secunno figlio mascolo, 'Ngilino, che aviva diciassetti anni e con la figlia fìmmina Catarina che anni ne aviva quinnici e pariva 'na fìmmina fatta. Allato alla casuzza, Bartolomè aviva 'na staddra dintra alla quali tiniva lo scecco e po' 'na cinquantina di gaddrine e 'na decina di conigli. La casuzza s'attrovava al centro di dù sarme di terra bona cortivata a orto. L'orto, 'nzemmula alle ova, era quello che dava da mangiari a tutti.

Ogni matina uno dei dù figli, a turno, scinniva 'n paìsi con lo scecco carrico per vinniri strate strate virdura bella frisca, e qualichi frutto di stascione, patati novelle, favuzze, ciciri virdi, cucummareddri e cucummari. In un'orata e mezza massimo ogni cosa viniva vinnuta, pirchì si trattava di robba curata con affizzioni da Bartolomè e dai sò figli e l'affizzioni si senti macari nel sapori.

I Sgargiato, e questo 'n paìsi era cosa cognita a tutti, erano pirsone arrispittose, alle quali non piacivano né il joco né le taverne, che si facivano i fatti sò e abbadavano a campare con lo scarso guadagno jornalero. Con i bitanti di Vigàta non avivano mai avuto a chi diri.

Il primo probbrema che un tinto jorno Bartolomè ebbi con uno del paìsi fu col sigritario politico di Vigàta, il cammarata Agazio Lattoneri.

Non pirchì Bartolomè e i sò figli avissiro mai ditto la minima cosa contro a Binito Mussolini e al fascismo, anzi, quanno che c'erano le adunate dei rurali, come li chiamava Mussolini, erano sempri in prima fila e 'n cammisa nìvura. Persino nella càmmara di mangiari tinivano appinnuti al muro un quatretto di San Calò e il ritratto di Mussolini che li taliava coll'ermo 'n testa e l'occhi arraggiati mentri che s'agliuttivano la ministrina.

'Na matina dell'austo del milli e novicento e trentanovi i dù frati, Jachino e 'Ngilino, si erano arrisbigliati con la fevri forti. 'Na 'nfruenza che corriva, dù jorni di letto e passava. Allura avivano addeciso che Bartolomè sarebbi scinnuto 'n paìsi mentri Assunta e Catarina avrebbiro abbadato all'orto.

Propio il jorno avanti Bartolomè sinni era ghiuto a Gallotta, alla festa di Santo Castriota, per accattarisi uno scecco, dato che quello che aviva prima gli era morto di vicchiaia. Si era portato appresso tutto il dinaro che possidivano e che sò mogliere tiniva dintra a un fazzolettoni virdi 'nfilato 'n mezzo alle minne. Ma quel dinaro non sarebbi certo abbastato per accattare uno scecco picciotto.

Cerca che ti cerca, ne attrovò uno che gli parse meno malannato dell'autri.

Se lo voliva vinniri un viddrano di Gallotta che lui accanosciva e col quali però non avrebbi voluto mai aviri nenti a chiffare. Si chiamava Lollo Mostocotto ed era uno che trasiva e nisciva dal càrzaro in quanto che era comunista. Ogni tanto 'na poco di fascisti trasivano nella sò casa e gli davano 'na tali fracchiata di lignati che lo lassavano 'n terra cchiù morto che vivo. Ma non c'era verso di farigli cangiare idea, comunista era e comunista arristava.

Bartolomè si taliò ancora torno torno, ma non avenno attrovato di meglio, tornò da Mostocotto, pattiò, pagò. Ristò senza un cintesimo, il dinaro gli era abbastato appena appena.

«Come si chiama?» spiò a Mostocotto.

«Mussolini» arrispunnì l'autro con un sorriseddro.

Bartolomè arristò 'mparpagliato. Ma Binito Mussolini non era il capo del fascismo e dell'Italia? Come si faciva a chiamari uno scecco col sò nomi?

«Pirchì l'acchiamasti accussì tu che sei comunista?».

«Propio per quisto. Ogni tanto, per sfogarimi, lo piglio a vastunate e l'inzurto a mali palori. Ma tu chiamalo come ti pari e piaci».

Mentri sinni tornava verso la sò casa, Bartolomè addecise che l'avrebbi acchiamato Curù, come allo scecco che aviva prima.

La facenna capitò il jorno appresso quanno Bartolomè, mittute l'urtime cinco ova dintra a un panaro che 'na signura gli aviva calato dal balconi, s'addunò che lo scecco, fatto qualichi passo, si era chiantato 'n mezzo alla stratuzza.

Lo pigliò per le rètini e circò di spostarlo. Ma quello non si cataminò. Lo comenzò a tirari con tutte le sò forzi, ma quello nenti. Allura principiò a parlarigli:

«Arri, Curù, arri!».

Ma lo scecco era come se fusse addivintato surdo.

E fu allura che per disgrazia arrivò di cursa 'na machina scoperta guidata dal sigritario politico Agazio Lattoneri, 'n divisa fascista nìvura che era priciso 'ntifico a un aipazzo.

Firmò con una gran rumorata, pirchì con lo scecco 'n mezzo alla strata, la machina non aviva spazio bastevoli per passari.

«Spostate quell'asino!» ordinò livanno le mano dal volanti e mittennosille al scianco coi pugni chiusi, come spisso faciva Binito Mussolini quanno parlava alla genti da un balconi.

«Cillenza, che ci pozzo fari? Non si voli cataminari!» fici confunnuto il poviro Bartolomè.

Lattoneri si misi a sonari il clacchisi. 'Na poco di genti principiò ad affacciarisi ai balconi e alle finestri, a radunarisi torno torno alla machina e allo scecco.

«Date 'na mano a quest'uomo!» ordinò Lattoneri a tri picciotti sfacinnati che stavano 'n mezzo all'autri a godirisi la scena.

Dù si misiro darrè allo scecco, uno annò ad aiutari a Bartolomè con le rètini. Ammuttaro e tiraro, ma non ci fu verso di fari smoviri di un millimitro la vestia.

Allura il sigritario politico si susì addritta e dal posto di guida pigliò il comanno dell'operazioni.

«Bisogna essere coordinati! Camerati, al mio tre, spingete e tirate insieme! Uno, due e... tre!».

Non capitò nenti. Era come voliri fari caminare a 'na statua di marmaro.

A 'sto punto Lattoneri non ci vitti cchiù dall'occhi. Facenno voci come un pazzo, scocciò il revorbaro e lo puntò contro lo scecco.

«Fatevi tutti indietro!».

A malgrado che era scantato a morti, Bartolomè abbrazzò la testa della vestia:

«No, pi carità, cillenza, m'arrovinate!».

«Conto fino a dieci» fici Lattoneri sempri col revorbaro puntato.

Allura Bartolomè, dispirato, isò il vastuni a dù mano e cafuddrò 'na gran lignata allo scecco.

«Camina, grannissimo cornuto di Mussolini!».

Isò novamenti il vastuni, lo calò.

«Smoviti, Mussolini di mmerda!».

E lo scecco allura si cataminò.

«Passassi, cillenza».

Ma la machina del sigritario politico ristò ferma.

«Aspettate un momento, voi!» dissi Lattoneri a Bartolomè.

Scinnì, rinfoderanno il revorbaro, gli s'avvicinò taliannolo minazzoso. 'Ntanto erano arrivati dù carrabbineri.

«Come si chiama quest'asino?» spiò.

«Curù, cillenza».

«Curù un cazzo! Voi avete osato chiamarlo come il nostro amato capo! L'ho sentito con le mie orecchie! La pagherete cara!».

E arrivolto ai carrabbineri:

«Portatelo in caserma!».

E i carrabbineri se lo portaro, a Bartolomè, che però non lassava le rètini dato che lo scecco ora caminava senza fari quistioni.

Non videnno tornari al loro patre, i figli, a malgrado la fevri, si susero, scinnero 'n paìsi e vinniro a sapiri la facenna. E correro a chiamari all'avvocato Gaetano Minnolicchia che li aviva già aiutati in un'autra storia. Ma non ci fu d'abbisogno dell'avvocato.

Pirchì Bartolomè 'ntanto era arrinisciuto nel doppopranzo a parlari col marisciallo Spicuzza e a spiegarigli come e qualmenti erano annate le cose. Il marisciallo, che accanosciva a Bartolomè come a un gran galantomo, annò a parlari col sigritario politico.

Il quali, doppo essirisi fatto prigari, acconsintì finalmenti a farlo rimittiri in libbirtà. Ma fici 'na diffida sullenni a Bartolomè: mai cchiù avrebbi dovuto chiamare allo scecco Mussolini. Se la cosa capitava 'na secunna vota, avrebbi fatto connannari a Bartolomè al confino.

La festa di San Calò capitò 'na misata doppo che era successo 'sto fatto.

La matina Assunta raprì l'armuàr indove che ci stava il corredo di Catarina e tirò fora la coperta arraccamata, 'na billizza che ci volivano occhi per taliarla. La stirò aiutata da Catarina, la ripiegò e l'assistimò supra alla groppa di Curù, e ai scianchi dello scecco ci attaccò dù granni ceste di canna chine chine di pani fatto da lei nel forno di casa. Appresso, le fìmmine si vistero a festa, l'òmini si misiro i vistiti boni e tutti sinni scinnero a pedi verso Vigàta.

Per trasiri 'n chiesa c'era 'na longa fila di vestie parate che aspittavano il turno. Sicuramenti, prima di un'orata non sarebbiro arrinisciuti a portari a Curù fino a davanti all'artaro per la consigna del pani.

Allura Assunta e Catarina addecisiro di farisi 'na firriata tra le bancarelle, mentri Bartolomè e 'Ngilino, datosi che era festa, si annavano a viviri un bicchieri di vino.

A tiniri le rètini a Curù ristò Jachino.

Ora abbisogna sapiri che quanno Bartolomè era stato libbirato e sinni era tornato a la sò casa, per sfogarisi la raggia aviva attaccato a Curù a un àrbolo e gli aviva dato lignate a tinchitè per una mezzorata di seguito, arripitenno:

«Tu ti chiami Curù! Capisti? Curù!».

Appresso a lui erano arrivati 'Ngilino, Assunta e Catarina che, con autre vastunate, si erano fatti passare lo scanto pigliato.

Sulo Jachino non aviva voluto participari alla minnitta ginirali.

E lo scecco l'aviva accapito, tanto che quanno lo vidiva la matina gli arrivolgiva, sulo a lui, 'n'arragliata di saluto.

Jachino notò che a mano dritta, supra al marciapedi, ci stava vicinissima 'na bancarella che vinniva scarpi.

Lui aviva assoluto abbisogno di un paro di scarpi novi, pirchì quelle che aviva e che erano appartinute a sò patre, a malgrado che se li mittiva sulo quanno scinniva 'n paìsi, nella sòla avivano oramà dù pirtusa dai quali ci trasiva l'acqua.

L'occhi gli cadero supra a un paro che aviva sempri addisidirato. Erano scarpi àvute, di corio naturali pisanti e con le sòle chiodate. Quelle erano scarpi che uno se li sarebbi godute tutta la vita, abbastava darigli ogni tanto 'na passata di grasso.

Il bancarellaro s'addunò della sò taliata ammirativa. Ne pigliò una e la pruì a Jachino:

«Taliasse che robba di prima gualità!».

Jachino l'accarizzò, la piegò, toccò i chiovi della sòla, gliela arristituì.

«Quanto venno?» spiò con la gola sicca.

«Trentacinco liri. Per vossia pozzo fari trentadù».

Tutto il risparmio che Jachino aviva 'n sacchetta consistiva in cinco liri e vinti cintesimi.

«Grazii» dissi.

E si misi a taliare da 'n'autra parti.

Due

Po' finalmenti attoccò a loro di mettiri pedi 'n chiesa ch'era accussì stipata che non ci trasiva 'na spingula.

Avanzaro a lento per 'n'autra mezzorata e po' si firmaro tutti davanti all'artaro maggiori con lo scecco 'n mezzo e il parrino binidicì il gruppo in un'unica passata.

Appresso Bartolomè affirrò le rètini dello scecco e lo portò 'n sagristia indove la famiglia scarricò le ceste e consignò il pani al sagristano.

Nesciri dalla chiesa china china di pirsone e d'armàli s'apprisintava cchiù difficili che trasirici. Tutti l'autri sinni annaro avanti dicenno a Jachino che si sarebbiro attrovati 'n casa della zà Cuncetta che aviva priparato il mangiari per tutti, e Jachino ristò narrè pirchì farisi largo con lo scecco e le sò ceste oramà vacanti era 'na vera 'mprisa.

Nisciuto finalmenti fora, lassò la via principali e pigliò la strata solitaria che portava a la casa della zà Cuncetta. Doppo tanticchia fici caso che lo scecco, che gli caminava davanti, ogni tanto si votava a taliarlo.

Pirchì faciva accussì? Voliva cosa? Capace che aviva siti, mischino.

A piazza Martiri Fascisti ci stava un abbiviratoio indove ogni tanto ce lo portava. Avrebbiro dovuto fari un giro cchiù longo, ma pacienza, tanto era ancora troppo presto per mangiari.

Senonché, appena che pigliò le rètini per farigli cangiari strata, lo scecco si chiantò fermo e non ci fu verso. Stava facenno la stissa cosa che aviva fatto con sò patre?

Allura addecidì di convincirlo parlannogli. Gli s'avvicinò e gli dissi taliannolo:

«Senti, Curù, ti voglio portari a viviri. Non hai siti?».

Per tutta risposta lo scecco prima gli ammostrò i denti e po' gli sputò 'na cosa 'n facci.

Jachino si puliziò la facci con la manica della giacchetta e po' si calò a taliare la cosa 'n terra.

Era un borzellino nìvuro, di quelli che s'attrovano nelle vurzette fimminine. Era tutto vagnato dalla saliva dello scecco. Lo raprì.

Dintra ci stavano 'na santina di San Calò e 'na poco di monita arravugliata. La contò. Sittanta liri. Dintra ci stava macari 'na lira di mitallo e basta.

Mentri Jachino ristava 'ngiarmato, Curù si votò e accomenzò a caminare.

Jachino lo seguì affatato.

E lo scecco lo portò davanti alla bancarella delle scarpi.

Ma Jachino non sapiva arrisolvirisi.

Certamenti lo scecco quel borzellino non l'aviva arrubbato raprenno la vurzetta di qualichi signura, non ne aviva la capacità, l'aviva attrovato 'n terra nella strata o dintra alla chiesa. Epperciò doviri sò sarebbi stato di consignarlo a qualichi guardia municipali accussì, se qualichiduno viniva ad arreclamarlo, quello glielo avrebbi ristituito.

Ma come si faciva ad essiri sicuri dell'onistà di 'na guardia municipali? Capace che si mittiva 'n sacchetta il borzellino e bonanotti ai sonatori.

«Allura, 'sti scarpi, li volite o no?» lo sollicitò il bancarellaro che l'aviva arraccanosciuto.

Jachino raprì il borzellino e taliò i dinari.

Il bancarellaro quivocò. Forsi pinsò che al picciotto il dinaro non gli abbastava.

«Facemo trenta e non sinni parla cchiù».

Jachino pigliò trenta liri e glieli detti. L'autro 'nfilò le scarpi dintra a 'na scatola e gliele consignò.

«Vi duriranno 'na vita».

«Mi potiti fari un favori? Ci dati un'occhiata alla vestia? Vaio e torno» gli spiò Jachino.

Il bancarellaro fici 'nzinga di sì.

Annò di cursa 'n chiesa, pigliò il borzellino con le ristanti quarantuno liri e li misi dintra alla fissura di 'na cascia supra alla quali ci stava scrivuto: «Offerte per San Calogero».

Po' annò a ripigliarisi lo scecco.

Siccome che i Sgargiato erano genti che non s'ammucciavano nenti e tra di loro non avivano sigreti, Jachino contò per filo e per signo com'era annata la facenna delle scarpi. Tutti si complimentaro con lui e con Curù.

Ma la prima a non essiri d'accordo con l'aviri dato tutto quel dinaro a San Calò fu Catarina.

«Avivo viduto un fazzoletto di testa ch'era 'na vera billizza, costava appena dù liri».

E Bartolomè:

«Un paro di cazùna novi mi ci volivano proprio. Costavano deci liri».

E Assunta:

«C'era 'na gonna che pariva fatta apposta pi mia. Otto liri».

E 'Ngilino:

«Scusati, ma ve lo scordastivo che io porto ancora le scarpi di mè nonno? Cinni era un paro che costava vinti liri che...».

«Ma accussì a San Calò ci sarebbi ristata 'na lira!» fici Jachino.

«Tanto, che sinni fa dei soldi San Calò 'n paradiso? S'accatta càlia e simenza?» fici Bartolomè.

«Quanno te l'incigni 'ste scarpi?» spiò Catarina.

«Boh» arrispunnì Jachino. «Appena aio tempo».

Pirchì i Sgargiato 'n campagna ci travagliavano tutti i jorni dell'anno, dalla matina alla sira. 'N tutta l'annata le jornate di riposo, dato che macari la duminica era per loro lavorativa, s'arriducivano a quattro: San Calò, Pasqua, Natali e Capodanno.

A ghinnaro 'nfatti siminavano all'aperto favi, finocchi, spinaciuzzi, piseddri e all'arriparato cipuddri, caroti, lattuca, pummadoro, sedani, prizzemolo, rafanelli, citriola, milanciani, pipironi, zucchine.

A fivraro aglio, sparaceddri, cavoli cappucci, rucola.

A marzo siminavano patati e rincalzavano i cacoccioli.

Ad aprili rincalzavano le favi e le patati e 'nfrascavano i piseddri oltri a chiantari vasalicò, miloni d'acqua e miloni di sciauro.

E accussì per tutta l'annata.

Ma un orto avi di bisogno soprattutto d'acqua assà. E in modo spiciali in quelle parti indove d'invernu chiuviva picca e nenti e d'estati si stava in piena arsura.

Per fortuna propio davanti alla casa c'era un pozzo con tanta acqua amara bastevoli a 'nnaffiari tutto l'orto. Sulo che tirari fora l'acqua dal pozzo era 'na faticata che 'mpignava per almeno quattro ure del doppopranzo tutta la famiglia.

Anni avanti, Bartolomè si era accattato al consorzio agrario 'na pompa aspiranti che con un sistema di tubi in pinnenza portava l'acqua indove nicissitava. Sulo che la pompa funzionava a forza d'omo, c'era 'na speci di leva di ligno che abbisognava spostari avanti e narrè 'n continuazioni con un vrazzo se si voliva che il getto d'acqua fusse continuo.

Il movimento della leva era duro assà, avivi voglia a sparmarici grasso, epperciò doppo manco 'na mezzorata uno il vrazzo se l'arritrovava accussì doloranti da non poterlo cataminare. Allura subentrava 'n autro della famiglia. Alle dù fìmmine abbastava un quarto d'ura per metterle fora combattimento. Po' ripigliava il primo che aviva accomenzato.

Picca jorni appresso alla festa di San Calò, capitò che

mentri Jachino era ad azionari la pompa, lo scecco niscì dalla staddra e si misi a taliare quello che faciva.

«Ti pari che sulo tu che sei scecco ti rumpi l'ossa? Macari noi che semo òmini ce le rumpemo pejo di tia!».

Siccome che era di finuta di turno, Jachino chiamò a 'Ngilino che viniva appresso di lui. Ma quello, che s'attrovava distanti, arreplicò che non potiva viniri subito pirchì un tubo che portava l'acqua all'orto s'era sganciato dall'autro al quali stava attaccato e abbisognava arripararlo. Jachino addecisi allura di pigliarisi cinco minuti d'arriposo.

Trasì 'n casa e si annò a dari 'na rilavata. 'N cucina sò matre e sò soro stavano stiranno. Il loro turno alla pompa l'avivano già fatto.

Quanno niscì novamenti fora, ristò strammato a vidiri quello che stava videnno.

Lo scecco aviva addintato la leva e con un semprici movimento della testa la spostava avanti e narrè.

E l'acqua viniva fora con una forza che mai prima aviva avuta. Ammaravigliato, chiamò prima a sò matre e a sò soro, po' a sò patre e a sò frati. Tutti arristaro 'ntordonuti.

Doppo aviri pompato l'acqua che abbisognava, lo scecco annò nel recipienti di ligno indove ci mittivano ogni tanto le garrubbe e che era vacante.

«Voli essiri pagato a garrubbe!» fici Jachino.

E gli inchì il recipienti.

«Si vidi» commentò Bartolomè «che macari l'autro propietario aviva 'na pompa come la nostra».

A farla brevi, Curù affrancò la famiglia dalla tirribbili faticata di ogni jorno.

Fu accussì che quella sira stissa, che era un lunidì, Jachino annunziò alla famiglia che, datosi che ora aviva tanticchia di tempo libbiro il doppopranzo, la duminica che viniva sarebbi scinnuto 'n pàisi mittennosi le scarpi novi.

Al martidì, ad annare a vinniri la robba 'n pàisi, attoccava a Jachino. Arrivato che era all'artizza del saloni del varberi don Pitrino, si sintì chiamari.

«C'è posta» fici don Pitrino.

Da sempri il postino s'era arrefutato di portari la posta sino alla muntagna del Crasto. E avivano concordato che la lassava dal varberi. D'autra parti i Sgargiato non arricivivano mai littre o cartoline, quanno gli arrivava posta si trattava sempri di qualichi tassa o di qualichi bulletta.

Stavota 'nveci era 'na cartolina colorata di rosa.

«Che è?» spiò Jachino che sapiva contari ma non sapiva né leggiri né scriviri.

«La visita di leva la passasti?» gli spiò don Pitrino.

«Sissi. L'autro anno».

«Ti ficiro abbili o t'arriformaro?».

«Abbili».

«E allura che vai circanno. 'Sta cartolina è il richiamo. Vai a fari il sordato. Ti devi apprisintari al distretto di Montelusa vinniridì matino alle novi».

'N famiglia, Assunta e Catarina accomenzaro a chiangiri il martidì appena seppiro la notizia e non la finero cchiù. Tanto che Jachino s'impressionò, si 'nfilò la mano mancina dintra ai cazùna e si toccò i cabasisi.

«A mia 'na sula cosa dispiaci» dissi «che duminica non mi pozzo mettiri le scarpi novi».

«Portatille appresso» suggerì 'Ngilino.

«E chi minni fazzo? Tanto dovrò mittirimi quelle da militario».

Prima di partirisinni, Jachino detti 'na mano di grasso alle scarpi, l'avvolgì in un panno di lana e le rimisi dintra alla scatola.

Doppo quinnici jorni che Jachino era partuto, 'Ngilino vinni chiamato dal varberi.

«'Na littra c'è».

«E di cu è?».

«Di tò frati Jachino».

«Mi la liggissi vossia».

Nella littra, che evidentementi si era fatta scriviri da un compagno, Jachino diciva che s'attrovava in una cità fridda assà che s'acchiamava Cuneo, che faciva ogni jorno sercitazioni militari che travaglianno all'orto si faticava meno, che se la passava bona, che per natali non avrebbi avuto licenzia, che abbrazzava e salutava a tutti compreso Curù e che forsi era meglio se 'Ngilino le sò scarpi se le mittiva lui.

Prima di addecidiri quanno se le sarebbi mittute, 'Ngilino ci pinsò a longo, per qualichi jorno. Gli pariva, mittennosille, di fari uno sgarbo a sò frati. 'Na duminica sira, a tavola, addimannò consiglio alla matre:

«Me le metto?».

«Ma stai babbianno? Le scarpi sunno di Jachino e non si toccano!».

«Ma nelle mie ci trasi l'acqua!».

«Te le fai arriparare!».

'Ntirvinni Bartolomè.

«Ma se Jachino gli detti il primisso!».

«Il primisso glielo detti pirchì Jachino avi il cori granni!» ribbattì Assunta, «ma le scarpi restano unni sunno!».

Bartolomè s'arraggiò.

«Ccà cumanno io e non si discuti! Tu, la duminica che veni, ti metti le scarpi di Jachino!».

E nisciuno sciatò.

Tre

Il jorno appresso, ch'era lunidì e chioviva a rètini stise, don Pitrino chiamò novamenti a 'Ngilino.

«C'è posta per tia. 'Na cartolina che arrivò vinniridì, ma me la scordai a daritilla».

«Per mia?».

«Sì».

«E che dice?».

«Che jovidì devi annari a passari la visita di leva a Montelusa».

«Poco mali» pinsò 'Ngilino. «Passo la visita, minni torno a la casa e duminica mi metto le scarpi novi».

Aviva i pedi assammarati, le sòle erano tutte pirtusa.

Quanno 'n casa fici vidiri la cartolina e spiegò che viniva a significari, sò matre Assunta si misi le mano nei capilli e accomenzò a fari come 'na maria casa casa.

«Macari a tia si pigliano 'sti cornuti! Maria, chi disgrazia! Maria, chi dolori!».

«Ma no, mamà, visita di leva è. Cinni passa tempo tra la visita e la chiamata!» tintò di spiegarle 'Ngilino.

«E po' non è ditto che lo fanno abbili» la consolò

Bartolomè che però non era convinciuto di quello che diciva.

Non ci fu verso. Assunta continuò a fari voci pejo di prima.

«Io me lo sento che se lo pigliano a 'sto figliuzzo beddro di lu mè cori! A tutti e dù la guerra li mannano a fari!».

«Ma quali guerra? Ma che ti veni 'n testa! Nuautri 'n paci semo!» dissi Bartolomè.

«E l'amiciuzzo sò, quel grannissimo cornuto di tidisco coi baffetti la guerra non la sta facenno? Quello si strascina appresso a Mussolini! Sicuro come la morti che se lo strascina!».

Per sò disgrazia, in quel momento lo scecco, dalla staddra, arragliò.

«Che hai da diri tu, gran figlio di buttana di Mussolini?» gli gridò allura Assunta.

E senza diri cchiù 'na palora, agguantò il mattarello e niscì fora di cursa.

Po' la sintero che diciva:

«Tè, Mussolini garruso, chisto è per mè figlio Jachino! Tè, Mussolini cornutazzo e mala vestia, chisto è per mè figlio 'Ngilino!».

E dài a mattarellari a quel poviro scecco che faciva rumorata con gli zoccoli tintanno di scansarisi.

«Accussì l'ammazza» dissi Catarina.

«Lassatila sfogari» ordinò Bartolomè.

«Abile» fici un sirgenti mentri che gli mittiva un foglio di carta 'n mano. «Rivestiti e vai».

Sulla porta, mentri che stava per nesciri fora, attrovò a dù caporala e a un sirgenti che firmavano a tutti.

«Tu come ti chiami?».

«Sgargiato Angelo».

«Fai vedere il foglio».

«Sissi».

Glielo pruì.

«Questa è per te» fici il sirgenti tinennosi il foglio e dannogli 'n cangio 'na cartolina rosa pricisa 'ntifica a quella che aviva arricivuta Jachino.

«E che è?».

«Sei chiamato alle armi. Devi presentarti qua dopodomani alle otto».

«Doppodumani? Sabato? Addio scarpi novi!» fu il primo pinsero di 'Ngilino.

Passaro un natali accussì malincuniuso che non pariva natali, ma il dù di novembriro.

Da 'Ngilino avivano arricivuto 'na simanata avanti 'na littra, scrivuta da un compagno, nella quali diciva che non avrebbi avuto licenzia manco lui epperciò l'aguri alla famiglia glieli potiva fari sulo di carta. Spiava puro notizie di sò frati Jachino. Ma di Jachino era chiossà di un misi che non ne sapivano nenti.

«Si non scrivi, di sicuro malato è» picchiuliava Assunta dalla sira alla matina e dalla matina alla sira.

Nella littra di 'Ngilino, doppo la firma, ci stavano ancora scrivuti 'na para di righi. Che facivano accussì:

«Caro patre, forsi le cose si tirano a longo perciò è meglio se le scarpi te le metti tu».

Assunta lo taliò significativo.

«Manco morto!» giurò Bartolomè.

Il capodanno 'nveci vinni tanticchia meglio.

Pirchì il 30 dicembriro Bartolomè, che ora era lui che scinniva 'n paìsi a vinniri la robba, vinni chiamato da don Pitrino.

«'Na cartolina di tò figlio arrivò».

«Quali?».

«Jachino».

Finalmenti!

«E che dici?».

«Dici che sta beni e manna l'aguri di natali e di bonanno a tutta la famiglia».

«E basta?».

«E basta».

Meglio che nenti.

Un jorno, verso la mità di marzo, Bartolomè, appena che finì di mangiari tornato dal paìsi, 'nveci di susirisi e annare nell'orto, sinni ristò assittato. Non sulo, ma si inchì mezzo bicchieri di vino.

«Che fu? Che successi?» spiò Assunta subito appagnata. «Che capitò a Jachino? Che fici 'Ngilino?».

«I nostri figli non ci trasino» la carmò Bartolomè.

«E allura che c'è?».

«C'è che stamatina mentri vinnivo la robba m'avvicinò Carmelo Indelicato».

E taliò a Catarina. La quali arrussicò.

Oramà era da tri misi che ogni duminica matina, quanno che niscivano dalla missa, Turuzzo, il figlio di Indelicato, si faciva attrovari davanti alla chiesa e l'accompagnava annanno appresso a loro a cinco passi di distanzia fino al piano Lanterna, da indove si partiva la trazzera per la montagna del Crasto.

E per tutto 'sto tempo, tiniva sempri l'occhi fissi supra a Catarina.

«E che voliva?» spiò Assunta.

«Non l'accapisci quello che voliva? Voli, col primisso nostro, che Turuzzo e Catarina si fanno ziti».

Carmelo Indelicato aviva 'na putìa di vino e sò figlio l'aiutava. Come partito, Turuzzo, che aviva la stissa età di Jachino, non c'era nenti da diri, l'Indelicato se la passavano bona.

«Tu chi 'nni pensi?» spiò Bartolomè ad Assunta.

«Mah!» fici quella.

«È un picciotto d'oro» dissi Bartolomè. «Non avi nisciun vizio, non è fimminaro...».

«Mah!» arripitì Assunta.

«Bih, che camurria! Spiegati meglio».

«Che c'è da spiegari? Io m'addimanno e dico: com'è che tutti i sò compagni sunno sordati e lui no?».

«Carmelo Indelicato mi dissi che alla visita di leva al picciotto l'arriformaro».

«E ddroco ti voliva! Di fora è un picciotto che pari sano come un cavaddro, ma se l'hanno arriformato veni a diri che avi qualichi cosa ammucciata che non si vidi e che non funziona. Perciò, prima d'ogni cosa, ti devi 'nformari».

«Non c'è di bisogno che s'informa» dissi a 'sto punto Catarina che non aviva ancora rapruto vucca.

«E pirchì?» spiò Bartolomè.

«Pirchì io zita con lui piccamora non mi ci fazzo. E manco con nisciun autro».

«Ti voi fari monaca?».

«Nonsi, patre. Ma fino a quanno non tornano i mè frati io da 'sta casa non nescio. Diciticcillo a Carmelo Indelicato. Se sò figlio avi la pacienza d'aspittari...».

Per tutta risposta, la duminica appresso Turuzzo si fici attrovari davanti alla chiesa.

Erano le quattro del matino del deci di majo e Bartolomè si stava allura allura susenno dal letto per lavarisi e vistirisi e po' annare nell'orto a cogliere la virdureddra frisca per vinnirla 'n paìsi, che tutto 'nzemmula sintì 'na voci:

«O di casa! Ccà sugno!».

Gli parsi d'arraccanoscirla, ma non volli aviri 'na sdillusioni. Fici per raprire la finestra e taliare fora.

La conferma gli vinni da 'na potenti arragliata dello scecco.

«Jachino!» gridò, arrisbiglianno ad Assunta e a Catarina con la sò vociata.

S'appricipitò a raprire la porta. Abbrazzò il figlio e lo fici trasire. Po' tutti dovittiro corriri a dari adenzia ad Assunta che era sbinuta.

Jachino aviva avuto cinco jorni di licenzia.

Li passò tutti 'n casa, non scinnì manco 'na vota 'n paìsi. Della sò vita di sordato, a malgrado che Bartolomè gli spiava 'n continuazioni, parlò picca e nenti.

Che era cangiato assà, sinni addunaro tutti. Ora era

mutanghero e non arridiva cchiù come prima alla minima occasioni.

Quanno gli facivano qualichi dimanna, spisso tardava a risponniri. Era come se aviva la testa pigliata da un pinsero.

Al terzo jorno, Assunta non riggì cchiù:

«Jachì, pi caso t'innamorasti?».

«Mamà, voi babbiare?».

Il jorno appresso, prima di partire, spiò:

«'Ngilino le mè scarpi se le mise?».

«No, sempri dintra alla scatola sunno».

Allura annò a pigliarla, tirò fora le scarpi, le taliò. Vitti che non avivano di bisogno di grasso e le rimisi a posto.

«Dumani quanno tinni vai?» gli spiò Bartolomè.

«Devo pigliari la correra delli novi per Montelusa».

«T'accompagnamo tutti» dissi Assunta.

«Vabbeni. Abbasta ca niscemo da ccà all'otto».

'Nveci, quanno la matina appresso s'arrisbigliaro, non attrovaro a Jachino. Sinni era ghiuto di notti, senza la minima rumorata, per non fari chiangiri a nisciuno.

Come fici a pirsuadiri allo scecco a non arragliare, non se lo seppiro spiegari.

Il primo di jugno don Pitrino dissi a Bartolomè che c'era un tiligramma.

Bartolomè aggiarniò. I tiligrammi sempri sbintura portavano.

«Lo raprisse e me lo liggisse».

«Arriverò giorno quattro con corriera da Montelusa ore dieci stop licenza giorni sei Angelo».

Non lo faciva mai, ma subito appresso sintì il bisogno di corriri alla putìa di Carmelo Indelicato e vivirisi un bicchieri di vino.

Po' 'nforcò lo scecco senza aviri finuto di vinniri la robba e sinni tornò a la casa.

Fu festa granni.

E cchiù granni ancora quanno 'Ngilino scinnì dalla correra.

Bartolomè, Assunta e Catarina erano alla firmata ad aspittarlo.

E tanticchia luntano c'era macari Turuzzo Indelicato che non livava l'occhi da supra a Catarina.

Com'è che 'sto picciotto ogni vota che lo vidivano pariva addivintari sempri cchiù sicco?

Chi faciva, non mangiava? Certo che a la sò casa la robba bona non ammancava.

E allura pirchì?

Quattro

Macari 'Ngilino, come aviva fatto Jachino, per tutti i sei jorni di licenzia non misi pedi 'n pàisi. Ma al contrario di sò frati, non fici che parlari della sò vita di militari e delle cità che aviva firriato. Non era cchiù un picciotteddro, ma pariva un omo fatto. Da Bologna, che era la cità indove che s'attrovava, aviva portato a sò matre 'na pasta spiciali che s'acchiamava tortellini per farle vidiri com'era fatta. Assunta se li studdiò e al quarto jorno glieli fici. 'Ngilino si liccò le dita.

«Sunno meglio di quelli di Bologna».

Aviva portato 'n rigalo dù fazzoletti da testa belli assà, uno per sò matre e uno per sò soro. A Bartolomè detti 'nveci un cuteddro sguizzero che sirviva a tutto.

Non fici che mangiari, dormiri e godirisilla.

«Non vi scantate, tutto finirà presto».

«Stati tranquilli, non doviti aviri prioccupazioni per mia».

«Oramà saccio come nesciri da qualisisiasi situazioni».

Quanno vinni il jorno della partenza, si fici accompagnari alla correra e ridì e sgherzò per tutta la strata.

Se non era per la divisa da sordato, pariva che stava partenno per una scampagnata.

«Ah» fici, arrivolto a sò patre, un momento prima d'acchianare nella correra. «Te le mittisti le scarpi di Jachino?».

«Sempri al posto sò stanno» dissi Assunta.

Qualichi jorno appresso, Mussolini addichiarò la guerra ai francisi e ai 'nglisi. Assunta, appena che lo seppi, agguantò il mattarello e detti tali botti allo sceccо che l'acciuncò, tanto che la matina doppo, scinnenno 'n paìsi, Bartolomè s'addunò che la vestia zoppichiava.

E la trasuta 'n guerra trasformò la càmmara di dormiri di Bartolomè e d'Assunta in una speci di cappella addedicata a San Calò. Per non fari torto a nisciuno, dato che di San Calò cinni erano tanti, quello di Naro che faciva le grazii per dinaro, quello di Canicattì che fici 'na grazia e sinni pintì, quello di la Marina che faciva 'na grazia ogni matina, quello di Girgenti che le grazii le faciva per nenti, e via di 'sto passo, Assunta arrinìscì ad aviri la santuzza di tutti i San Calò esistenti e l'impiccicò mura mura, mittenno sutta ad ognuno un lumino riggiuto da 'na tavoluzza.

E siccome che a Bartolomè era stato proibbito di santiare per non portari mali ai figli 'n guerra, il poviIazzo, privo di sfogo, stintava a pigliari sonno, mezzo assufficato dal feto di cira e con tutti quei lumini addrumati torno torno che gli pariva d'essiri dintra a un camposanto.

Accussì alla prima luci d'arba sinni scinniva nell'orto e si faciva un quarto d'ura di fila di santioni accompagnato dai chicchirichì dei gaddri.

Ringrazianno a San Calò, per i tri anni che vinniro appresso le cartoline di Jachino e di 'Ngilino continuaro ad arrivari macari se passavano simanate 'ntere tra l'una e l'autra. Po' li 'nglisi e i miricani accomenzaro un jorno sì e uno no a bommardari il paìsi. Lo facivano di notti, e la battaria era tali che i Sgargiato s'arrisbigliavano e niscivano fora a taliare le vampe delle bumme e i traccianti della contraerea che rigavano il celo. Loro, supra alla cima della muntagna del Crasto, non corrivano piricolo.

Le cose cangiaro in pejo verso la mità del misi d'aprili del milli e novicento e quarantatrì. Ora 'nglisi e miricani bummardavano macari di jorno. La robba di mangiari accomenzò a scarsiare e a costare assà. Bartolomè aviva un cintinaro di gaddrine e guadagnava bono, ma Assunta 'na matina gli dissi di non scinniri 'n paìsi.

«Pirchì?».

«Talè, Bartolomè, io staio niscenno pazza che da dù misi non aio notizie dei mè figli. Se mentri sei 'n paìsi bommardano, a mia mi scoppia il cori».

«E comu facemu a campari?».

«Ci vaio io» dissi Catarina.

«Non sinni parla» fici arrisoluta Assunta.

Finì che Bartolomè si misi d'accordo con un vicino

che macari lui faciva lo stisso misteri sò. Avrebbi guadagnato tanticchia di meno, ma pacienza.

'Na matina della fini di jugno, che potivano essiri le deci, Bartolomè s'addunò dall'orto che un omo, lassata la trazzera, aviva pigliato il viottolo che portava a la casa. A malgrado dell'età, ci vidiva ancora bono epperciò arriconobbe a Turuzzo Indelicato. Corrì 'n casa, ordinò a Catarina di annare a chiuirisi nella sò càmmara.

«Ma pirchì?».

«Sta vinenno Turuzzo».

«E chi fa, mi mangia?».

«Non ti mangia, ma non è cosa».

Catarina addivintò russa di raggia ma bidì. Assunta ristò 'n cucina, Bartolomè niscì fora.

«Bongiorno» fici asciutto.

«Bongiorno. Ci devo parlari».

«Trasite».

Turuzzo trasì. Sicco sicco com'era, l'acchianata l'aviva faticato e la cosa si vidiva.

«Volite un bicchieri di vino?».

«Sissi, grazie».

Bartolomè glielo sirvì, quello sinni vippi mezzo in un sulo muccuni prima di rapriri vucca.

«La signura Assunta non c'è?».

«È 'n cucina».

«Pò viniri? Vorria che ascutasse macari lei».

Non dissi che avrebbi voluto macari a Catarina, ma Bartolomè l'accapì lo stisso. Annò a chiamari la mogliere.

«Vi potiti assittare?» spiò Turuzzo.

Marito e mogliere si taliaro strammati. Ma che voliva quello? Per caso gli era nisciuto il senso? Apprisintarisi 'n casa della futura zita senza prima aviri addimannato tanto di primisso non era cosa da fari. Comunqui, s'assittaro.

«Vi devo confidari 'na cosa che non doviti diri a nisciuno, masannò mi mannate 'n galera. Io sento a Radio Londra».

Bartolomè e Assunta lo sapivano che era, quinnici jorni avanti era stato arristato il farmacista pirchì ascutava Radio Londra.

«Tinitivi fermi, m'arraccomanno. Vostro figlio 'Ngilino vivo è. È prigionero delli 'nglisi, ma sta beni. Lo dissiro bello chiaro: Angelo Sgargiato di Bartolomeo da Vigàta».

Successi un burdello, un viriviri, un quarantotto.

Assunta fici 'na gran vociata e cadì 'n terra sbinuta. Ma nisciuno le detti adenzia, pirchì Bartolomè era nisciuto fora e faciva sàvuti àvuti dù metri, lo scecco arragliava, Catarina era scinnuta dalla sò càmmara scantata e ora sinni stava racconsolata tra le vrazza di Turuzzo.

Alla scurata del dù di luglio che lo scecco azionava la leva dell'acqua e Assunta e Catarina sinni stavano assittate davanti alla porta a munnare la virdura per mangiarisilla, tutto 'nzemmula Curù si firmò, lassò la leva, fici 'n'arragliata e si misi a corriri lungo il viottolo che portava alla trazzera.

Assunta e Catarina ebbiro 'mmidiato lo stisso pinsero.

«Jachino tornò!».

E si misiro a corririgli appresso. Bartolomè, che stava abbadanno all'orto, vidennole corriri, gridò:

«Che fu?».

«Jachino tornò!».

E allura Bartolomè s'apprecipitò darrè alle dù fìmmine.

Ora lo scecco era arrivato alla trazzera, l'aviva pigliata e continuava a corriri alla dispirata.

Po' si firmò di colpo.

I tri lo raggiungero col sciato grosso. E col sangue accavudato nell'oricchi che faciva 'no scruscio tali da non fari sintiri a nenti.

E 'nfatti la rumorata dell'aereo miricano a vascia quota non la sintero, sintero sulo la botta 'mprovisa e tirribbili della bumma che sdirrupò la mità della loro casa. La staddra, 'nveci, ristò sana.

Se Curù non sinni scappava, le dù fìmmine di certo sarebbiro morte.

Gli dettiro da mangiari un sacco 'ntero di garrubbe.

Con lo sbarco dei miricani, la guerra da quelle parti finì.

Per dù misi i Sgargiato dormero allo stiddrato, tanto non cadiva 'na guccia d'acqua manco a pagarla e di notti col vinticeddro si dormiva bono.

Finuto ch'ebbiro i muratori, i Sgargiato ripigliaro possesso della casa, s'accattaro qualichi mobili novo e rimisiro a posto tutto come a prima, compresi i San Calò coi lumini.

Ma era capitata 'na cosa stramma. Che la bumma, quanno era caduta, aviva fatto satare in aria, tra le autre cose, macari la scatola con le scarpi di Jachino.

Assunta ne attrovò una sula nell'orto, quella del pedi mancino, dell'autra, quella del pedi dritto, manco l'ùmmira. La circaro per jorni, po' ci persero le spranze. Ad ogni modo Assunta a quell'unica scarpa ci passò il grasso e appresso la misi dintra a 'na scatola nova.

Aviva come minimo perso 'na decina di chili, Assunta, e non parlava squasi cchiù. Vabbeni che sapiva che 'Ngilino era vivo, ma stari per misi e misi senza notizie di Jachino, era 'na cosa che non si potiva supportari.

Il primo ad arricamparisi, alla fini dell'anno milli e novicento e quarantacinco fu 'Ngilino. La prima dimanna che fici, scinnenno dalla correra, fu:

«E Jachino?».

Bartolomè allargò le vrazza, Catarina si misi a chiangiri. Assunta 'nveci non era annata a pigliari al figlio, il jorno avanti aviva ditto a tutti i San Calò della càmmara di dormiri:

«Se io dumani mi nego la gioia di vidiri subito a 'Ngilino che arriva, voi mi la fati la grazia di fari tornari a Jachino?».

Bastò picca a 'Ngilino per ripigliari la vita di prima, come se non avissi mai viduto morti e distruzioni. Un misi doppo, si zitò con una beddra picciotta.

«Catarì, pirchì non ti fai zita macari tu con Turuzzo?».

«Io 'na promissa fici. Devo aspittari a Jachino».

«'Ngilì, secunno tia ci sunno spranze che torna Jachino?».

Era già squasi sira e patre e figlio stavano nell'orto.

«Te lo dico ora che 'a mamà non è prisenti. L'Armir, che era la nostra armata in Russia, fici 'na fini tinta assà. Io mi sono 'nformato, quann'ero prigionero. La divisioni di Jachino ristò accirchiata, 'na poco ce la ficiro a rompiri l'accerchiamento, ma la ritirata 'n mezzo al ghiazzo e alla nivi fu tirribbili, morero come i muschi».

Taliò a sò patre nell'occhi:

«Se propio propio lo voi sapiri come la penso, ammatula che 'a mamà prega a San Calò».

E visto il cangiamento nella facci di Bartolomè, tintò di ghittarla a sgherzo.

«'Nzumma, era distino che le scarpi novi non se li doviva mittiri».

E 'nveci si sbagliava.

La matina del tri aprili dell'anno appresso, 'Ngilino vinni chiamato dal varberi.

«Arrivò posta?».

«No, ma vinni uno dei tilefoni. C'è 'na chiamata che veni dalla crocirussa di Trento per uno qualisisiasi della famiglia Sgargiato. Si devi attrovari oj doppopranzo alle quattro pricise al posto tilefonico pubbrico».

Tornò a la casa, non dissi nenti a nisciuno. Se era 'na malanova, voliva essiri lui a priparari, a picca a picca, a sò matre.

Alle quattro pricise arrivò la tilefonata. 'Ngilino era accussì sudato che la cornetta gli sciddricava dalle mano.

«Pronto? Cu è ca parla?» fici 'na voci mascolina luntana luntana che non accanosciva.

«Sugno 'Ngilino Sgargiato».

«E io sugno tò frati Jachino».

Dintra alla gabina, a 'Ngilino ci ammancò di colpo l'aria. Raprì la vucca, ma non gli niscì nisciun sono.

«'U papà? 'A mamà? Catarina? E Curù?» spiò la voci che diciva essiri quella di sò frati.

«Tutti boni» arriniscì a diri 'Ngilino agliuttenno le lagrime. «E tu?».

«Dumani piglio 'u treno e torno. Arrivo a Montelusa doppodumani alli deci del matino».

«Vabbeni, ti vinemo a pigliare. Ma come stai?».

«'U pedi dritto mi tagliaro. Si congilò».

Po' non si sintì cchiù nenti, la linia era caduta.

«Abbonè che gli tagliaro 'u pedi dritto» pinsò 'Ngilino mentri tintava di rapriri la porta della gabina e non ce la faciva pirchì si sintiva debboli come un piciliddro «accussì almeno 'na scarpa nova se la potrà mittiri».

La Regina di Pomerania

Uno

Il marchisi Carlo Alberto Squillace del Faìto mise pedi per la prima vota a Vigàta la matina del deci marzo del milli e novicento e diciannovi, scinnenno dal treno che viniva da Palermo.

Aviva sulo 'na baligia, ma che baligia! Era di un corio morbito e chiaro, d'una finizza che pariva peddri umana e che doviva costari 'n occhio.

E macari i vistiti che aviva d'incoddro dovivano essiri stati tagliati da un sarto spiciali, di quelli che sirvivano sclusivamenti l'alta nobiltà di tutto il munno.

Era un quarantino sicco, i capilli all'umberta e i baffi a punta che a momenti gli cavavano l'occhi. Portava un paro d'occhiali con la montatura d'oro, accussì fina fina che pariva fatta non col mitallo ma coi fili d'una ragnatila.

«Al municipio!» ordinò al coccheri, acchiananno supra a una delle carrozze che nel piazzali della stazioni aspittavano i clienti.

'Na simanata avanti il sinnaco di Vigàta, il cavaleri Ersilio Buttafoco, aviva arricivuto da Palermo 'na littra su carta che pariva pergamena, 'ntistata «Regno (provvisorio) di Pomerania» e sutta alla 'ntistazioni c'e-ra scrivuto: «Il Console onorario».

La littra faciva:

Illustrissimo Signor Sindaco!

Avendo ricevuto dalla Regina Edwine di Pomerania l'onorevole incarico di aprire al più presto possibile una rappresentanza consolare del Regno nella città di Vigàta, sono con questa mia a pregarLa di volermi ricevere la mattina del 10 c.m. onde avere da Lei preziosi consigli sulla scelta della sede del Consolato.

Ove Lei fosse per tal data impedito, La pregherei di propormene altra a Lei conveniente dandomene comunicazione presso l'Hotel des Palmes di Palermo. Non ricevendo nulla di Suo, riterrò tal data confermata.

Voglia intanto gradire, illustrissimo Signor Sindaco, i sensi della mia più alta considerazione.

Il Console onorario del Regno (provvisorio) di Pomerania

Marchese Carlo Alberto Squillace del Faìto

Il sinnaco chiamò subito al sigritario comunali, ch'e-ra il cchiù struito di tutti, e gli detti a leggiri la littra.

«Uno cchiù, uno meno» fici il sigritario riconsignannogliela.

«Che vuole dire?».

«Beh, ci abbiamo già il consolato 'nglisi, quello francisi, quello tidisco, che piccamora è chiuso, quello portoghisi, quello spagnolo...».

«Va bene, ma lei lo sa dov'è questa Pomerania?».

«Nonsi. Ma con tutto 'sto viriviri di cangia cangia che sta succidenno doppo la guerra, tra stati vecchi scomparuti e stati novi comparuti, chi ci accapisce cchiù nenti?».

«Mi faccia un favore, s'informi. Non vorrei fare una cattiva figura col console. E poi veda un po' in giro se c'è qualche villetta che vogliono affittare, una cosa dignitosa».

L'indomani a matino il sigritario dissi al sinnaco Buttafoco tutto quello che era arrinisciuto a sapiri supra alla Pomerania.

«Taliasse, cavaleri, a mia m'arrisurta che prima della guerra era 'na reggioni che stava tra la Girmania e la Polonia ma che appartiniva tutta alla Girmania. Po', avenno la Girmania perso la guerra, hanno deciduto che 'na parti di 'sta Pomerania, che s'acchiama Pomerelia, devi passari sutta alla Polonia, non ora però, ma nel dicembriro dell'anno che veni, vali a diri nel milli e novicento e vinti».

«E allora 'sto regno da dove viene fuori? E poi che significa provvisorio?».

«Non ce lo saccio diri».

«E la villetta l'avete trovata?».

«Cinni sunno dù che s'affittano».

Naturalmenti quella sira stissa il sinnaco, appena trasuto al circolo, dissi la novità del prossimo arrivo del novo console, però arrisultò subito chiaro che nisciuno dei prisenti aviva mai sintuto parlari della Pomerania.

Ma alle deci di sira s'apprisintò don Giacomino Paletta che era uno dei dù cchiù grossi comercianti di sùrfaro di Vigàta.

«Certo che saccio unn'è la Pomerania! Era 'na parti della Girmania che dava nel mari Baltico. Fino a prima della guerra, ogni tanto, arrivavano navi da un porto che si chiama Danzica. Carricavano sùrfaro e sinni tornavano. Ora pari che l'anno che veni passa alla Polonia».

«Di che stati parlanno?» spiò il baroni Cocò di Sant'Alberto che arrivava in quel momento.

«Della Pomerania» arrispunnì il sinnaco.

«Ah, sì» fici il baroni.

Don Giacomino Pintacuda, profissori di greco, che non potiva soffriri al baroni, partì 'n quarta.

«Che viniti a diri con 'sto ah sì? 'Nni voliti fari accridiri che voi sapiti cos'è la Pomerania?».

«Lo saccio».

«Avanti, dicitimi: che esporta?».

«Pisci, azzaro e cani».

Fu squasi un coro:

«Cani?!».

«Sissignori, cani».

'N fatto di cani, il baroni era 'n'autorità. Bastisi diri che nella sò casa di campagna di Sicudiana 'nni tiniva quinnici, e tutti di razza diversa.

«E come sunno 'sti cani?».

«Molto belli. Sono dei volpini ma di taglia cchiù grossa del volpino taliàno. Hanno 'na bella cuda arricciata che portano arrotolata supra la schina».

«Cani di caccia sunno?» spiò il sinnaco.

«Ma quanno mai! Sunno cani di compagnia, 'ntelligentissimi. E costano un occhio».

«Pirchì?».

«Pirchì c'è 'na liggi che ne limita l'esportazioni e po', se l'esporti, ci grava supra 'na tassa àvuta assà. Per questo sunno accussì rari a trovarisi dalle parti nostre. Allura, la volemo principiare 'sta partita o no?».

Il sinnaco, che già era ristato ammaravigliato dal biglietto da visita con lo stemma e le palli da nobili che l'usceri gli aviva consignato, chiossà si 'mpressionò davanti all'aliganza, alla 'mponenza, al modo di fari del marchisi.

«Naturalmente lei sa tutto dell'attuale situazione della Pomerania» dissi quello appena assittato.

«Naturalmente» fici il sinnaco.

«Il trattato di pace impone alla Germania la consegna di una parte della regione, quella propriamente chiamata Pomerelia, alla Polonia il 20 dicembre dell'anno prossimo. Nel frattempo la zona, onde evitare scontri tra gruppi etnici diversi, in via provvisoria è stata chiamata Regno di Pomerania. E quindi è apparso naturale proclamarne Regina la discendente diretta del principe Stanislao Svantibor, colui che nell'undicesimo secolo diede alla regione unità politica e amministrativa».

«Mi scusi, marchese, ma la Regina non è maritata?».

«Lo era, disgraziatamente è rimasta vedova il giorno prima della proclamazione. Ma comunque la discendente del principe Svantibor è lei, non lo sposo».

«Capisco».

«Sua Maestà la Regina intende, durante il breve periodo del suo Regno, la cui capitale, sempre provvisoria, è Bydgoszcz...».

«Come ha detto, scusi?» spiò 'mparpagliato il sinnaco.

Il marchisi sorridì.

Tirò fora un altro biglietto da visita e 'na pinna stilografica d'oro, il sinnaco fino ad allura mai ne aviva viduta una, ci scrissi supra il nomi della capitali e lo detti al sinnaco.

«Con Stettino e Danzica è una delle tre grandi città della Pomerania» spiegò.

E po' continuò.

«Come le stavo dicendo, Sua Maestà intende risollevare il suo paese dalla totale devastazione nella quale è piombato a causa della guerra. Ed ha avuto un'idea che non esito a definire geniale. È una gran donna. Ha ottenuto di poter battere moneta nazionale, in modo che fosse esclusa tanto dalla svalutazione del marco tedesco quanto dallo scarso potere d'acquisto della moneta polacca. Inoltre ha riportato le acciaierie di Danzica a livelli di produzione due volte superiori a quelli di prima della guerra. Ha incrementato la pesca che non solo è una delle principali risorse nutritive del paese, ma è anche, attraverso l'esportazione del pescato, una fonte di grande ricchezza. Vuol vedere uno schirz?».

«Che è?» spiò il sinnaco.

«La moneta corrente della Pomerania».

Cavò fora un portafoglio di corio nìvuro finissimo e dal portafoglio un biglietto di banca. Raffigurava, da 'na parti, 'na beddra fìmmina quarantina assittata supra a un trono con la coruna 'n testa e allato a lei la cifra 1 con sutta scrivuto Schirz. Dall'autra parti c'erano addisignati un opiraio davanti a 'na speci di forno e un pisci che pariva uno stoccafisso.

«Nel recto è la Regina che è venuta molto somigliante» spiegò il marchisi, «nel verso sono emblematicamente rappresentate le acciaierie e la pesca».

«A quanto equivale?» addimannò il sinnaco.

«Uno schirz? A circa centocinquanta lire italiane. Come le stavo dicendo, la creazione di una rappresentanza consolare a Vigàta rientra nel piano di ripresa nazionale voluto da Sua Maestà. D'altra parte mi risulta che prima della guerra la Pomerania importava zolfo da...».

«Vero è!» fici il sinnaco. «Proprio l'altra sera ne parlavo con don Giacomino Paletta che è il più importante commerciante di zolfo e che...».

«Lo vede?» l'interrompì a sua volta il marchisi. «Spero che nei prossimi giorni lei sarà così gentile da presentarmi a tutti coloro che...».

«Ma certamente! A completa disposizione! Basterà che lei venga al circolo ed è fatta».

«La ringrazio. E in quanto alla sede...».

«Ho già provveduto. Lei vuole affittare o comprare?».

«Affittare. Capirà, se si fosse trattato di un impegno lungo certamente avrei preferito comprare, ma così...».

«Naturale! Se vuole, l'accompagno personalmente».

«Non si disturbi, per carità! Basterà una guardia municipale».

«Non lo dica nemmeno per scherzo!».

Dei dù villini, il marchisi si sciglì quello di propietà del commendatori Filiberto Squarò, morto di recenti, e la cui vidova sinni era tornata al paìsi di nascita. Era bastevolmenti granni.

Al pianoterra ci stavano 'na prim'entrata con dù porti e 'na scala che acchianava al piano di supra. La porta a mano manca dava in una càmmara che dava in un'autra càmmara cchiù granni.

«Queste due stanze sono l'ideale per la sede consolare» dissi il marchisi. «Sala d'aspetto e ufficio mio».

La porta a destra dava in un enormi saloni e in una càmmara di mangiari con allato cucina e bagno.

Al piano di supra ci stavano dù càmmare di letto matrimoniali che erano dù piazze d'armi, 'na càmmara di dormiri singola e un bagno. Nel suttasuffitta c'era 'na cammareddra di dormiri e un bagno nico.

«Ottimo!» fici il marchisi «così se arriverà qualcuno dalla Pomerania potremo ospitarlo. In soffitta andrà la cameriera. Dalla camera da letto piccola basterà sgombrare i mobili».

«E che ci mette?».

«Un tavolo da gioco e una decina di sedie. Piace a quelli della Pomerania, il sabato sera, farsi una partitina».

Il sinnaco non replicò.

«Con chi devo parlare per l'affitto?» spiò il marchisi.

«Con me» dissi il sinnaco. «Ho la delega della proprietaria. Ma per ora non si preoccupi, oltretutto si tratta di un affitto modico. Piuttosto, le vanno bene i mobili che ci sono?».

Il marchisi parse non aviri sintuto la dimanna.

«Forse occorrerebbe dare un'imbiancatura alle pareti. E dopo fare una grossa pulizia generale. Lei conosce qualcuno che possa occuparsi della cosa? Io, purtroppo, non potrei restare finché...».

«Penso a tutto io» dissi il sinnaco. «Lei quando intende tornare?».

«Prima possibile. Appena lei cortesemente mi avrà fatto sapere che qua tutto è a posto. Mi trova all'Hotel des Palmes. Non so come riuscirò a sdebitarmi per la sua squisita disponibilità e gentilezza».

«Dovere, signor marchese».

Niscero fora dal villino, il sinnaco chiuì la porta, si mise la chiavi 'n sacchetta.

Due

«Allora i mobili le vanno bene?» tornò a spiare il sinnaco Buttafoco.

«A me sì, signor sindaco. Bisognerà vedere cosa ne pensa mia moglie che è di gusti un pochino difficili. Ma ce ne occuperemo al momento opportuno».

Cavò dalla sacchetta del gilecco un ralogio d'oro che manco Roscild.

«Forse faccio in tempo a prendere il treno per Palermo. Bisogna che prima passi dal municipio dove ho lasciato la valigia. Me l'ero portata credendo d'impiegare più tempo per risolvere tutto. Ma grazie a lei...».

«Mi permetta d'accompagnarla al treno con la mia carrozza».

E fu mentri che annavano alla stazioni che il sinnaco apprinnì che la mogliere del marchisi si chiamava Wilfride Svantibor ed era la soro minori della Regina di Pomerania.

Il marchisi gli contò macari che, facenno parti della diligazioni diplomatica taliàna per il trattato di paci, l'avivano mannato, 'nzemmula con autri, a definiri l'esatti confini della Pomerelia che doviva passari alla Polonia. Ed era stato accussì che aviva accanosciuto a Wilfride, la futura mogliere.

Il sinnaco si era fatto un ràpito carcolo.

«Quindi siete sposini?».

Il marchisi aviva sorriduto.

«Ci siamo sposati appena due mesi fa».

Tra 'na cosa e l'autra, ci vosiro vinti jorni per mettiri a posto il villino. Il marchisi arrivò con tri baulli giganti e quattro baligie. Ci volliro dù carrozze per portari tutta la robba.

«E la signora?» spiò il sinnaco.

«Arriverà dopodomani. È rimasta a Palermo per comprare quello che serve per la casa, lenzuola, coperte, federe...».

Uno dei baulli era chino di cose che arriguardavano il consolato. C'erano 'na vintina di grossi libri arrilegati nìvuro che il marchisi assistimò nello scaffali darrè alla sò pultruna. Erano tutti scritti in tidisco.

«Sono i codici penali, civili e commerciali» spiegò al sinnaco.

Po' risme e risme di fogli di carta 'ntistata, carpette, timbri in taliàno e tidisco, un ritratto a oglio della Rigina, dù bannere e 'na targa di rami accussì lucita che pariva oro e supra alla quali ci stava 'nciso: «Consolato del Regno (provvisorio) di Pomerania».

Vinni avvitata da 'na guardia municipali, chiamata per aiuto, al portoni del villino. La stissa guardia appinnì al muro darrè alla scrivania il ritratto della Rigina.

Le dù bannere erano uguali, una cchiù nica, una cchiù granni. La cchiù nica il marchisi la fici mettiri darrè alla sò pultruna, in un angolo dell'ufficio. La cchiù granni 'nveci la fici esporri nel balconi della càmmara matrimoniali del piano di supra.

Era 'na bella bannera, quella del Regno di Pomerania, non c'era chi diri. Tutta azzurra come il mari, aviva al centro un circolo formato da deci stiddre d'oro e 'n mezzo al circolo ci stava la coruna della Rigina.

Quella sira stissa il sinnaco Buttafoco 'nvitò il marchisi a mangiari alla sò casa. La signura Mommina, sò moglie-re, che era 'na brava coca, s'era ammazzata di travaglio tutta la jornata per priparari piatti degni d'un marchisi che era macari cognato della Regina di Pomerania. Ma il marchisi non accittò, dissi che si sintiva tanticchia stanco e che comunqui non sarebbi mancata occasioni.

«Ma lei dove va a cenare?» gli spiò il sinnaco tanticchia sdilluso dal rifiuto.

«M'ero fatto preparare un po' di cose dal maître dell'hotel. Una cena fredda. Non si preoccupi».

«E per la visita al circolo quando pensa di...».

«Una di queste sere l'avvertirò».

«Senta, mia moglie ha pensato che forse la sua signora avrà bisogno di una cameriera che...».

Il marchisi sorridì.

«La mia signora ha la sua cameriera personale. Se l'è portata dietro dalla Pomerania».

«Se le serve la mia carrozza per quando arriva la sua signora, non faccia complimenti».

«Grazie, non ce ne sarà bisogno. Piuttosto avrei necessità di qualcuno che andasse a fare la spesa dato che la cameriera di mia moglie non parla la nostra lingua».

«Provvederò».

Ma com'è che prima aviva tanta prescia di fari le cose e ora non ne aviva cchiù? E com'è che ora era gentili sì, come sempri, ma distanti e macari tanticchia friddo?

Tri sule pirsone, a Vigàta, vittiro arrivari alla mogliere del consoli e alla sò cammarera. Le dù fìmmine foro l'uniche passiggere che scinnero dal treno che arrivava alla mezzannotti da Palermo. Il marchisi era supra al marciapedi ad aspittarle, aviva acchiamato a dù carrozze. In una acchianò la cammarera con un grosso baulli, nell'autra il marchisi e la signura.

Ma all'indomani a matino il capostazioni contò ai passiggeri 'n partenza della grannissima biddrizza delle dù fìmmine, tutte e dù biunne, tutte e dù coll'occhi cilestri, tutte e dù picciotte, pirchì la mogliere del marchisi era sì e no trentina mentri la cammarera era sì e no vintina.

«Era notti, ma quanno scinnero dal treno parse che era spuntato il soli» concludiva il sò cunto il capostazioni.

I dù coccheri non foro da meno. Quello che aviva portato la cammarera contò che macari il cavaddro, vidennola, aviva tirato fora lo stigliolo e che la picciotta aviva taliato lo strumento e po' si era mittuta a ridiri. Quello che aviva portato la coppia dissi che gli era abbastato taliarla mentri acchianava e scinniva dalla carrozza per non arrinesciri a chiuiri occhio tutta la notti.

'N brevi, tutta Vigàta seppi che 'n paìsi ora s'attrovavano dù biddrizze capaci di portari il paradiso 'n terra.

Ma per una simanata 'ntera i mascoli di Vigàta spasimaro a vacante. Il consoli, ogni doppopranzo alle quattro, si annava a fari 'na passiata molo molo, ma le dù fìmmine sinni ristavano tappate 'n casa. Ogni matina però, verso le deci, 'na poco di picciotti vigatisi s'arricampavano davanti al consolato per vidiri alla cammarera che rapriva il balconi per dari aria alla càmmara di dormiri dei sò patroni e per un momento s'affacciava fora a taliare. E a tutti, per quel mezzo minuto, viniva a mancari il sciato. La zà Nirina, che aviva avuto l'incarrico di fari la spisa, contò che le fìmmine non parlavano con lei, era il marchisi che le diciva quello che c'era da accattare e le dava la monita nicissaria.

Il sinnaco era tanticchia offiso pirchì il marchisi con lui non si era fatto cchiù vivo. E accussì un doppopranzo addecise d'annare a parlarigli quanno si faciva la solita passiata al molo.

«Signor marchese, sempre ai suoi ordini».

«Preghiere umilissime, signor sindaco».

«Si è trovato bene in questi primi giorni? Se le posso essere utile...».

Il marchisi parse tanticchia 'mpacciato.

«Sa... il fatto è che io e la mia signora... insomma

è la prima volta che ci troviamo in una casa tutta nostra... siamo sempre stati sballottati da un albergo all'altro, senza mai un giorno di vera intimità...».

«Capisco» fici il sinnaco 'nvidiannolo.

«Ma sabato prossimo apro la casa. Per primi inviterò, com'è usanza, i miei colleghi consoli presenti a Vigàta. Poi devo partire per Roma perché sono stato chiamato a rapporto dal nostro ambasciatore. Ma il sabato sera seguente avrò l'onore di avere come ospiti lei e una quindicina di persone, tra i maggiorenti che userà la cortesia d'indicarmi. Potranno venire con le loro signore, naturalmente».

Tutti i consoli prisenti a Vigàta arricivero un cartoncino stampato in rilevo e in littre dorate nel quali si diciva che il consoli del Regno (provisorio) di Pomerania avrebbi aggradito d'aviri a cena, e quello che vinitava appresso era scrivuto a mano, il signor Tal dei Tali, consoli di Vaasapiri, la sira di sabato alli ure vinti.

Si prisintaro in quattro, pirchì essenno la signura Villasevaglios, mogliere del consoli spagnolo, tanticchia 'nfruenzata, e macari gilusa assà, proibbì al marito di annarici senza di lei.

Uno, il consoli francisi, vinni per tutta la sirata martoriato dalla mogliere assittata davanti a lui. Appena che assollivava l'occhi dal piatto per taliare alla patrona di casa, gli arrivava un càvucio che lo pigliava alle ginocchia o ai cabasisi.

Il consoli 'nglisi, mister Peirce, arrivò già 'mbriaco e sinni niscì cchiù 'mbriaco di prima.

Il consoli portoghisi 'nveci appena che trasì e la signura Wilfride gli pruì la mano per avirla vasata, sintì prima 'na gran botta di càvudo, po' 'na gran botta di friddo e accapì d'essirisi 'nnamurato perso della patrona di casa. Per cui sprofunnò nella malincunia a vidiri la gran laidizza della mogliere che aviva allato e non raprì vucca per tutta la sirata.

L'unico che mangiò e vippi a tinchitè, 'nzemmula a sò mogliere, e senza nisciun probbrema, fu il consoli danisi che però aviva sittant'anni.

La cena era stata ordinata dal marchisi all'Hotel des Temples di Montelusa ed era stata sirvuta dalli stessi cammareri dell'albergo. La cammarera diciottina della signura Wilfride comparse sulo alla fini per sirviri a tutti un liguori che pariva acqua ma che appena dintra alla vucca addivintava foco liquito. E quanno trasì alla fini con la buttiglia 'n mano, sorridenti, veramenti non si sarebbi potuto sceglirì tra la cammarera e la patrona.

Il lunidì a matino il marchisi s'apprisintò 'n municipio.

«Non ho più urgenza d'andare a Roma. Il signor ambasciatore mi ha fatto recapitare la posta che viaggia per corriere diplomatico. Ho ricevuto una lettera del ministro del commercio, Tadeucz Wicziz, con precise direttive. E anche una lettera di Sua Maestà della quale le parlerò uno dei prossimi giorni. Se vuole usarmi la cortesia di darmi la lista...».

«Quale lista?» spiò strammato Buttafoco.

«Quella dei maggiorenti, delle quindici persone da

invitare sabato prossimo. E i relativi indirizzi. Il ministro mi ha ordinato di stringere i tempi».

«Questo pomeriggio gliela farò avere con una guardia. Le interessa qualcuno in particolare?».

«Caro e squisito amico, mi interessano soprattutto i commercianti di zolfo e di sale. Poi, se c'è qualche persona gentile che vorrebbe passare un po' di tempo con mia moglie...».

«In che senso, scusi?» spiò, completamenti 'ntordonuto, il sinnaco.

«Giocando a poker. Mia moglie è una giocatrice accanita, io lo sono un po' meno».

Al circolo jocavano a ramino, a scala quaranta, a zicchinetta, a scopa, a trissetti e briscola e, nelle jornate dalla vigilia di Natali alla bifana, a bacaratti. Il poker lo jocavano sulo il baroni Cocò di Sant'Alberto, il cavaleri 'Ntonio Fiannaca, il raggiuneri Pippo Spataro e il commendatori Pasqualino Cutrera. Li avrebbi 'nvitati a tutti e quattro.

I ristanti unnici, come arrisultò dall'elenco, comprinnivano i dù cchiù grossi comercianti di sùrfaro; i dù cchiù granni comercianti di sali; il cchiù 'mportanti esportatori di mennuli, ciciri e favi; il medico cunnutto; il comannanti del porto; il presidenti dei cumbattenti e reduci; don Giacomino Pintacuda; il presidenti del circolo; il farmacista Samonà.

Ma tutti e quinnici i mascoli, compresi in un arco che annava dai trenta ai sissant'anni, s'innamoraro a prima vista della patrona di casa.

A parti la biddrizza che non pariva vera, aviva un garbo, 'na gintilizza, un modo di sorridiri a tutti che s'accapiva che veramenti era 'na grannissima ristocratica d'antica discinnenza, soro d'una rigina.

Mentri mangiavano, il baroni Cocò di Sant'Alberto, ch'era un beddro picciotto trentino e di sangue càvudo, trovò modo di diri che gli piaciva jocari al poker. Era stato il sinnaco a 'ncarricarlo di tirari fora 'sto discurso.

«Purre a me piace» fici Wilfride dannogli 'na taliata di 'ntisa. «Si foi folete farre parrtita kva da noi sapato...».

«Come no!» farfugliò il baroni annigato nel cilestre di quell'occhi.

«Anche a noi piace il poker!» ficiro 'n coro Fiannaca, Spataro e Cutrera.

«Fenite tutti» dissi Wilfride. «Fi darrete il cambio».

«Lei ha un cane di Pomerania?» le addimannò il baroni che 'ntanto era arrinisciuto a pigliari sciato.

«Lei piace cani, barone?».

«Ne ho quindici di razza. Ma non ne ho di Pomerania».

«Purrtropo in mio paese prroibita per orra esporrtazione» dissi Wilfride.

Aviva 'na voci che dall'oricchi scinniva dritta dritta alla panza e macari tanticchia cchiù sutta.

Sulo allura Cocò s'addunò che il marchisi marito lo taliava fisso.

Pinsò che forsi stava sbaglianno a mostrari tanto 'ntiressi per la signura.

E per il resto della sirata non dissi cchiù nenti. Però ogni tanto isava l'occhi e immancabilmenti 'ncontrava il laco cilestre.

Tre

Al momento di salutarisi, a Cocò parse che la mano di Wilfride ristasse nella sò tanticchia chiossà del nicissario. Ma potiva essiri che il gran disiderio che aviva di lei gli faciva vidiri cose che non c'erano.

«A sabato, allora?».

«A sapato» sorridì Wilfride.

Il marchisi 'nveci, al momento di salutari a don Giacomino Paletta, gli dissi:

«Avrei bisogno d'abusare della sua cortesia».

«Mi dica, signor marchese».

«Quando le aggrada, domani o dopo, ho necessità di un colloquio riservato con lei. Qui o nel suo ufficio, disponga lei».

«Non si deve disturbare, signor marchese, vengo io domattina alle dieci. Va bene?».

«Va benissimo, la ringrazio».

Alle deci spaccate don Giacomino tuppiò alla porta del consolato e gli vinni a rapriri la cammarera che la sira avanti non si era fatta vidiri, il liguori l'aviva sirvuto la signura Wilfride. Matre santa, che minne che aviva! Po', quanno si votò pricidennolo, don Giacomino arristò affatato dal movimento ondulatorio di quelle giovani natiche sutta alla stritta gonna nìvura, dovivano essiri cchiù sode di un ovo sodo. Il marchisi non era in ufficio.

«Lei speta kva, orra fiene» fici la cammarera facennolo assittare nella pultruna davanti alla scrivania.

Don Giacomino si votò a taliarla mentri che nisciva dalla càmmara. Il marchisi arrivò subito appresso, gli stringì la mano, s'assittò nella sò pultruna.

«Entro subito in argomento. Ho ricevuto dal nostro ministro del commercio una lettera dove, tra le altre cose, mi affida l'incarico di comprare a Vigàta una grossa partita di zolfo. Si tratta di...».

Si firmò, raprì il cascione cintrali della scrivania, tirò fora 'na busta, dalla busta cavò cinco fogli scritti a mano fitti fitti. Accomenzò a taliarli. Don Giacomino ebbi modo di vidiri che ogni foglio aviva la stissa 'ntistazioni scrivuta in una lingua strania. Il marchisi attrovò quello che circava.

«Ah, ecco. Si tratta di quattrocento tonnellate di zolfo di qualità gialla superiore».

«Come ha detto, scusi?» spiò alloccuto don Giacomino.

«Quattrocento tonnellate. Sono poche? Comunque questa sarebbe una prima ordinazione. Ne seguiranno altre. Mi dica lei. Sa, non è che io me ne intenda tanto. Qua sua eccellenza il ministro mi scrive che orientativamente il prezzo da voi praticato dovrebbe aggirarsi attorno alle novantacinque lire».

Il prezzo, in quel momento, era di novanta liri a tonnellata, ma don Giacomino sinni ristò muto al riguardo. Il fatto era che un ordinativo di quella portata, doppo che la guerra aviva fatto calare squasi a zero il comercio, viniva a significari travaglio e ricchizza. Ma c'erano 'na poco di probbremi.

«Signor marchese, credo che nei nostri depositi lo zolfo non raggiunga le duecento tonnellate. Ma questo è il meno, perché il restante potrei comprarlo dai colleghi di qua o di Catania. Il fatto è che esiste una legge che limita a 135.000 tonnellate l'esportazione di zolfo all'estero, a prezzo pieno».

«Beh, non mi pare che quattrocento tonnellate siano...».

«Ma vede, signor marchese, queste tonnellate da esportare sono state ripartite tra tutti i commercianti di zolfo dell'isola. E io sono arrivato al limite della quota che mi spetta, in teoria non potrei più imbarcarne nemmeno cento grammi».

«Allora niente da fare?».

«Posso darle una risposta entro domani pomeriggio?».

«Certamente. Ah, le devo anche dire che al noleggio delle navi da carico dovrebbe provvedere lei. La società marittima alla quale dovrà rivolgersi per il nolo mi verrà indicata da sua eccellenza. Il costo del noleggio, naturalmente, le verrebbe rimborsato a parte».

«Ma le vostre navi?».

«Alla Pomerania ne sono rimaste troppo poche. Il porto di destinazione è Danzica. Naturalmente la merce sarà pagata pronta cassa e in sterline alla consegna».

Si susì. Susennosi macari lui, don Giacomino spiò, 'ndicanno la busta del ministero ch'era supra alla scrivania:

«Le serve?».

«La busta?» fici il marchisi tanticchia 'mparpagliato.

«No, il francobollo. Mio figlio fa collezione».

Il marchisi pigliò 'na forfici, tagliò un pezzo di busta col franchibollo. Rapprisintava il profilo della Regina di Pomerania e costava 30 swarz.

'Na vera rarità.

All'indomani a matino alle deci don Ramunno Gesmundo, l'autro grosso comerciante di sùrfaro che macari lui era stato 'nvitato alla cena, s'apprisintò al consoli di Pomerania.

«Mi perdoni il disturbo, signor marchese. Ma...».

«Nessun disturbo. Anzi, mi ero ripromesso di passare in mattinata da lei. Mi dica, l'ascolto».

«Sa, il paese è piccolo, si viene a sapere tutto. Lei ieri avrebbe proposto a don Giacomino Paletta...».

Il marchisi isò 'na mano e l'autro s'azzittì.

«Sappia che se ieri ho parlato con lui, oggi avrei parlato con lei. Poi la decisione sarebbe emersa dal confronto tra le vostre proposte. Questo rientra nel mio abituale modo di fare improntato all'imparzialità, alla correttezza e alla legalità».

«Mi scusi».

«Il signor Paletta mi ha lasciato capire che si trova in una certa difficoltà avendo raggiunto la sua quota di zolfo da esportare all'estero. Qual è la sua situazione?».

«A me ne restano ancora cento tonnellate».
«È già meglio. Ma per il resto?».
«Troverò un modo, stia tranquillo».
«Il prezzo?».
«Novantatré lire».
«Sa che le navi bisognerà...».
«So tutto. Paletta le ha parlato della sua percentuale?».
«Percentuale? A me?!».
Il marchisi si susì addritta, pallito di sdigno.
«Non si permetta mai più di... Fuori!».
«Guardi che lei sta cadendo in un equivoco» fici Gesmundo susennosi macari lui. «La percentuale è legalmente dovuta al mediatore. È nel nostro codice commerciale».
«Davvero?!».
«Guardi, se vuole domani glielo porto».
«Mi basta la sua parola. E a quanto ammonterebbe questa percentuale?».
«Dal due al cinque per cento. Naturalmente, trattandosi di un affare grosso come questo, la percentuale sarebbe il massimo».
«Quando sarà in grado di darmi una risposta?».
«Domani pomeriggio».

Quello stisso doppopranzo, il marchisi, tornanno dalla passiata al molo, attrovò a don Giacomino Paletta che l'aspittava.
«Per dovere d'onestà» principiò il marchisi «devo metterla a parte che stamattina è venuto a trovarmi il signor Gesmundo che...».

«So tutto. So anche che le ha offerto il cinque per cento per la sua mediazione. Io non gliene parlai subito solo per discrezione, mi creda. Ma posso alzare».

«Alzare cosa, mi scusi?» spiò il marchisi.

«La percentuale. Posso portarla al sette. Anticipata».

«La mia percentuale non ha nessuna importanza e trovo anche, me lo lasci dire, irritante e sconveniente che se ne parli».

«Mi perdoni».

«L'importante è il carico. Ha trovato lo zolfo occorrente? Come farà a superare la quota restando sempre dentro i limiti della più stretta legalità?».

«Sono andato a Palermo a parlare col professor Montemagno che insegna diritto commerciale all'università. Mi ha suggerito un sistema perfetto».

«Il prezzo resta sempre a novantacinque lire a tonnellata?».

«Guardi, signor marchese, con tutte le spese alle quali andrò incontro, non posso fare un centesimo di meno».

All'indomani doppopranzo s'apprisintò don Ramunno Gesmundo.

«Ho saputo che ieri è venuto a trovarla Paletta. Facciamo dieci e non se ne parla più».

«Dieci cosa?».

«La percentuale. Anticipata».

Il marchisi ebbi uno scatto.

«Perdio! Basta con questa storia della mia percentuale! È una cosa estremamente irritante! Mi indispone!».

«Domando scusa».

«Parliamo dei suoi problemi, piuttosto. Come farà a...».

«Sono stato a Palermo e...».

Macari per lui il profissori Montemagno aviva attrovato il sistema pirfetto.

«Ma le devo dire che dovendo anticipare il nolo delle navi, il costo a tonnellata non può essere inferiore a cento lire».

«Prenderò la mia decisione tra qualche giorno» fici il marchisi congidanno a don Ramunno. «E la farò sapere tanto a lei quanto al signor Paletta».

Il mercordì doppopranzo un garzoni consignò 'na littra alla cammarera tidisca la quali la detti al marchisi. Supra alla busta c'era la 'ntistazioni.

«Giacomino Paletta & Figli. Commercio zolfi». Dintra c'era un foglio con dù sule righe: «Anche per me sta bene il 10% anticipato. Resta inteso il costo a lire novantacinque tonnellata. Devoti ossequi». Seguiva la firma.

Il jovidì matina 'n consolato arrivò don Manueli Locascio, il cchiù granni esportatori di sali, che il jorno avanti aviva arricivuta 'na littra d'invito da parti del marchisi.

Sempri tinenno davanti all'occhi la littra del ministro del comercio, il consoli spiegò a don Manueli che alla Pomerania abbisognavano ducentocinquantamila quintali di salgemma lavorato.

«È tutta la nostra produzione di quest'anno» fici sbalorduto don Manueli.

«Ci sono problemi?».

«Nessuno».

«In quanto al trasporto via mare, lei forse non sa...».

«No, marchese, so tutto. Me ne hanno parlato sia Paletta che Gesmundo. Anch'io mi atterrò alle loro regole. In tutto. Percentuale del dieci per cento anticipata compresa».

«Anche sul salgemma c'è una percentuale da...».

«Ma certo!».

Squasi squasi gli faciva pena, a don Manueli, quel poviro marchisi. Si vidiva propio ch'era un nobili che con l'affari non ci sapiva fari!

«Senta, signor Locascio, prepari lei il contratto. Io lo traduco e lo spedisco immediatamente a sua eccellenza il ministro. Ah, senta, qui a Vigàta che lei sappia, si produce...».

Si firmò, taliò la littra del ministro.

«Si produce solfato di calcio?».

Don Manueli Locascio sorridì.

«Ma siamo noi, a Vigàta, i principali produttori! La produzione si aggira attorno alle cinquecentomila tonnellate annue».

«Magnifico! Alla Pomerania ne servirebbero quattrocentomila».

«Se vuole, ne parlo con don Mariano Zichicco che è lui che si occupa di questo commercio».

«Gli domandi per cortesia se può favorire in consolato domattina alle dieci».

Don Mariano Zichicco favorì. Oramà 'n paìsi non c'era comerciante che non sapiva che col consoli di Pomerania si facivano affari d'oro. Tempo deci minuti di parlata, si misiro d'accordo supra a ogni cosa, percentuali comprisa.

Po' vinni il sabato.

Il baroni Cocò di Sant'Alberto mannò un cammarere a Montelusa ad accattari un mazzo di dudici rosi rossi e po' passò l'intera matinata a livarisi e a mittirisi vistiti, scarpi, cammise e cravatti. Il cavaleri 'Ntonio Fiannaca si provò il vistito che gli aviva appena portato il sarto. Glielo aviva fatto in una simana, 'nfatti il cavaleri glielo aviva ordinato il lunidì matino. Il raggiuneri Pippo Spataro fatto viniri il varberi 'n casa si fici arrimunnari capilli, varba e baffi. Il varberi gli consignò macari 'na boccittina d'acqua di colonia spiciali. Il commendatori Pasqualino Cutrera era cinquantino, ma si vantava d'essiri meglio di un toro da monta. Si limitò a farisi un bagno straordinario, datosi che sinni faciva uno al misi.

E quella stissa matina il marchisi annò ad attrovari al sinnaco.

Quattro

«La ringrazio a nome del paese» fici il sinnaco Buttafoco. «Quello che lei sta facendo per noi, per il nostro sviluppo commerciale è veramente... Ho il piacere di comunicarle che il consiglio comunale ha deciso di proporla a Sua Maestà il Re Vittorio Emanuele III per la croce di grande ufficiale».

«Grazie, ma lo sono già» sorridì, modesto, il marchisi. «Son qui per dirle che mi trovo in un certo imbarazzo. Tanto il signor Paletta quanto il signor Gesmundo mi hanno fatto delle offerte equivalenti. Non saprei, in coscienza, chi scegliere. Potrebbe intervenire lei?».

«In che modo?».

«In qualità di primo cittadino. La mia proposta è questa. Delle quattrocento tonnellate di zolfo ordinate, facciano a metà. Duecento l'uno, duecento l'altro. Altrimenti mi troverò costretto a ricorrere ai commercianti di Catania e questa sarebbe di certo una grossa perdita per Vigàta. Se i signori Paletta e Gesmundo accettano la proposta, mi facciano avere al più presto i relativi contratti che tradurrò e trasmetterò in Pomerania».

«Farò il possibile» dissi il sinnaco.

Ma era sicuro d'arrinesciri a convincirli, con la fami di comercio che c'era torno torno.

«L'altra volta» ripigliò il marchisi «le avevo anche accennato a una lettera personale di Sua Maestà la Regina di Pomerania».

La tirò fora con reverenzia dalla sacchetta, cavò quattro fogli scritti a mano, posò la busta supra al tavolo del sinnaco. C'era 'mpiccicato un franchibollo eguali a quello che gli aviva ammostrato don Giacomino Paletta.

«Ecco qua» fici il marchisi posanno macari i fogli supra al tavolo. «Sua Maestà mi comunica d'essere riuscita ad ottenere dal parlamento lo sblocco dell'esportazione dei cani di Pomerania. È una notizia molto importante. Forse lei ignora che questi cani...».

«Ne so qualcosa, me ne accennò il barone di Sant'Alberto».

«Bene. Ma ci sono delle condizioni che vanno rispettate. Il compratore straniero deve acquistare tutti, dico tutti, i cani di Pomerania, in un blocco unico. La Pomerania, da parte sua, si impegna che i pochi cani in possesso di privati non facciano razza».

Il sinnaco Buttafoco lo taliava alloccuto.

«Mi perdoni, marchese, ma non vedo...».

«Mi ascolti ancora per un istante, la prego. La Regina sarebbe disposta a cedere i cani sottoprezzo, diciamo al cinquanta per cento del costo attuale, che al momento sarebbe di quaranta lire. Quindi ogni singolo cane verrebbe a costare venti lire nette, franco di tasse e spese di trasporto».

«Mi scusi, ma ancora non capisco in che cosa...».

«Metta conto che a Vigàta si formi una società per l'acquisto in blocco di questi cani costosissimi e di gran razza. Bene, oltre a guadagnarci il doppio rivendendoli, i soci sarebbero gli unici al mondo a possedere cani di Pomerania. Chi vuole acquistarne, dovrà far capo a Vigàta. E la società non avrà concorrenti, di conseguenza sarà essa a fare il prezzo di mercato».

Il sinnaco accomenzò ad accapiri.

«Beh, stando così le cose...».

«Io mi sono rivolto a lei per primo per un debito di gratitudine, per ripagarla in parte delle sue innumerevoli cortesie nei miei confronti. Ne parli, se vuole, col barone di Sant'Alberto che mi pare persona competente in fatto di cani».

«E quanti sarebbero?».

Il marchisi pigliò uno dei fogli, lo consultò, lo posò.

«Tremilacinquecentocinquanta».

Il cavaleri aggiarniò. Ma quanto figliavano i cani di Pomerania?

«Come fareste a portarli sino a qua?».

«Per fortuna due navi canili sono rimaste indenni. Provvederanno a tutto dalla Pomerania. Alla società spetterà il compito di costruire i canili. Con i cani verranno due specialisti che spiegheranno tutto circa il trattamento, i pasti, la cura di eventuali malattie. Mi occorre però una risposta al massimo entro martedì prossimo. Perché tra dieci giorni verrà emanato un bando di concorso internazionale per la vendita dei cani. Per ora lei è il solo a sapere di quest'affare, bisogna approfittarne a tempo perché poi sarà difficile competere con gli altri concorrenti stranieri».

Si susì.

«Ah, ancora una cosa. Mi prepara per favore il contratto d'affitto?».

«Ma che premura c'è!» fici il sinnaco.

Appena che fu sulo, Buttafoco mannò a chiamari al baroni di Sant'Alberto. 'Ntanto pigliò carta e matita e fici il cunto. Vinivano sittantunmila liri. 'Na cifra enormi, ma, sudanno e con l'aiuto della banca, ci si potiva arrivari.

Quanno il baroni ebbi spiegata dal sinnaco la facenna, satò addritta per l'entusiasmo e si misi ad abballari.

«Ma è un affari magnifico! Abbisogna agguantarlo a volo! Facemo subito un elenco di possibili soci. Gesù, chi miraviglia! 'Na società sclusiva per l'allevamento e la vinnita in tutto il munno di cani di Pomerania!».

«Abbisogna vidiri come li vonno pagati, 'sti cani» fici il sinnaco. «Mettiri 'nzemmula sittantunmila liri in meno di 'na simana non è possibbili. Pirchì lei, stasira che lo vidi, non s'informa col marchisi?».

Il baroni Cocò di Sant'Alberto, il cavaleri 'Ntonio Fiannaca, il raggiuneri Pippo Spataro e il commendatori Pasqualino Cutrera, tutti e quattro allicchittati, s'attrovaro alli novi di sira davanti al portoni del consolato. Il baroni col mazzo di rosi rossi, il cavaleri con una guantera di dudici cannoli, il raggiuneri con una cassata e il commendatori con una buttiglia di rosolio. Vinni a rapriri la cammarera diciottina vistuta da cammarera con la crestina e la fallarina bianca, li fici trasiri nel saloni. Subito appresso arrivò il marchisi.

«Mia moglie sta scendendo».

«Mi permette una parola?» spiò Cocò di Sant'Alberto.

«Venga di là» fici il marchisi portannosillo nell'ufficio consolari.

«Desidero dirle che siamo seriamente intenzionati a costituire una società per l'acquisto dei cani di Pomerania. Ma lei capisce che non è facile trovare tanto denaro in così breve tempo. Che agevolazioni sareste disposti a farci?».

«Non c'è problema. A me basta avere per lunedì una vostra lettera d'impegno. Lunedì stesso vado a Palermo e da lì mi metto in contatto con la nostra ambasciata di Roma. La vostra lettera bloccherà l'emanazione del bando di concorso. Da allora, avrete un mesetto di tempo per il pagamento in contanti della metà della somma, diciamo trentacinquemila».

«Scusi, marchese, perché in contanti?».

«Perché il pagamento tramite banca sarebbe lungo e laborioso dato che la moneta della Pomerania, lo schirz, non è riconosciuta da alcuni paesi. Il resto della somma al momento dell'arrivo dei cani. D'accordo?».

«D'accordo».

Tornaro nel saloni. La signura Wilfride era già lì. 'Ndossava un vistito con una ginirosa scollatura che ammostrava il principio delle magnifiche minne. Fici un gran sorriso a Cocò che si sintì subito addivintari le gammi di ricotta.

«Fogliamo salirre?» spiò Wilfride.

Acchianaro al piano di supra, indove c'era 'na càmmara con un tavolino virdi con quattro seggie, un mazzo di carti novi novi supra al tavolino con allato 'na scatola di fisci, un tangèr con supra bicchieri e buttiglie di liguori, autre seggie appuiate al muro. La cammarera portò i cannoli e la cassata con piattini e forchette, li posò supra al tangèr e po' sinni niscì chiuienno la porta. C'erano dù jocatori di troppo.

«Io non gioco» fici il marchisi. «Anzi, i signori vorranno perdonarmi se a un certo punto me ne andrò a letto».

«Allora io faccio da cartaio, poi darò il cambio a chi si sente stanco» dissi il commendatori Cutrera. «Che valore diamo alle fiches?».

«Afferto tutti che io cioco forrte» dissi Wilfride con un sorriso ammaliante. «E che molto assai a me piace brrivido».

«Te lo facemo provari noi il bripito!» pinsaro 'stantanei i vigatisi prisenti.

E la partita, doppo tanticchia, accomenzò.

Abbastò la prima mezzorata di joco per capiri che il bripito sarebbi stata Wilfride a farlo provari all'autri. Era 'na jocatrici gelita, che non ammostrava la minima emozioni sia che pirdiva sia che vinciva, e inoltre Cocò, che squasi sempri sapiva 'ndovinari se l'avvirsario stava bleffanno, ccà si pirdiva nel laco cilestre e impassibili di l'occhi della fìmmina e non ci accapiva cchiù nenti.

All'una di notti il marchisi si annò a corcari. Alle tri del matino, sia pirchì aviva vivuto 'na decina di bicchierini di quel liguori bianco che dava subito alla testa, sia pirchì aviva già perso 'na cifra grossa, circa cinsta, sia pirchì aviva già perso 'na cifra grossa, circa cincocento liri, Cocò si fici dari il cangio dal commendatori e niscì fora dalla càmmara per annarisi a circari un bagno. Sintiva il bisogno di lavarisi la facci. Nel corridoio c'era 'na lampa notturna, di scarsa luci. E Cocò vitti alla cammarera, che stava assittata supra a 'na seggia 'n funno al corridoio, susirisi e vinirigli 'ncontro.

«Cosa tu folere?».

«Cercavo un bagno».

«Preco» fici la cammarera 'ndicannogli 'na porta.

Si lavò a longo la facci. Niscenno s'attrovò davanti la cammarera. Si circò nella sacchetta per trovari qualichi spiccio.

«No, crazie» fici quella che aviva capito la so 'ntinzioni. «Mio nome è Gudrun. Tu stanco? Fuoi che io farre a te masaccio?».

E che era 'sto masaccio? La picciotta profumava di carni giovani e frisca.

«Sì».

Gudrun lo pigliò per una mano e se lo portò, ridacchianno, nella sò càmmara sutta al tetto.

Quanno, tri quarti d'ura appresso, Cocò sinni tornò a jocari cchiù stanco di prima pirchì Gudrun se l'era sucato pejo di 'na vampira, si spiò pirchì in Pomerania lo chiamavano masaccio.

La partita finì alli sei del matino. Cocò aviva perso setticento liri e vinni ricompensato da Wilfride con una vasata all'angolo della vucca. Cocò ne approfittò per tintari d'abbrazzarla, ma quella si scansò arridenno. Il raggiuneri 'nni persi ducentocinquanta ed ebbi 'na carizza supra ai capilli. Il cavaleri tricento e fu consolato da 'n'abbrazzatina amichevoli. Il commendatori quattrocento e arricivì 'na carizza supra alla guancia.

«A sapato, se foi folete, fi do la rrifincita» fici Wilfride accompagnannoli alla porta.

Tempo un misi, tutti i contratti tornaro firmati dalla Pomerania. Il marchisi matina e doppopranzo sinni stava al porto a sorvegliari ora il carrico del sùrfaro, ora quello del saligemma, ora quello del solfato di calcio supra alle navi che erano tutte della palermitana società Florio, secunno il voliri del ministro del comercio della Pomerania. Era da prima della guerra che non si travagliava tanto e tutti erano contenti e salutavano il consoli quanno passava. Po', quanno le prime quattro navi sinni sarparo per Danzica, il marchisi annò ad attrovari al sinnaco.

«Sono venuto per salutarla. Dopodomani parto per la Pomerania. Staremo fuori per un mese al massimo. Mia moglie vuole approfittare per vedere sua sorella, la Regina. Ho ritenuto opportuno che io mi trovi a Danzica all'arrivo delle prime navi. Quindi sarebbe necessario che io domani ricevessi l'anticipo per l'acquisto dei cani. D'altra parte ho saputo che il lavoro per la costruzione del grande canile procede bene».

«Effettivamente siamo a buon punto» dissi il sinnaco.

Il marchisi srotolò 'na pergamena che tiniva 'n mano. C'era lo stemma della Rigina di Pomerania e sutta ci stava scrivuto un papello in una lingua che non s'accapiva. L'unica cosa chiara era il nomi del sinnaco.

«In basso a destra c'è la firma autografa della Regina. È la sua nomina a gran margravio del Regno di Pomerania».

Il sinnaco si commovì. Si susì, s'avvicinò al marchisi a vrazza larghe.

«Mi permetta d'abbracciarla» dissi.

S'abbrazzaro.

«Le lascio, per qualsiasi evenienza, il mio indirizzo di Bydgoszcz» fici il marchisi consignannogli un biglietto da visita.

E appena che il marchisi sinni niscì, il sinnaco detti l'ordini d'incorniciari la pergamena e appinnirla darrè alla sò pultruna.

La prima navi che attraccò a Danzica non sulo non attrovò al marchisi, ma manco al regno di Pomerania. Il comannanti ne detti comunicazioni 'mmidiata a Vigàta. Il sinnaco allura mannò un tiligramma all'indirizzo che gli aviva lassato il marchisi. Il tiligramma tornò narrè, a quell'indirizzo corrisponniva un bar. E a Roma non esistiva nisciuna ambasciata del regno di Pomerania.

'Na simanata appresso, mentri che le navi tornavano verso Vigàta, al circolo ficiro tanticchia di conti. Il marchisi, oltre all'anticipi supra al sùrfaro, il saligemma e il solfato, si era fottuto le trentacincomila liri per accattare i cani di Pomerania e la percentuali supra al noleggio delle navi Florio.

«E dovete metterci le settemila lire che abbiamo perso a poker» ficiro a 'na voci il baroni, il raggiuneri, il cavaleri e il commendatori.

Ma almeno loro, a turno, il masaccio di Gudrun se l'erano goduto.

La lettera anonima

Uno

Fu inverso la fini del milli e novicento e quarantacinco che a Vigàta scoppiò, va a sapiri pirchì, 'na pidemia violenta di littre nonime.

Per il paìsi, era squasi 'na novità.

Non che i vigatisi consideravano la littra non firmata come signo di vigliaccaggini di chi tirava la petra ammuccianno la mano e manco si trattava che non strucciuliassero sulle facenne del prossimo, nossignori, il fatto era che loro prifirivano il parlato allo scrivuto, vali a diri che sparlavano sì a tinchitè, ma non mittivano che raramenti nìvuro su bianco a scascione di 'na cintinnaria malaffidanza per ogni carta scritta.

Vito Farlacca, il postino, che ne tirava fora dalla grossa vurza di corio marrò minimo minimo 'na decina al jorno, oramà le arraccanosciva a vista e le preannunziava al distinatario.

«Oggi per vossia ci sunno 'na raccumannata, il bullettino della luci da pagari e 'na bella littra nonima».

Il profissori Ernesto Bruccoleri, che del finomino era addivintato uno studioso assà ascutato dai soci del circolo «Libertà & Progresso», sosteniva che la causa scatinanti era stata il ritorno della dimocrazia doppo vint'anni e passa di fascismo, in quanto che, essenno la dimocrazia sinonimo di libbirtà, aviva fatto addivintari a tutti libbiri di scriviri ogni minchiata che ci passava per la testa e di scummigliare tanti artarini sia pure in forma 'ncognita.

Le littre nonime, argomintava sempri il profissori Bruccoleri, si potivano dividiri in quattro grosse categorie.

La prima era quella che portava a canuscenzia dell'interessato o dell'interessata 'na facenna che il paìsi accanosciva già; la secunna era la littra nonima che 'nveci viniva mannata all'autorità e che si potiva considerari 'na vera e propia dinunzia; la terza era quella che arrivilava 'na storia scanosciuta a tutti e la quarta, la cchiù perfida e 'nsidiusa, era quella che parlava di 'na facenna che non era mai successa ma che aviva avuto la possibilità di succidiri epperciò nisciuno era in grado di controllari se era vera o se era 'nvintata.

Alla prima categoria, pri sempio, appartiniva la littra nonima con la quali il raggiuneri Michele Posapiano era vinuto a sapiri che l'adurato figlio Matteo non era figlio sò, ma frutto di 'na relazioni della mogliere Marianna col cavaleri Donato Pompa, facenna che tutto il paìsi accanosciva da vint'anni e passa; alla secunna, la dinunzia nonima ai carrabbineri che fici finiri 'n galera al commendatori Calogero Buscetta per essirisi approfittato della figlia dodicina di 'na sò cammarera; alla terza, la littra con la quali s'arrivilò che il presidenti dell'associazioni dei patri di famiglia catolici, omo tutto casa e chiesa, aviva tri amanti 'n carrica e quattro figli spurii; alla quarta categoria, che il profissori difiniva ipotetica, quella che contava come e qualmenti Totò Zaccaria, duranti la guerra, aviva abbannunato a moriri nel diserto della Libia al sò amico del cori, firuto a 'na gamma, e che si chiamava 'Ngilino Vullo, avennogli scoperto 'n sacchetta 'na littra d'amuri di sò mogliere.

«La tematica» diciva il profissori che spisso parlava in taliàno «è sempre la stessa, unica e sola: il letto e le sue conseguenze. La diversità del fenomeno vigatese consiste nel fatto che, mentre in altri paesi la lettera anonima è in uso presso la media e piccola borghesia, da noi è stata estesa anche agli operai e ai contadini. Ed essendo questi quasi tutti analfabeti, è chiaro che le lettere anonime loro se le fanno scrivere e se le fanno leggere da chi dice di essere più vicino a questa gentaglia, vale a dire i comunisti. E questi cornuti, ne sono convinto, lo fanno per crearsi un alibi. È mia ferma convinzione infatti che siano loro, i comunisti, i maggiori produttori di lettere anonime allo scopo di sovvertire, di distruggere la società borghese che essi odiano».

Epperciò il profissori concludiva che a scriviri le littre era 'na speci di cooperativa rossa, composta da cinco o sei pirsone e tutte d'età avanzata, datosi che certi fatti contati nelle littre arrisalivano a cinquant'anni e passa avanti.

E in virità tutta Vigàta, in quei jorni, pariva sutta l'effetto di uno sciame sismico che produciva scossi continue. Rorò Tarallo si spartì dalla mogliere, Rocco Simeone tintò d'ammazzari il cognato, Benuzzo Dimarca detti foco alla casa di Minico Contraffatto, la signura Pintacuda abbilinò il marito, Ernesta Sabatino, fìmmina seria che autre non cinn'erano, si spogliò nuda 'n mezzo alla strata e si misi ad abballari il cancan quanno vinni a sapiri che sò marito, giluso firoci che la vastuniava senza motivo, le mittiva le corna.

Di pinsero completamenti diverso era 'nveci il vicisinnaco Germanà, per il quali i comunisti non ci trasivano nenti.

«Eh già, si capisci! Essenno lei socialista, certo che addifenni i comunisti che sunno sò alliati!» gli ribattiva il profissori.

«Ma che alliati e alliati! Ccà la politica non ci trasi nenti!».

«Ah no? Aspetti ancora tanticchia fino a quanno non ci avranno fatto scannari come porci uno contro l'autro, e poi me lo saprà diri!».

Non c'era nenti chiffare, non sarebbi mai stato possibbili che un Germanà e un Bruccoleri fossiro della stissa pinioni. Tra le dù famiglie esistiva 'na nimicizia accussì antica che la scascione per la quali erano scinnute 'n guerra non s'accanosciva cchiù, essennosi persa nella notti dei tempi. Secunno Germanà si trattava di 'na speci di catina di sant'Antonio, ma nasciuta senza 'ntinzioni di farla addivintare tali e continuamenti alimentata da tutte le liti, i sopprusi, le maleparti che nel vintennio fascista i vigatisi avivano fatto ai compaesani o dovuto sopportari da parte degli autri.

Un sabato di tardo doppopranzo che il solito scontro

virbali tra il profissori Bruccoleri e il vicisinnaco Germanà digenerò prima in parolazze e insurti e po' arrischiò di finiri a schifìo, il presidenti del circolo, il rispittato avvocato Giurlanno Tumminello, fici la bella pinsata di mannari il cammarere del circolo a circari a Vito Farlacca, il postino, dicennogli di viniri subito da loro.

Duranti l'aspittanzia, il profissori Bruccoleri scrissi supra a un pezzo di carta i nomi di cinco pirsone, cioè di quelli che, secunno lui, componevano la sigritissima cooperativa rossa che raggruppava gli autori delle littre nonime e li liggì ai prisenti.

«Tinitivi a menti 'sti nomi».

Il cammarere arrivò deci minuti doppo col postino.

«Vito» spiò al postino l'avvocato Tumminello. «Vero è che tu oramà 'na littra nonima l'arraccanosci dalla busta?».

«Sissignuri».

«Saresti capace di dirinni quante ne hai recapitate fino a questo momento?».

Vito Farlacca non ebbi un attimo di sitazioni.

«Centosittantatri» dissi 'mmidiato.

«Minchia!» ficiro i soci 'n coro.

E tutti arristaro 'ngiarmati e sturduti. Davero non s'aspittavano 'sta gran quantità.

«E come fai a sapiri che sunno tante?».

«Ogni jorno, a fini travaglio, me l'appunto».

Il vicisinnaco Germanà, che aviva prontamenti appizzato l'oricchi, gli fici allura 'na dimanna pricisa, ma senza volirlo fari pariri, offrennogli 'na sicaretta e addrumannogliela.

«E t'appunti macari i nomi di quelli ai quali le hai portate?».

«Sissignuri. Me li scrivo in un quaterno».

E si battì la mano supra a 'na sacchetta della giacchetta a significari che il quaterno se lo portava appresso.

«'Nni puoi fari dari un'occhiata?» spiò il vicisinnaco.

«Nonsi» arrispunnì addeciso il postino.

«E pirchì?».

«Sigreto professionali è».

Il vicisinnaco non arreplicò.

Ma 'ntirvinni il profissori Bruccoleri che a 'sto punto era addeciso a non mollari l'osso.

«Potemo parlari a quattr'occhi?» spiò a Farlacca.

«A disposizioni».

S'arritiraro nella cammareddra della sigritiria e si chiuiero dintra.

Doppo 'na mezzorata, per primo niscì il postino che salutò i prisenti e sinni tornò alla sò casa.

Passati cinco minuti e visto che il profissori non compariva, Germanà e autri soci s'apprecipitaro 'n sigritiria. E ccà attrovaro il profissori che si stava liggenno un quaterno.

Appena che li vitti trasire, Bruccoleri lo chiuì di prescia e se lo 'nfilò 'n sacchetta.

«Lo vulemo vidiri macari noi» proclamò Germanà.

«Non sinni parla».

«Come sarebbi a diri?».

«Sarebbi a diri che io mi sono accattato il diritto di tinirlo fino a stasira per ducentocinquanta liri» dissi il profissori.

«E io le gonfio la facci a pagnittuna!» scattò subito Germanà fora dalla grazia di Dio.

'Ntirvinni il presidenti mittennosi d'autorità.

«Professore, la cassa del circolo le rimborserà quello che ha speso, lei ci consegna il quaderno e ne verrà data pubblica lettura».

Il profissori s'arrinnì e consignò il quaterno al presidenti.

E questi, in un silenzio che manco dintra a un tabbuto, liggì tutti e centosittantatri nomi del quaterno.

La prima cosa che vinni fora fu che tri dei cinco comunisti che secunno Bruccoleri costituivano la cooperativa, avivano arricivuto macari loro 'na littra nonima a testa.

«Avivo raggiuni io!» sclamò trionfanti Germanà.

La secunna cosa che arresultò fu che su trentasei soci del circolo, trentacinco l'avivano avuta.

Uno sulo no.

E quell'uno era proprio il profissori Bruccoleri.

'Mmidiato, calò pisanti silenzio.

L'avvocato Tumminello, che gli stava allato, si scostò di un passo.

Germanà lo taliò e sputò 'n terra.

Il profissori, sintennosi moriri, accapì quello che stava passanno nella testa dei soci e aggiarniò.

«Non penserete che io...» principiò.

E si firmò subito, russo 'n facci e sudatizzo, facennosi di colpo pirsuaso che macari se fossi stato un avvocato come a Cicerone o un filosofo come a Socrate non sarebbi mai arrinisciuto ad addimostrari che lui non faciva parti della cricca che scriviva le littre nonime.

«Sugno ’nnuccenti come a Cristo!» gridò.

E siccome che la voci gli era nisciuta come a quella di un gallinaccio, si schiarì la gola e arripitì:

«’Nnuccenti sugno!».

A paroli, non ci fu nisciuna reazioni.

Ma uno gli votò le spalli, uno taliò la punta delle sò scarpi, uno taliò il lampatario, uno taliò verso il balconi, uno taliò un quatro che rapprisintava mari ’n timpesta, dù si taliaro l’uno con l’autro...

Nisciuno gli cridiva.

«Che volete che faccia?» spiò, abbiluto, al presidenti, tinenno la facci calata verso terra.

L’avvocato Tumminello ci pinsò supra tanticchia.

Nisciuno sciatava.

Po’ il presidenti s’addecidì.

Due

«Penso» dissi «che la cosa migliore da fare sia riunire subito un giurì d'onore. Se lei, professore, passa in serata dopo cena avrà la nostra decisione. D'accordo?».

«D'accordo» dissi Bruccoleri «purchè del giurì non faccia parte il vicesindaco Germanà».

Il presidenti fici 'nzinga di sì con la testa.

Il profissori sinni niscì senza salutari. Aviva gana di chiangiri, non di vrigogna, ma di raggia.

Ernesto Bruccoleri era un quarantino distinto e serio che 'nsignava filosofia al liceo di Montelusa.

Se l'era scapottata di fari il soldato a scascione che zoppichiava leggermenti per una caduta da picciliddro.

Era maritato da tri anni con una gran beddra picciotta trentina, 'na palermitana vinuta a 'nsignari latino a Montelusa, che aviva avuto lo zito disperso in guerra e che s'acchiamava Giulietta Tripodi. Ancora non avivano avuto figli.

Bitavano in una casuzza a dù piani, in quello di supra ci stavano loro e in quello di sutta la soro del profissori, che faciva la maestra limentari, si chiamava Concetta ed era maritata con Attilio Munafò, 'ngigneri della cintrali lettrica.

Come capitava da tri misi a 'sta parti, Giulietta, il sabato matina che giusto giusto non aviva lezioni, sinni partiva per Palermo indove annava ad attrovare alla matre vidova che era caduta malata e arritornava a Vigàta la duminica sira.

Di conseguenzia, il profissori Bruccoleri per quel jorno e mezzo di mancanza della mogliere era 'nvitato a mangiari 'n casa di sò soro Concetta.

Quella sira, appena che gli raprì la porta, Concetta notò la facci 'nfuscata di sò frati.

«Che ti successi?».

«Nenti».

«Non mi fari stari 'n pinsero, Ernè!».

Il profissori, già siddriato per la facenna del circolo, non potti tinirisi.

«Sai che ti dico? Stasira non mangio!».

Votò le spalli e sinni acchianò a la sò casa.

Aviva avuto appena il tempo di livarisi la giacchetta che sonaro alla porta. Concetta si era fatta accompagnari dal marito. E tanto fici e tanto dissi che arriniscì a farisi contare ogni cosa.

Alla fini Concetta e sò marito si taliaro come per darisi coraggio reciproco e Munafò dissi:

«Macari noi ne abbiamo arricivuta una».

Il profissori strammò.

«Voi?! E pirchì non minni aviti ditto nenti?».

Marito e mogliere si taliaro daccapo, 'mpacciati. Po' Concetta s'arrisolvì.

«Non arrivò per posta, l'attrovai sutta alla porta. Non tinni parlai pirchì arriguardava macari a tia».

«A mia?! Ci l'aviti ancora?».

«Sì».

«La voglio vidiri subito!».

«Scinni abbascio».

La littra nonima era scrivuta a stampatello con una matita copiativa.

IL PROFISSORI BRUCCOLERI SPARLA DI VOI AL CIRCOLO DICE CHE CONCETTA CUCINA DA VOMMITARE ED È TACCAGNA MENTRI CHE IL COGNATO È UNA GRANDISSIMA TESTA DI CAZZO UN AMICO.

«Ora tu 'sta littra te la porti al circolo e la fai vidiri ai soci» dissi Munafò. «Accussì si faranno pirsuasi che macari tu...».

Bruccoleri scotì negativo la testa.

«Non è bastevoli. Chista è 'na littra scritta sulamenti per mettiri zizzania tra noi, ci voli autro per farli cangiare d'opinioni».

E alle deci, senza aviri mangiato nenti dato che aviva la vucca dello stommaco stritta come un pugno, s'avviò al circolo.

Mentri caminava, arriflittì che la littra mannata a sò soro appartiniva a 'na categoria che non aviva ancora pigliata 'n considerazioni. E cioè la littra nonima che conta 'na farfantaria, 'na cosa assolutamenti non vera né verosimili, pirchì lui mai aviva sparlato di Concetta e di sò marito.

Ma l'autori aviva fatto un errori grosso come a 'na casa. Rivilanno che lui sparlava al circolo, si era traduto: a scrivirla non potiva essiri stato che uno dei soci.

E a 'sto punto era come se Germanà ci avissi mittuto la firma.

Pigliò 'na ràpita decisioni, tornò narrè, si fici dari da Concetta la littra e se la misi 'n sacchetta.

Appena che trasì al circolo, il cammarere gli dissi che il presidenti l'aspittava nel sò ufficio.

Dintra, oltre all'avvocato Tumminello, ci attrovò il judice Gangitano e il colonnello in congedo Marchica che evidentementi erano quelli del giurì d'onori.

Il presidenti lo fici assittari e po' parlò.

«Abbiamo discusso a lungo del suo caso. Abbiamo subito scartato la proposta di cassare il suo nome dal circolo che era stata avanzata da alcuni soci...».

«Germanà in testa» l'interrompì Bruccoleri.

Il presidenti storcì la vucca facenno accapiri di non aviri aggradito l'interruzioni e continuò.

«Ci siamo sentiti in dovere di non prendere in considerazione quella proposta per il semplice motivo che contro di lei non c'è un minimo di prova. Gravano sospetti, questo sì. Forti sospetti. E non possiamo non tenerne conto. Quindi siamo addivenuti alla conclusione di sospenderla da socio per la durata di un mese».

«Ma io non ci sto per una ragione di principio!» s'arribbillò il professori. «O sono colpevole o non lo sono! E quindi o fuori o dentro!».

Si sintiva dintra la raggia abbrusciare come foco.

Esmahan Aykol

Divorzio alla turca

Sellerio editore Palermo

«Kati - libraia tedesca specializzata in gialli - indaga; ma quello che scopriamo nel corso dell'amenissima inchiesta sono i nostri rapporti con la Porta d'Oriente, e viceversa».

DARIA GALATERIA, *la Repubblica*

«Il lettore si troverà nei panni di una libraia che diventa Sherlock Holmes suo malgrado, in una Turchia fatta di enigmi e stupori quotidiani».

MARCO MISSIROLI, *Vanity Fair*

«La libraia indaga ancora... questo suo nuovo romanzo conferma il suo talento e il suo humour. Da leggere».

PIETRO CHELI, *Gioia*

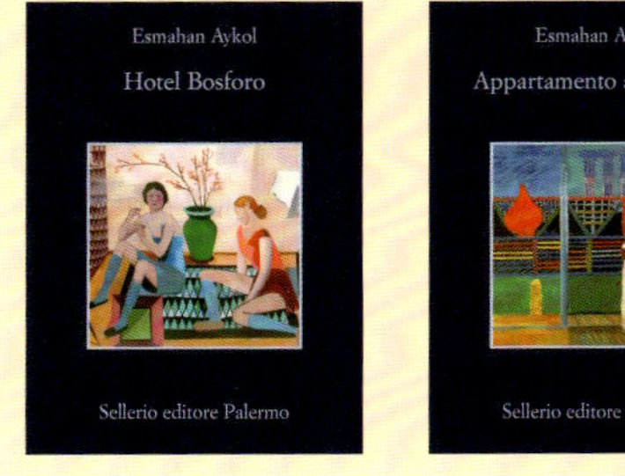

E le paroli che subito appresso dissi manco le pinsò, gli niscero fora dalla vucca forzannogli le labbra.

«D'altra parte, tutto considerato, è meglio se mi cacciate via, stare in un circolo come questo non è cosa di gente perbene!».

«Stia attento a quello che dice!» scattò il presidenti.

«Lei mi renderà conto e ragione...» principiò il colonnello Marchica susennosi e portanno la mano dritta al scianco mancino come se voliva estrairi 'na spata che non aviva.

Il profissori cavò dalla sacchetta la littra nonima e la posò supra al tavolino.

«Signor presidente, mi faccia il favore di leggerla ad alta voce».

L'avvocato Tumminello la liggì e po' taliò al judice e al colonnello.

«Non c'è dubbio alcuno che questa lettera è stata scritta da uno dei nostri soci» dissi.

«Eh no!» gridò Bruccoleri. «Lei non può limitarsi a fare un'affermazione così generica! Lei ha capito benissimo chi ne è l'autore! Ne faccia il nome!».

«Il nome non lo faccio perché sarebbe sempre e comunque una supposizione» dissi il presidenti.

«E allora, supposizione per supposizione, chiedo un giurì d'onore anche per Germanà» fici duro Bruccoleri.

'Ntirvinni il judice Gangitano.

«Credo, alla luce di quanto appena acquisito, che sia assolutamente necessario un aggiornamento del giurì almeno fino a lunedì, visto che domani è domenica. Propongo perciò di considerare come non avvenuta la comunicazione di sospensione al professor Bruccoleri. Egli potrà continuare, se lo vuole, a frequentare il circolo fino a quando non verrà presa una decisione».

«D'accordo» dissi il presidenti.

Il profissori si rimisi 'n sacchetta la littra, salutò e sinni niscì.

Non sulo aviva ribaltato la situazioni, ma aviva guadagnato un punto a sò favori.

Bruccoleri aviva pigliato la bitudini di annare la duminica doppopranzo al circolo dalle cinco alle setti e mezza, pirchì all'otto arrivava il treno da Palermo e lui annava a pigliare la mogliere alla stazioni.

Quella duminica sinni stetti a longo a dimannarisi se ghiri al circolo, po' addecisi di sì pirchì la sò assenza sarebbi potuta pariri come un'ammissioni di colpa.

Subito che fu trasuto, dal modo col quali i soci lo salutaro, dannogli la mano o facennogli 'nzinga da luntano sorridenti, accapì che la situazioni era cangiata. Si taliò torno torno.

Germanà non c'era.

E diri ch'era solito viniri al circolo macari con la fevri a quaranta, non si pirdiva un jorno. E questo stava a significari che la facenna della littra nonima si era risaputa e che i soci non avivano avuto dubbii ad attribuirla a Germanà.

«'Nni facemo 'na partiteddra?» gli spiò il judice Gangitano a voci auta, in modo che lo sintivano tutti.

Bruccoleri gli arrispunnì con un sorriseddro arraccanoscenti e s'assittò al tavolino.

Aviva stravinciuto. I nonni e i catanonni Bruccoleri ne sarebbiro stati contenti.

La prima cosa che notò di sò mogliere fu la facci stanca e seria.

«Come sta tò matre?».

«Sempri la stissa».

Quelle visite settimanali la stavano stracangianno macari nel carattiri.

Prima era 'na picciotta scialacori, sempri allegra, ora era addivintata chiusa e distratta, con la testa luntana.

Quella sira stissa che si erano appena corcati, doppo che avivano mangiato da Concetta, lui s'addecidì a dirle quello che da tempo pinsava.

«Senti, Giuliè, ti vorria fari 'na proposta».

«Fammilla».

«Dato che la malatia di tò matre tira a longo, 'nveci d'annarla a trovari ogni sabato, pirchì non la facemo viniri ccà? Avemo 'na càmmara libbira. Lo saccio che tu non me l'hai voluto addimannare prima perché ti scantavi che mi portava disturbo, ma...».

«Io non te l'ho mai addimannato per un motivo diverso» l'interrompì Giulietta.

«E quali?».

«Mè matre ha nicissità continua d'adenzia. Meno mali che 'n Palermo c'è mè zia che ci abbada. Se 'nveci veni ccà, io devo lassare la scola e dedicarimi a lei, non ci sunno santi».

Potiva aviri raggiuni. Però...

«Sai che ti dico? Che sabato che veni mi piglio un jorno di pirmisso e vegno con tia a Palermo».

«E pirchì?».

«Pirchì accussì mi rendo conto di pirsona quanto...».

Non l'avissi mai ditto! Giulietta ebbi 'na reazioni che non s'aspittava.

«No! Tu a Palermo non ci veni! Hai capito?! Non cridi a quello che ti dico? Mi vuoi mettiri sutta controllo?».

Il professori strammò. Ma che paroli diciva sò mogliere?

«Io non avivo la minima 'ntinzioni di...».

«Senti, finiamola ccà» tagliò Giulietta dura. «Sugno stanca e aio bisogno di dormiri. Bonanotti».

«Bonanotti».

Prima di pigliari sonno, il professori ci misi assà. Era prioccupato per sò mogliere. A forza di stari appresso alla matre, si stava veramenti esaurenno, la mischina.

Tre

Il lunedì Bruccoleri aviva tri ure di lezioni e finiva a mezzojorno, gli stissi precisi orari di Giulietta, epperciò sinni tornavano 'nzemmula con la Balilla di secunna mano che il profissori si era accattata doppo il matrimonio.

L'umori malo di sò mogliere non le era passato duranti il viaggio d'annata e non accinnava a scompariri manco duranti il viaggio di ritorno. Era stata mutanghera e 'nfuscata, la testa appuiata narrè allo schinali e l'occhi mezzo chiuiuti.

Arrivati a Vigàta, Giulietta dissi al marito che annava a fari la spisa prima che i negozi chiuivano e che 'ntanto potiva conzare la tavola e mettiri l'acqua supra al foco.

Fu accussì che Bruccoleri s'attrovò ad essiri sulo quanno, raprenno la cassetta della posta, arricivì la littra nonima. L'accapì 'mmidiato, da come era scrivuto l'indirizzo supra alla busta. Arriniscì a vinciri la curiosità che lo spingiva a raprirla subito, se l'infilò 'n sacchetta, tuppiò alla porta di sò soro, la salutò, sinni acchianò di supra.

La littra, al solito scritta a stampatello con la matita copiativa, faciva accussì:

MA L'INDIRIZZO DI TUA SUOCERA È VIA MAQUEDA 59 O VIA MATERASSAI 22? FOSSI IN TE M'INFORMEREI UN AMICO.

Che cretinata era? Che viniva a significari? Certo che l'indirizzo di sò socira era in via Maqueda 59!

Comunqui, ora come ora, non aviva tempo da perdiri.

Si misi la littra 'n sacchetta e accomenzò a conzare la tavola.

«Scusami per aieri a sira» fici tutto 'nzemmula Giulietta mentri stavano mangianno gli spachetti al tonno.

«Ma figurati!».

«Pirdonata?».

«Pirdonata».

Allura gli sorridì amurusa.

E certamenti per farisi pirdonari meglio, Giulietta, cosa che non faciva mai, lo raggiungì a letto appena che lui si era corcato per la dormituzza di doppopranzo.

E la notti volli essiri novamenti pirdonata.

E lo volli macari nelle notti di martidì, mercordì, jovidì e vinniridì. Anzi, in quest'ultima, fu accussì addisidirosa di pirdonanza che non le abbastò mai e quanno la matina sinni partì per Palermo, sò marito era accussì 'ntordonuto e biato che fici un incidenti liggero con la machina, il primo da quanno aviva la patenti.

D'accompagnarla da sò matre per vidiri come stavano le cose non gli era passato manco per l'anticàmmara del ciriveddro.

Il doppopranzo, fatta la dormiteddra, mentri si stava

rivistenno notò che 'na guccia d'inchiostro gli aviva macchiato i pantaluni. Raprì l'armuàr, si pigliò il vistito di riserva, lo posò supra al letto, accomenzò a svacantare le sacchette del vistito da mannare a fari lavari.

E accussì gli tornò tra le mano la littra nonima alla quali non aviva cchiù pinsato.

S'assittò, la tirò fora dalla busta, se la riliggì.

Via Materassai 22.

Se l'arricordava beni quella strata palermitana pirchì ci era annato spisso ai tempi dell'università. Ci bitava Grigorio Passatore, un sò compagno di facoltà. Erano addivintati amici e lui l'annava ad attrovare per studiare 'nzemmula. E quante vote la matre di Grigorio, la signura Giovanna, l'aviva 'nvitato a ristari a mangiari con loro! I Passatore erano genti dinarosa, il patre di Grigorio possidiva palazzi e negozi, 'n casa avivano macari il tilefono, cosa rara all'ebica. Doppo la laurea, per un pezzo si erano tinuti 'n contatto scrivennosi littre e cartoline, po' s'erano persi di vista.

Gli vinni di fari 'na pinsata. Forsi Grigorio gli avrebbi potuto essiri d'aiuto.

'N casa, il profissori non tiniva tilefono, ma Concetta l'aviva pirchì sò marito doviva essiri sempri raggiungibili dalla cintrali lettrica. E non sulo, ma aviva l'elenco tilefonico di tutta la Sicilia. Scinnì al piano di sutta, tuppiò, ma non gli arrispunnì nisciuno. Concetta era nisciuta. Allura raprì con la chiavi che sò soro gli aviva dato per ogni bisogno e trasì.

Ci misi picca e nenti ad attrovari quello che circava: Passatore Giovanna, via Materassai 31. Come mai non c'era il nomi di sò marito? Forsi era morto. C'era macari un Passatore Gregorio che però bitava in via Ugdulena.

Fici il nummaro di via Materassai e doppo un pezzo che il tilefono sinni stetti a sonari a vacante, arrispunnì 'na vuci di fìmmina.

«Pronto?».

«Signora Giovanna, sono Ernesto Bruccoleri, si ricorda di me? Il compagno d'università di suo figlio Gregorio?».

La signura non arrispunnì subito. Po' dissi che non s'arricordava ma che se voliva gli potiva passare a Grigorio che ogni sabato l'annava ad attrovari.

Doppo mezzo minuto ebbi Grigorio all'apparecchio. Per i primi deci minuti parlaro delle loro vite, Grigorio si era maritato macari lui, aviva un figlio e 'nsignava in un liceo.

Appresso, Bruccoleri gli spiò quello che voliva sapiri e cioè l'elenco dei bitanti al nummaro vintidù.

Dalla voci, Grigorio parse tanticchia 'mparpagliato.

«Senti, il ventidue lo vedo proprio mentre ti parlo, è il palazzo di fronte al nostro. È di sei piani, ci saranno minimo un diciotto famiglie. È senza portiere. Dovrei andare a vedere tutte le cassette delle lettere, ammesso che ci siano. È una cosa urgente?».

Fettivamenti, non lo era.

«No».

«Allora facciamo così. Cercherò d'informarmi e appena ho i dati che ti servono te li mando per posta».

Alle cinco annò al circolo. E ccà gli vinni ditta 'na cosa della quali sulo lui non ne era a canuscenzia, vali a diri che il dottori Carmelo Scandurra, socio del circolo, era stato attrovato dal figlio appinnuto al ramo di un àrbolo nella sò campagna. Si era suicidato senza lassare un rigo scrivuto.

La notizia aviva fatto 'n paìsi rumorata assà, pirchì il dottori era voluto beni da tutti, curava a gratis i malati che non avivano dinaro, spisso pagava le midicine di sacchetta sò.

«Ma perché l'ha fatto?» spiò Bruccoleri.

Gli arrispunnì il judice Gangitano che del dottori era stato amico stritto.

«Il figlio non vuole parlare. È fuori di sé. Però il povero Carmelo m'aveva confidato, appena una quindicina di giorni fa, d'aver ricevuto una lettera anonima».

«Gliene rivelò il contenuto?».

«No, ma mi fece chiaramente capire che non l'aveva presa troppo sul serio. E invece...».

E ccà 'ntervinni il colonnello Marchica sbattenno un pugno supra al tavolino.

«Io dico che è venuta l'ora di far chiudere questa fogna!».

«E come?» spiò il presidenti Tumminello.

«Qua a Vigàta ci sono una stazione dei reali carabinieri e un commissariato di pubblica sicurezza, perdio! Scriviamo loro un esposto a nome di tutti i soci del circolo! Ne dovranno tenere conto!».

«Scriviamola pure» fici il profissori Bruccoleri. «Ma sono sicuro che polizia e carabinieri non arriveranno a nessun risultato».

«E perché?».

«Caro colonnello, per fare le indagini dovranno raccogliere tutte le lettere, no? Sono centosettantacinque e...».

«Pirchì centosittantacinque? Al momento attuale risulterebbero centosittantaquattro» gli fici ossirvari il judice.

Bruccoleri sudò.

Minchia, aviva calcolato la sò di cui nisciuno sapiva nenti! Ma s'arripigliò subito.

«Mi sono sbagliato. Ma comunque a oggi, col ritmo col quale il postino le distribuisce, saranno diventate di sicuro più di centottanta. Volevo dire che non tutti saranno disposti a consegnare ai rappresentanti della legge le lettere, facendo così sapere loro cose che vogliono che restino nascoste. Diranno che le hanno bruciate o gettate nell'immondizia... Mi creda, colonnello, chi ha ricevuto una lettera anonima al rumore della verità preferisce il silenzio della viltà».

«Sto parlanno per mia stisso?» si spiò subito appresso, prima che il colonnello gli arrispunnisse.

Alla duminica sira, quanno Giulietta scinnì dal treno, la sò facci gli parse tanticchia cchiù rassirinata.

«Come sta tò matre?».

«L'attrovai meglio assà. Spiramo che continua accussì».

A tavola dai Munafò, il discorso naturalmente cadì supra al suicidio del dottori Scandurra e supra alle littre nonime.

«Meno mali che a noi non cinni hanno mannate» fici Giulietta.

«E po' che potrebbiro dire di noi? Gli fagliano l'argomenti serii. Hai qualichi cosa da ammucciare tu?» spiò Concetta arrivolta alla cognata.

La dimanna capitò propio mentri Bruccoleri stava talianno a sò mogliere che gli stava d'infacci.

Gli parse che Giulietta avissi per un istanti avuto come un trasalimento, 'na scossa appena pircittibili.

Ma forse era stata una 'mpressioni sbagliata, pirchì Giulietta sorridì, arrispunnì e girò sgherzevolmenti la dimanna al marito:

«Io nenti. E tu?».

Pigliato alla sprovista, a Bruccoleri annò di traverso il vino che si stava vivenno. Certo che aviva qualichi cosa da ammucciare: la littra nonima che tiniva 'n sacchetta. Cangiò discurso.

'Nutili diri che quella notti Giulietta, che stavota non aviva nenti da farisi pirdonari, volli lo stisso dù vote il pirdono di sò marito. E prima d'addrummiscirisi, gli fici macari accapiri che le notti appresso sarebbiro state come a quella notti.

Doppo, Bruccoleri arristò a longo vigliante.

Un pinsero maligno gli firriava testa testa e cchiù tintava di farlo scompariri cchiù tornava 'nsistenti.

Pirchì a Giulietta gli era pigliato di voliri fari accussì spisso all'amuri?

Macari nel primo anno di matrimonio non l'avivano fatto chiossà di tri vote alla simana.

E allura come si spiegava?

Pensa ca ti ripensa, il profissori arrivò alla conclusioni che c'era, purtroppo, 'na sula spiegazioni possibbili.

Bastava considerari che tutto era accomenzato quanno lui aviva ditto la so 'ntinzioni d'annare con lei a Palermo.

Giulietta prima aviva reagito malamenti, po' aviva pinsato di cancellargli dalla menti quel proposito soffocannolo con la passioni.

E quindi viniva a significare che sò mogliere, a Palermo, tiniva qualichi cosa da ammucciare.

Epperciò la littra nonima aviva un senso.

Sintì 'na fitta al cori.

La parti razionali di lui gli suggerì 'mmidiato che la meglio sarebbi stata d'abbrusciari la littra e fari finta di non avirla mai arricivuta. Ma fu la stissa parti razionali a farigli notare che il vileno era oramà trasuto nel sò corpo e che non avrebbi mai cchiù attrovato paci se non arrrivava alla virità, quali era era.

Abbisognava assolutamenti scopriri chi abitava al 22 di via Materassai.

Quattro

Il jorno appresso, come a ogni lunidì, appena che s'arricamparo da Montelusa, Giulietta sinni annò a fari la spisa ed Ernesto sinni tornò a la casa.

E nella cassetta della posta attrovò la secunna littra nonima che gli risparmiò il travaglio di scopriri chi bitava in via Materassai 22.

La littra, doppo avirigli fornito i diciotto cognomi degli 'nquilini di quel palazzo, terminava con un'affermazioni:

UNO DI QUESTI COGNOMI DOVREBBE ESSERTI NOTO.

Se li liggì e riliggì. Erano tutti di siciliani epperciò aviva avuto spisso occasioni di sintirli, Aiola, Butera, Filippazzo, ma nisciuno di essi si potiva diri che gli era propiamenti noto.

A quell'imbecilli d'anonimo gli piaciva jocare all'indovinelli.

Aspittanno che sò mogliere tornava dalla spisa, annò a circari le dispense universitarie su Cartesio che gli sirvivano per un particolari passaggio della lezioni del jorno appresso, ma non le attrovò. Notò che tutti i libri del periodo universitario non c'erano cchiù.

A tavola, ne addimannò spiegazione a Giulietta.

«'N soffitta le portai, 'nzemmula ai miei libri. Nella libreria non c'è cchiù posto. Doppopranzo te le vaio a...».

«Ci vaio io, tu non ti disturbare».

«Ah, sì, grazie. Macari pirchì mi sono arricordata che oggi ho 'na lizioni privata».

Fattasi la dormiteddra, Ernesto si susì e sinni acchianò 'n soffitta. Non ci annava da almeno sei misi e l'attrovò in pirfetto ordini, si vidi che sò mogliere era stata assugliata dalla botta d'ordini e pulizia che le capitava dù vote all'anno. Le dispense erano alliniate in bella vista dintra a un vecchio scaffali.

Se le misi suttavrazzo e stava per astutare la luci quanno notò caduto 'n terra, vicino al baullo che continiva vecchie cose di Giulietta e che lui mai aviva rapruto, un rettangolo di carta. Stonava tanto in tutto quell'ordini che lui tornò narrè, si calò, pigliò la cartolina...

Sì, era 'na cartolina virdina in franchigia, di quelle che duranti la guerra davano ai militari al fronti per scriviri a casa. Era 'ndirizzata a Giulietta. Non potti fari a meno di taliare il mittente: Sottotenente Giacomo Larosa, Zona di guerra...

Non volli leggiri la cartolina, sollivò il coperchio del baullo, gliela 'nfilò dintra, astutò la luci, chiuì la porta ma non ebbi la forza di scinniri le scali. Se l'era completamenti scordato che di cognomi l'ex zito di Giulietta, disperso in guerra, faciva Larosa.

Del resto, dell'ex zito Giulietta gliene aviva parlato picca e nenti. Doviva avirlo amato assà e assà sofferto per la sò scomparsa, e lui aviva rispittato il sò silenzio.

Ma quello che gli aviva fatto addivintari le gamme di ricotta era che il cognomi Larosa s'attrovava al quinto posto nell'elenco degli 'nquilini di via Materassai 22.

Si vistì di tutto punto, s'affacciò alla porta della càmmara indove Giulietta stava danno lezione, le dissi che annava a fari quattro passi e s'avviò inverso il molo.

Si sintiva assufficare e aviva bisogno di respirari aria frisca.

Po', quanno accapì di stari meglio, s'assittò supra a 'na bitta d'ormeggio e accomenzò a raggiunari.

Giacomo Larosa era stato dichiarato ufficialmente disperso 'n guerra, non caduto, macari se nel novantanovi per cento disperso viniva a significari morto.

Però c'erano stati dei casi, rari, ma c'erano stati, nella granni guerra e puro in quest'ultima, che qualichi disperso s'era riprisintato 'n famiglia doppo anni e anni di silenzio e doppo aviri patuto il patibili. E qualichiduno aviva macari attrovato alla mogliere, cridutasi vidova, che si era rimaritata.

Perciò potiva essiri successo benissimo che Giacomo Larosa era tornato, aviva 'ncontrato per caso a Giulietta a Palermo e l'amuri tra loro dù era novamenti divampato.

E ora sò mogliere, quanno annava ad attrovare la matre malata, si ritagliava macari il tempo di passare qualichi orata con l'ex zito nella sò casa di via Materassai.

E viniva chiaro pirchì aviva reagito accussì malamenti quanno le aviva ditto che la voliva accompagnari a Palermo.

E ora che fari?

Parlarne con lei?

O non era meglio se prima s'incontrava con Giacomo e affrontava con lui la quistione facci a facci, da omo a omo?

Sì, questa era forsi la soluzioni migliori.

Aviva un groppo 'n gola epperciò circò di sbariarisi aspittanno che si faciva sira e talianno le varche che tornavano dalla pisca.

S'apprisintò tardo, tanto che Giulietta aviva già conzato la tavola.

«Che hai?».

«Ho un grannissimo malo di testa. Se non ti dispiaci, minni vaio a corcare».

Giulietta accapì che la meglio era non insistiri.

Dintra al letto, accomenzò a pinsari a 'na scusa bona per annare a Palermo.

Po' arriflittì che stava sbaglianno: no, non doviva attrovari nisciuna scusa pirchì Giulietta non l'avrebbi dovuto sapiri, si sarebbi allirtata, si sarebbi mittuta 'n sospetto.

A un certo punto sò mogliere s'affacciò nella càmmara di dormiri e gli spiò come si sintiva.

«Ancora non mi passa».

«Io mi metto a correggiri i compiti e po' vegno».

Quanno, doppo un dù orate, la sintì trasire nel letto, fici finta di dormiri profunnamenti.

Non ce l'avrebbi propio fatta a fari all'amuri con lei.

Il martidì sira Giulietta dissi di non sintirisi bona,

si misurò la timpiratura e vitti che aviva qualichi linia di fevri.

La matina appresso aviva ancora 'na fevri liggera e voliva annare lo stisso a fari lezioni, ma sò marito la sconsigliò portannole un argomento che sapiva vincenti:

«Resta corcata e riguardati che se po' la fevri t'aumenta, sabato non potrai ghiri a Palermo».

«Vero è».

«E non mi priparari nenti di mangiari pirchì resto a pranzo a Montelusa con Zaccaria che è un sacco di vote che m'invita pirchì mi voli parlari di un libro che sta scrivenno. Torno verso le otto».

Zaccaria era un collega del magistrale che Giulietta accanosciva appena.

«Vabbeni».

Era fatta.

S'apprisintò al liceo, dissi al preside che a scascione di un lutto 'mproviso doviva annare a Catania, corrì alla stazioni, si fici il biglietto per Palermo, partì.

Dalla stazioni di Palermo fino a via Materassai se la fici catammari catammari, a lento pede, dintra di lui scigliennо e ripitennosi quali paroli diri all'ex zito e ora amanti di sò mogliere.

Avrebbi dovuto provari raggia, disperazioni, furori, 'nveci si sintiva sulo stritto dintra a 'na gran cappa di malincunia.

Davanti al portoni squasi si scontrò con una signura che stava niscenno.

«Per favore, il signor Larosa?».

«Terzo piano».

Arrivò col sciato grosso tanticchia per le scali che sciauravano di mangiare pirchì si era fatta l'ura e tanticchia per l'emozioni. Non c'era campanello, tuppiò col pugno.

La porta gli vinni rapruta da 'na sittantina malannata, l'ariata sofferenti, che lo taliò 'nterrogativo.

«Vorrei parlare con Giacomo».

«Con mè figlio?».

«Sì, mi hanno detto che è tornato e siccome...».

«Parlari con mè figlio?» fici la vecchia strammata.

Ernesto si spazintì.

«Lo posso vedere o no?».

«Di vidirlo, lo pò vidiri» dissi la vecchia facennosi di lato.

Ernesto la seguì nel corridoio, trasì con lei in una càmmara di dormiri. L'assugliò, violento, un insopportabili aduri di malatia e di midicinali. Del corpo che c'era dintra al letto si vidiva sulo la facci martoriata dal dolori e dù granni occhi sbarracati a taliare il soffitto, senza 'spressioni.

«Me l'hanno portato accussì quattro misi fa» dissi la vecchia. «È come se fusse morto. Non senti, non vidi. Abbisogna darigli da mangiari come a un piccilidd-ro. Quanno arrivò, si lamintiava. Po' accapii che non era lamento, arripitiva sempri il nomi della zita. Allura io scrissi alla matre della picciotta, che abita ccà 'n Palermo. Lei m'arrispunnì che oramà si era maritata. Allura ci riscrissi spiegannole la situazioni. E iddra vinni. E la sapi 'na cosa? Lui, a iddra, la sintì subito vicina. Si rianimò. E quanno lei, ogni duminica, veni, s'assetta e gli piglia la mano, l'occhi gli tornano a essiri cchiù sireni, meno addispirati. I medici però dicino che oramà è alla fini, questioni di jorni».

E scoppiò a chiangiri.

Ernesto le passò un vrazzo attorno alle spalli, l'obbligò a nesciri dalla càmmara, la fici assittare supra alla prima seggia che vitti, circò la cucina, l'attrovò, inchì un bicchieri d'acqua, glielo portò.

«Non glielo avivano ditto che era arridutto accussì?».

«No, signora, non lo sospettavo nemmeno».

«Che gli voliva diri?».

«'Na cosa senza 'mportanza».

Di ritorno 'n treno, il professori Ernesto Bruccoleri arriflittì che c'era 'na sesta categoria di littre nonime che doviva pigliare 'n considerazioni, quelle che scrivute con l'intento di portari mali, finivano 'nveci per ottiniri l'effetto contrario.

Ma erano talmente scarse che, percentualmenti, non potivano contari, era come se non c'erano.

Purtroppo.

Il sabato matina si fici attrovare da Giulietta già vistuto.

«Come mai? T'hanno anticipato la lezione?».

«No, ti porto alla stazione».

E 'nveci di lassarla nel piazzali e tornari narrè, parcheggiò e scinnì con lei.

«Che fai?».

«T'accompagno fino al treno».

Che non era ancora arrivato.

«Vuoi che t'accatto il jornali?».

«Sì» fici lei taliannolo tanticchia strammata.

Po' il treno arrivò.

Allura Ernesto abbrazzò stritto a sò mogliere come se partiva per un longo viaggio, la vasò supra alla vucca e le dissi:

«Ti amo».

Giulietta acchianò e apparse subito al finistrino.

Ristaro a taliarisi occhi nell'occhi fino a quanno il capostazioni friscò e il treno si cataminò.

La seduta spiritica

Uno

Quanno che nel milli e ottocento e novantatrì Fofò Zaccaria tornò dalli Stati ricco sfunnato doppo che trent'anni avanti sinni era partuto da Vigàta con le pezze al culo, fici subito dimanna d'essiri ammittuto al circolo citatino. Non gli si potti diri di no, ora che da viddrano coi pedi 'ncritati era addivintato un borgisi, e accussì per diversi sirate al circolo non si jocò cchiù pirchì tutti i soci sinni stavano a sintiri a lui che contava le miraviglie della Merica, paìsi granni indove tutti potivano fari fortuna abbasta che lo volivano.

Tra le tante cose che dissi, cinni fu una che fici particolari 'mpressioni tra i prisenti, vali a diri che nella Merica c'erano fìmmine spiciali che arriniscivano a parlari coi morti.

«Macari mè matre quanno va al camposanto parla con la bonarma di mè patre» fici Cocò Agrò ghittannola a sgherzo. «Il probbrema è che mè patre non le arrispunni».

Fofò Zaccaria lo taliò malamenti e dissi che la cosa di cui parlava era seria e s'acchiamava spiritismo.

«In quali senso 'sti fìmmine sunno spiciali?» spiò don Agatino Fazio.

«Nel senso che hanno questo potiri di chiamari l'animi dei morti. Venno ditte medium. Succedi che a un certo momento cadino in tranci, che sarebbi a diri mezzo sbinute, e spiegano quello che dicino i morti».

«E che bisogno c'è di spiegari? Com'è che parlano?» spiò don Calorio Sommatino.

«Non parlano a palore come a nuautri, ma fanno battiri colpi 'n terra a un pedi di tavolino e, a secunna del nummaro dei colpi, 'sti fìmmine accapiscino quello che dici 'u morto».

«Meno mali che 'sta facenna non è arrivata ccà» fu il subbitanio commento di don Pompeo Gammacurta.

«E pirchì?» addimannò don Agatino Fazio.

«Ma si rende conto, egregio? Vuole che le porti qualche esempio? Il marchisi Burruano non morse a trint'anni e nisciun medico accapì di che era morto? E tutti 'n paìsi non abbiamo pinsato che era stato abbilinato dalla mogliere per rimaritarisi col baroni della Pergola del quali era l'amanti? Ora consideri lei che potrebbi succediri se il morto, interrogato da 'na mirium...».

«Medium» corriggì Fofò Zaccaria.

«... o come si chiama si chiama, rispondesse che sì, è stata sua moglie ad ammazzarlo! Vogliamo babbiare?».

«Fettivamenti...» ammisi don Agatino.

«E pensi all'ammazzatina del poviro commendatori Alagna!» continuò don Pompeo. «Con le mie orecchie, qua, in questo circolo gli sentii dire che conosceva benissimo il nome di chi l'avrebbe fatto ammazzare un giorno o l'altro. "Una persona insospettabile" dissi. Dù jorni appresso gli spararo mentri sinni stava tornanno a la casa e nisciuno seppi mai il nomi dell'assassino. Vogliamo spiarlo ora al commendatori?».

«Fettivamenti...» arripitì ancora cchiù dubitoso don Agatino.

E cangiaro discurso. Però don Agatino ristò a pinsarici.

Sei misi appresso don Agatino liggì, nell'unico jornali continentali al quali il circolo era 'bbonato, che s'acchiamava «Corriere della Sera», un longo articolo di un certo Allan Kardec il quali spiegava che cosa era lo spiritismo.

In sustanzia, si diciva che l'anima, quanno che uno moriva, si trasformava in «corpo fluido astrale» e certe fìmmine, chiamate appunto medium, arriniscivano a mittirisi 'n contatto con 'sti corpi strali. Ma alla fìmmina nicissitava aiutarla mittennosi in sei torno torno a un tavolino a tri gammi dintra a 'na càmmara allo scuro e formari 'na catina tinennosi tutti affirrati con le mano.

L'energia dei prisenti viniva assorbuta dalla medium che cadiva in tranci, vali a diri che era pronta al contatto, e il tavolino accomenzava a battiri colpi da sulo, senza che nisciuno lo toccassi.

Il jornali po' vantava la cchiù granni medium taliàna, che di nomi faciva Eusapia Paladino, la quali era capaci persino di fari compariri ectoplasmi, vali a diri di fari vidiri ai prisenti l'apparizioni di un corpo fluido strali, che era 'na speci di rotolo di garza volanti dintra a 'na nuvola di neglia.

Don Agatino ristò assà a pinsarici supra, tanto da arrefutare di farisi la solita partita di trissetti e briscola.

Fino a quanno 'nni parlava uno gnoranti come a Fofò Zaccaria, la cosa potiva essiri 'na minchiata sullenne, ma se 'nni parlava il cchiù serio jornali del continenti, la facenna si faciva sostanziusa.

Manco a farlo apposta, 'na quinnicina di jorni appresso, attrovannosi a Palermo per un affari di sùrfaro, don Agatino vinni 'nvitato 'na sira a mangiari 'n casa del baroni Cannizzaro che era il propietario delle minere con le quali lui faciva comercio.

Fu mentri attaccavano il secunno che la mogliere del baroni, Margaret, che era 'nglisa di nascita, tirò fora il discurso dello spiritismo.

Non sulo sapiva ogni cosa, ma arrivilò che si scriviva spisso con Eusapia Paladino e che l'aviva 'nvitata a Palermo per una siduta.

«E che le ha risposto?» spiò don Agatino.

«Che cercherà di venire. Capirà, è richiesta dovunque».

«Se per caso venisse...» azzardò don Agatino.

«Lei è interessato?» spiò la baronissa.

«Molto. Le sarei veramente grato se...».

«Non dubiti, l'avvertirò. Anzi, lei mi è indispensabile».

«Perché?».

«Perché non ho trovato che pochi interessati a partecipare alla seduta, a cominciare da mio marito. A voi siciliani dell'aldilà e dei suoi misteri evidentemente non ve ne importa niente. Con lei, saremo in sei. Proprio il numero giusto».

Era passata 'na misata e don Agatino ci stava pirdenno le spranze, quanno un mercordì a matino arricivì un tiligramma del baroni Cannizzaro che faciva accussì:

Mia moglie invitala unica seduta che avverrà nostro palazzo sabato prossimo ore diciassette.

Tornato a la casa dal magazzino di sùrfaro all'ura di mangiari, don Agatino dissi a sò mogliere Ciccina che il sabato che viniva doviva annare 'n Palermo.

Quella prima lo taliò strammata e po' spiò:

«Te lo scordasti?».

«Chi cosa?».

«Che sabato avemo a partiri per Catellonisetta che si marita tò niputi Girolamo?».

Vero era, se l'era scordato.

Ma il tiligramma diciva che si sarebbi trattato di 'na siduta unica epperciò non se la potiva perdiri.

«Non ci pozzo viniri al matrimonio».

«E la paciatina con tò frati Filippo?» spiò Ciccina 'n punta di mittirisi a chiangiri.

«Minni staio futtenno. Aio 'na siduta spiritica 'n Palermo 'n casa Cannizzaro».

Ciccina, che non aviva accaputo nenti, raprì il rubbinetto.

Lei e sò cognata Maria, la mogliere di Filippo e matre dello sposo, si erano scrivute diverse littre per fari fari paci ai dù frati i quali si erano sciarriati a morti vint'anni avanti alla littura del tistamento paterno fatta dal notaro Persicò.

Siccome che il patre era morto 'n casa di Filippo a novant'anni e completamenti stòlito e dal tistamento arresultava che lassava ogni cosa a lui, Agatino accusò a sò frati di circonvinzioni d'incapaci.

Perse la causa e dovitti pagari le spisi.

E da allura fu odio nìvuro.

Senonché, nell'urtimi tempi, si erano mittute di mezzo le mogliere e soprattutto il futuro sposo aviva fatto la navetta tra Vigàta e Catellonisetta per ammorbidiri tanto il patre quanto lo zio.

E ora che le cose parivano finalmenti fatte, Agatino si tirava narrè? Ciccina s'assammarò di lagrimi tutto il jovidì e il vinniridì ma non ci fu verso.

Il sabato don Agatino sinni partì col treno che arrivava a Palermo alle quattro e un quarto.

E tri quarti d'ura appresso, doppo essiri passato dall'albergo, tuppiava al portoni di palazzo Cannizzaro. 'Na cammarera lo fici trasire in un saloni chino chino di quatri e gli dissi d'aspittari.

Doppo tanticchia comparse la baronissa che pariva 'mpacciata.

«Sono mortificata, caro don Agatino, ma c'è stato un contrattempo».

«Non è arrivata?».

«La Paladino? No, non si tratta di questo. La Paladino non è potuta venire ma ha mandato un'altra medium che dicono brava quanto lei, si chiama Genoveffa Toffanin, è di là, nel salotto piccolo, dove si terrà la seduta. Il fatto è che la principessa Tringali, sa, la dama di corte di Sua Maestà la Regina, all'ultimo minuto ha cambiato parere e ha chiesto di partecipare. Non ho potuto dirle di no. Ho domandato alla Toffanin se si poteva essere in sette, ma l'ha escluso tassativamente. Quindi...».

Quindi non c'è posto per lei, concludì don Agatino nella sò testa. La baronissa s'addunò del sò abbilimento.

«Guardi, se vuole, posso fargliela conoscere» dissi.

Meglio che nenti.

«A me basterebbe parlarle un momento» fici don Agatino.

«Va bene. Però ora non si può, è in raccoglimento, si sta preparando. Lei può aspettare qua, nessuno la disturberà. Le farò portare un caffè. Alla fine della seduta, verrò a chiamarla».

Alli sei e mezza comparse di cursa la baronissa che stavota pariva agitata. «Meno male che è rimasto!».

«Che è successo?».

«È successo che la marchesa Bivona si è spaventata ed è svenuta interrompendo la catena. Per effetto dell'interruzione improvvisa, la Toffanin si è sentita male e si è ritirata con la sua assistente. Desidera però che si riprenda tra cinque minuti, dice che la seduta va portata assolutamente a termine altrimenti lei ne avrà un gran danno. Vuole essere così gentile da sostituire la marchesa?».

«Certamente» dissi don Agatino.

E seguì la baronissa la quali, doppo aviri fatto un longo corridoio, si firmò davanti a 'na porta chiusa.

«Sono tutti qua dentro, meno la Toffanin e la sua assistente che entreranno tra poco da un'altra porta. L'avverto che il salottino è completamente al buio. La guiderò io. Si appoggi con le mani alle mie spalle. Dopo che sarà entrato, richiuda la porta. E mi raccomando: una volta seduto, non parli, si muova il meno possibile. Allarghi solo le braccia lateralmente. Io prenderò la sua mano sinistra e la contessa Ruvolito la sua destra. Così la catena sarà ristabilita».

Due

Chiusa la porta, don Agatino s'attrovò nello scuro cchiù fitto.

Pariva che non ci fusse nisciuno, non si sintiva manco un rispiro.

Fatti 'na decina di passi, non erano ancora arrivati. All'anima del salottino! Ma quant'era granni?

Po' finalmenti la baronissa si firmò, si girò, gli pigliò 'na mano e gliela posò supra alla spallera d'una seggia.

Lui s'assittò, allargò le vrazza e le sò dù mano vinniro affirrate da dù mano fimminine.

Mentri che sinni stava accussì arriflittì che forsi era l'unico mascolo prisenti.

Appresso si raprì 'no spicchio di porta a manca e 'na voci di fìmmina picciotta spiò:

«La catena si è riformata?».

«Sì» arrispunnì la baronissa.

Doppo tanticchia la porta si raprì completamenti e comparse 'na beddra picciotta che riggiva un cannileri. Appresso a lei viniva 'n'autra fìmmina àvuta, 'mponenti, tutta cummigliata di veli bianchi che si annò ad assittare supra a un seggioloni vicino al circolo formato dai prisenti.

Cinco fìmmine e un omo che si tinivano per mano e 'n mezzo avivano un tavolino a tri pedi.

La picciotta s'annò a mittiri addritta allato alla medium e sciusciò supra alle cannile.

Tornò lo scuro fitto.

Passaro cinco minuti, po' la Toffanin parlò. Aviva 'na bella voci.

«Adesso sento una grande energia che prima non c'era. Ora tutto andrà bene».

'N signo di comprimento e ringrazio, la baronissa stringì forti la mano di don Agatino.

Vuoi per il viaggio, vuoi per lo scuro che c'era, vuoi per il silenzio, doppo un quarto d'ura che sinni stava accussì don Agatino vinni pigliato da 'na gran botta di sonno.

L'occhi gli accomenzaro a fari a pampineddra, per quanto circassi di resistiri. Po' di colpo la testa gli calò supra al petto.

Non seppi quanto dormì pirchì vinni arrisbigliato da un colpo sicco. Era il pedi del tavolino che aviva battuto 'n terra.

Doviva essiri arrivato il morto.

Ci fu 'n autro colpo cchiù forti.

«Ora potete domandare» dissi l'aiutanti della medium.

«Chi sei?» spiò la baronissa Cannizzaro con la voci che le trimava per l'emozioni.

«Toc toc totoc toc totoc» fici il tavolino.

«Il corpo astrale... vuole sapere... se tra i presenti...

c'è una che si chiama Angela» dissi la Toffanin parlanno a fatica, come se portassi supra alle spalli un carrico pisanti assà.

Don Agatino sintì la mano della contissa Ruvolito addivintari di colpo vagnata di sudori.

«C'è. Sono Angela Scozzari Ruvolito» fici la contissa.

E allura capitò 'na cosa 'ncredibili. Stavota non ci fu il toc toc del tavolino. Ma a parlari fu la stissa medium.

Con una voci profunna mascolina, completamenti stracangiata. E in siciliano.

«Angila! Angiluzza mè beddra! Cori di lu me cori! Quantu ti aio disiata! M'arraccanosci?».

La mano della fìmmina che don Agatino stringiva addivintò cchiù vagnata e trimanti.

«Tancredi!» squasi gridò.

«Sì, Tancredi Mortillaro di Baiocca sugno!».

Don Agatino appizzò l'oricchi. Aviva liggiuto che il principi Tancredi cinco anni avanti era scomparuto da un jorno all'autro e nisciuno ne aviva saputo cchiù nenti.

«Perché te ne sei andato?» spiò la contissa Ruvolito sospirosa.

«Annato? Annato?» fici il morto arraggiannosi. «Spialo a quel grannissimo cornuto di tò marito la fini che mi fici fari! Ma di 'sta storia non 'nni voglio parlari. Angila mia, quanto t'addisidiro macari da morto! Vorria sulo sapiri se le tò labbra, le tò minne, lu tò culu, la tò...».

«Basta così!» gridò la contissa Ruvolito lassanno la mano di don Agatino.

Macari la baronissa Cannizzaro gli lassò la mano, si susì e corrì fora dal salottino. Tornò doppo tanticchia seguita da dù cammareri ognuno dei quali portava dù cannilabri.

La medium si lamintiava, aviva la vava alla vucca e si turciuniava tutta. La sò aiutanti le tiniva le mano.

«Me ne vado» dissi addecisa la contissa Ruvolito tra le lagrime, «buonasera a tutti».

«T'accompagno» fici la patrona di casa.

Visto e considerato che era l'unico omo prisenti, don Agatino s'avvicinò all'aiutanti.

«Ha bisogno di qualcosa?».

«Sì, grazie. Se m'aiuta a portarla nella stanza accanto...».

Don Agatino era un quarantacinchino attraenti, un bell'omo aliganti, minuto di corporatura, ma era un fascio di muscoli e nerbi. Si calò, pigliò 'n potiri la medium e seguì l'aiutanti.

«La metta sul letto» dissi la picciotta.

Don Agatino bidì.

«Com'è forte lei! Non sembra» sclamò ammirativa l'aiutanti.

Era 'na gran beddra picciotta appena sutta la trintina, àvuta, 'na vucca russa come 'na cirasa, coi capilli nìvuri tutti ricci e un paro d'occhi granni e sparluccicanti che ghittavano foco.

«E ora che facciamo?» le spiò don Agatino.

«Non credo che la seduta possa riprendere. Genoveffa è molto stanca e oltretutto manca una persona per la catena».

«Beh, allora io...».

«La prego, mi tenga compagnia» fici l'aiutanti calannosi a vidiri come stava la medium.

Le passò a leggio 'na mano supra alla fronti.

«Dorme» dissi.

E annò ad assittarisi supra a 'na seggia. Don Agatino si misi supra alla seggia allato.

«Mi chiamo Saveria De Grandis» fici la picciotta pruiennogli la mano.

«Piacere. Agatino Fazio».

«È da molto che s'interessa di spiritismo?».

«Questa è la prima seduta alla quale assisto».

«Quindi è venuto per pura curiosità?».

«Beh, non precisamente. Avevo in mente d'invitare la signora medium a fare una seduta spiritica a casa mia».

«Lei è di Palermo?».

«No, di Vigàta. A tre ore di treno».

La picciotta sinni ristò un pezzo muta. Però don Agatino s'addunò che lei lo taliava di sutt'occhio. Po' spiò:

«Conosce la tariffa per una seduta?».

«No, ma se...».

«Guardi, sono mille lire escluso il rimborso del viaggio, il vitto e l'alloggio per Genoveffa e per me».

Cara era, ma forsi ne valiva la spisa.

«Noi» proseguì Saveria «partiamo domattina per Catania dove staremo due giorni, poi ci trasferiremo a Messina per altri due giorni e quindi torneremo a Palermo per imbarcarci. Si potrebbe ritardare la partenza di un giorno e venire a Vigàta, sempre che Genoveffa sia disposta. Ma penso che sarà difficile, si affatica molto a viaggiare».

«Vorrei poter parlare con la signora per pochi minuti e cercare di convincerla a...».

«Non ce n'è bisogno. Cercherò di convincerla io» fici Saveria.

E lo taliò occhi nell'occhi.

S'accapero.

«Naturalmente sarà mio dovere sdebitarmi con lei per...».

L'aiutanti parse non avirlo sintuto.

«Lei riparte stasera stessa?» spiò.

«Ho una stanza all'albergo Patria».

«Anche noi siamo lì».

Tornaro a taliarisi.

E s'accapero macari stavota.

Don Agatino ritenni che non avivano cchiù nenti da dirisi. Si susì. Ma per essiri certo della 'ntisa con la picciotta, avanzò 'na proposta.

«Se lei fosse così gentile da farmi avere una risposta in serata io me ne ripartirei...».

«Non dubiti. Anche se dovrò tenere compagnia a Genoveffa che s'addormenta verso la mezzanotte...».

«L'aspetterò nella mia camera. La 42» fici don Agatino.

In quel momento trasì la baronissa.

«Sono andate via tutte. Come sta la nostra medium?».

«Riposa» arrispunnì l'aiutanti. «Credo che tra una mezzoretta al massimo sarà in grado d'alzarsi».

Doppo che la medium e l'aiutanti sinni foro ghiute, la baronissa 'nsistì tanto che don Agatino dovitti ristari a mangiari.

Aspittanno che il baroni tornassi dal circolo per mittirisi a tavola, la baronissa volli sempri tiniri compagnia ad Agatino e a un certo punto gli dissi:

«Mi sono molto impressionata quando ho riconosciuto la voce di Tancredi Mortillaro!».

«Era la sua?».

«Come no? Era proprio lui a parlare, mi creda!».

Per sdilicatizza, don Agatino cangiò discurso.

Pirchì il morto aviva ditto chiaro e tunno che era stato ammazzato dal marito della contissa Ruvolito.

Ma non era cosa di parlarinni in un salotto nobili come a quello di casa Cannizzaro.

E macari pirchì la baronissa, a questo dittaglio, pariva non avirici fatto caso.

Alli deci e mezza don Agatino livò il distrubbo. La baronissa voliva farlo accompagnari con una sò carrozza, ma lui arrefutò. Siccome che aviva tempo, se la fici a pedi fino all'albergo. Po', 'n càmmara, si livò i vistiti, si lavò, si rimisi i suli pantaluna, pigliò dal portafogli cinco biglietti da cento, li posò supra al commodino e si stinnicchiò nel lettino a 'na chiazza. Accomenzò a leggiri il jornali, ma doppo tanticchia si perse darrè al pinsero di quello che avrebbi dovuto spiare a Saveria.

La quali tuppiò alla porta della càmmara a mezzannotti e deci.

«È aperta» fici don Agatino.

La picciotta trasì, richiuì a chiavi. S'avvicinò al letto. Era in vistaglia. Si la livò. Si era mittuta un profumo che strubbava.

«Fatti più in là» dissi, acchiananno con un ginocchio supra alla coperta.

Tre

Un'orata appresso, don Agatino ebbi un minuto di paci per spiarle:

«Parlasti con la medium?».

«Sì».

«E che ti dissi?».

«Né sì né no».

«E allora?».

«Guarda, è importante che non abbia detto di no. Sono certa perciò che lavorandomela un po', le farò dire di sì. Tu prepara tutto a Vigàta. Lasciami il tuo indirizzo, ti manderò un telegramma».

«Senti, ma la medium lo sa quale spirito si presenterà nel corso della seduta?».

«In genere, non lo sa».

«Ma, volendo, lei potrebbe chiamare uno spirito preciso?».

«Sì, però evita di farlo perché è troppo faticoso per lei. Ne esce distrutta. E quando lo fa su richiesta, la tariffa naturalmente è diversa».

«Diversa quanto?».

«Il doppio».

«Mi sta bene».

«Vuoi che evochi un fluido astrale che t'interessa particolarmente?

«Sì».

«Dimmi chi è».

Don Agatino le dissi chi era.

«Perché t'interessa?».

Don Agatino le spiegò pirchì l'intirissava. E ci misi 'na mezzorata bona per dirle ogni cosa. Po' la picciotta si stirò e dissi che sinni ghiva pirchì all'indomani si doviva susiri presto.

«Spero che giovedì ci rivedremo a Vigàta».

«Sul comodino c'è un regalino per te» fici don Agatino.

Saveria allungò un vrazzo, contò un fascio di biglietti da cento, lo riposò supra al commodino, si ristinnicchiò.

«È sufficiente per un'altra congiunzione di corpi astrali» fici ridenno.

Don Agatino tornò a Vigàta l'indomani a matino verso mezzojorno e mezzo e attrovò a Ciccina che era tornata allura allura dalla missa.

«Com'è annato il matrimonio?».

«Talè, non minni parlari! Quanno dissi a tò frati Filippo che tinni eri ghiuto a Palermo per fari quella cosa di spiriti 'n casa Cannizzaro, parse nisciuto pazzo. Si misi a fari voci che tu apprifirivi parlari coi morti chiuttosto che con lui! Dissi macari che appena potiva, ti avrebbi dato 'na lezioni che non te la scordavi cchiù!».

«E figurati che scanto!» fici don Agatino.

Il mercordì appresso, da Catania, arricivì un tiligramma di Saveria.

Genoveffa d'accordo per seduta venerdì prossimo ore diciotto stop venga a prenderci stazione ore sedici stop provveda alloggio saluti.

Pirchì vinniridì? Non aviva ditto jovidì? Si vidi che avivano arrimidiato qualichi autra siduta.

A mezzojorno, quanno don Agatino dissi a Ciccina di puliziari bono il salotto pirchì il vinniridì che viniva doviva fari 'na siduta spiritica, per picca a sò mogliere non ci pigliò un sintòmo.

«Niscisti pazzo? Non ti pirmetto 'n casa mia...».

«Tu non pirmetti nenti. Io ccà sugno patroni di fari chiddro che mi passa per la testa! Chiaro?».

Ciccina raprì il rubbinetto.

Nel doppopranzo annò al circolo e chiamò sparte a Fofò Zaccaria.

«Vinniridì doppopranzo libbiro è?».

Era 'na dimanna retorica pirchì Fofò Zaccaria passava tutta la sò jornata tra il cafè e il circolo.

«C'è cosa?».

«Fazzo 'na siduta spiritica 'n casa mia, alli sei, con 'na famusa medium. E dato che lei è stato il primo a parlari di spiritismo da 'ste parti... Mi pozzo pirmittiri d'invitarla?».

«Sicuro!» fici quello.

Macari don Marco Filibello accittò.

«Vinniridì dissi? Il vinniridì veni a la mè casa mè socira. Meglio vidirisilla coi morti ca cu iddra».

Puro don Titta Lopane e il giomitra Spizzico dissiro di sì.

Ammancava sulo il sesto, il cchiù 'mportanti di tutti. Il notaro Persicò.

Il quali nisciva ogni sira alli setti e mezza spaccate dallo studdio per tornari a la casa. Perciò don Agatino alli setti e trentuno lo potti firmari 'n strata.

«Bonasira, signor notaro».

L'autro lo taliò chiaramenti 'nfastiduto.

«Bonasira».

Col notaro abbisognava annarici quatelosi, era di malo caratteri e nisciuno l'aviva mai viduto sorridiri.

«M'ascusasse tanto per il distrubbo».

«Si sbrighi».

«Vorria sapiri se vossia mi faciva l'anuri di viniri vinniridì doppopranzo alli sei 'nni mia».

«E perché dovrei venire a casa sua?» fici l'autro sgarbato. «Io mi sposto solo se c'è da raccogliere il testamento di qualche moribondo o di qualcuno impossibilitato a muoversi».

«Nonsi, non si tratta di un tistamento, ma di 'na...».

«Allora mi dispiace» tagliò il notaro ripiglianno a caminare.

«... ma di 'na siduta spiritica» finì di diri don Agatino.

Il notaro si firmò di botto. Si votò.

«Come ha detto?».

«Di... di...'na siduta spiritica» arripitì don Agatino tanticchia scantato.

«Una seduta spiritica qua a Vigàta?» addimannò il notaro ammaravigliato.

«Sissi».

«A Vigàta abbiamo una medium?».

«Nonsi, veni da fora».

«Come si chiama?».

«Genoveffa Toffanin».

L'occhi del notaro s'addrumaro.

«'Nni sintii parlare. Bravissima è!».

A don Agatino si allargò il cori.

«Vossia 'ntirissato sarebbi?».

«'Ntirissato? Non è la parola giusta. Io sugno un appassionato! Grazii, grazii per l'invito. Vegno senz'altro».

Per la filicità, picca ci ammancò che don Agatino non si mittiva ad abballari davanti a lui.

L'indomani a matino, jovidì, verso le deci, tutto potiva aspittarisi meno che di vidirisi compariri davanti a patre Saturnino, 'u parrocu di Vigàta, sant'omo, certo, ma che aviva modi e parlata di un mafioso essenno che sò patre era un mafioso, sò zio macari e sò frati puro.

«Come va il comercio?».

«Non mi lamento. Ci pozzo essiri utili?».

«Certo».

«Mi dicisse».

«'Ntendimi a mezza palora. Tu la siduta spiritica non la fai».

«Chi glielo dissi che la facivo?».

«Lassa futtiri chi me lo dissi o chi non me lo dissi. Tu non la fai e basta».

«Voli babbiare? Io la medium già l'impignai!».

«E tu veni a diri che la spigni».

Don Agatino accomenzò a sintirisi acchianari il nirbùso.

«Mi spiega pirchì vossia è contrario?».

«Pirchì è contraria la Chiesa. Dici che i morti vanno lassati 'n paci».

Don Agatino sbottò.

«Propio la Chiesa mi veni a contare di lassari 'n paci i morti? Ma se la Chiesa per prima gli scassa continuamenti i cabasisi ai morti! A tia ti seppelliscio 'n terra sconsacrata, a tia non ti dugno i sacramenti, tu tinni vai 'n pruatorio ma sta 'n campana che tra mill'anni vai 'n paradiso, tu che t'attrovi nel limbo capace che un jorno o l'autro ti passamo 'n pruatorio... Ma mi facissi 'u piaciri!».

Patre Saturnino lo taliò con l'occhi a fissura.

«Pejo per tia» dissi minazzoso.

E sinni niscì.

Quanno tornò all'ura di mangiari, non attrovò a Ciccina 'n casa. La cosa, in tanti anni di matrimonio, non era mai capitata.

«Indove è annata la signura?» spiò alla cammarera.

Quella parse 'mpacciata.

«Non lo saccio. Comunqui, ci lassò 'na littra».

E gliela pruì. Don Agatino 'ntordonì. 'Na littra? Ciccina gli aviva scrivuto 'na littra?!

Faciva accussì:

Caro marito,
essenno che come mi spiecò patre Saturnino lo spiritisimo è cosa del diavolo, io non devo ristare sotto il metesimo tetto e manco nel metesimo letto con tia. Me ne torno da mè matre. Addio e baci.

La carta era ancora vagnata di lagrime.

A don Agatino gli passò il pititto e sinni tornò 'n magazzino.

Indove verso le quattro comparse don Marco Filibello.

«Mortificato sugno, ma vinniridì non...».

«Non può viniri?».

«M'avi a cridiri, ma è 'mpossibbili».

«E pirchì?».

«Pirchì mè mogliere e mè socira annaro a diri a patre Saturnino la facenna della siduta. 'Nzumma, se io vegno da lei, mi ghiettano fora di casa. E il capitali che mi serve per il comercio apparteni a mè socira».

Don Agatino allargò le vrazza.

«Capisco».

Dunqui patre Saturnino gli aviva addichiarato guerra.

Ma, a parti Filibello, il parrino non potiva cchiù ricattari a nisciuno.

'Nfatti il notaro era massone, Fofò Zaccaria vidovo come a don Titta Lopane, il giometra Spizzico era schetto.

Ma gliene ammancava sempri uno.

Che doviva assolutamenti attrovari masannò era consumato, la siduta non si sarebbi potuta tiniri.

Appena che chiuì il magazzino, s'apprecipitò al circolo per attrovari 'na sostituzioni.

Avvicinò a quattro soci ed ebbi quattro refuti.

Accomenzò a sintirisi dispirato.

Ma datosi che sò mogliere sinni era ghiuta da casa, potiva ristari al circolo fino a tardo.

Verso le deci di sira accomenzò il joco grosso e, come accapitava spisso, Cocò Torraca persi fino all'urtimo cintesimo che tiniva 'n sacchetta.

Don Agatino lo sintì murmuriari, mentri che si susiva dal tavolino da joco:

«Se avivo ancora milli liri, mi rifacivo!».

Don Agatino lo pigliò per un vrazzo e se lo tirò sparte.

«Se posso esserle utili... Ccà ci sunno le milli liri che ci abbisognano».

L'autro lo taliò strammato, erano anni che nisciuno voliva cchiù pristarigli 'na lira.

«Lo consideri un rigalo».

Cocò Torraca lo taliò ancora cchiù strammato.

«Un rigalo?!».

«Sì. Mi potrebbi fari un favori?».

«Certamenti».

«Domani doppopranzo libbiro è?».

«Sì».

Era fatta.

Quattro

Il treno arrivò priciso. Vista di jorno, Genoveffa Toffanin era ancora cchiù 'mponenti e maistosa. Don Agatino le fici un inchino ma non accapì se quella gli aviva arrispunnuto dato che era completamenti cummigliata da veli che le ammucciavano la facci. Saveria tiniva tra le mano 'na baligetta da viaggio.

«E gli altri bagagli?» spiò don Agatino.

«Li abbiamo lasciati a Caltanissetta, stamattina abbiamo fatto una seduta là. Li riprenderemo al ritorno» arrispunnì la picciotta. «Genoveffa vuole ripartire da qui con l'ultimo treno, quello delle ventuno. Ora andiamo subito in albergo così lei si riposa un'oretta».

Don Agatino, che era vinuto con la sò carrozza, le portò all'albergo.

«Accompagno Genoveffa in camera e ridiscendo subito. Mi aspetti qua» dissi Saveria.

Tornò doppo cinco minuti.

«Andiamo?».

«Dove?».

«Devo vedere la stanza dove si terrà la seduta e controllare che tutto sia a posto».

«La faremo a casa mia».

«Andiamoci».

A Saveria le abbastaro cinco minuti per accapiri che don Agatino aviva disposto seggie, seggioloni, tavolino, cannileri, priciso 'ntifico a come aviva viduto 'n casa Cannizzaro.

«Tua moglie ci sarà?».

«No, è dovuta andare a...».

«Hai cameriere, camerieri?».

«La cameriera è in libertà. T'avverto che la catena sarà fatta solo da uomini. È possibile?».

«Certamente».

«Vuoi che ti riaccompagni in albergo?».

«A che fare? A Genoveffa dovrò andarla a prendere alle cinque e mezza e manca un quarto alle cinque».

«Se vuoi distenderti...».

«Mi sembra una buona idea».

La congiunzioni dei corpi strali stavota fu intensa ma brevi.

Mentri che si rivistivano, don Agatino spiò:

«Hai parlato con la signora?».

«Sì. Mi ha risposto che ci proverà. Vedi, non sempre i fluidi astrali evocati rispondono all'appello. Tanto, tu paghi dopo. Se il corpo astrale col quale volevi dialogare non si è presentato, paghi la tariffa semplice».

«Ma non si tratta di denaro! Sono disposto a pagare tre volte la tariffa!».

«Davvero?».

«Come no!».

«Senti, dì al cocchiere d'accompagnarmi subito in albergo. Voglio riprovare a convincere Genoveffa».

«Aspetta un momento» dissi don Agatino.

Cavò dalla sacchetta il portafogli, contò alla picciotta trimila liri.

«Pagamento anticipato».

Po' ne pigliò autre cincocento.

«E queste sono per te».

Saveria l'abbrazzò e lo vasò supra alla vucca.

«Peccato che Genoveffa voglia ripartire stasera stessa!».

Il primo ad arrivari fu il notaro Persicò. Era agitato, vosi vivirisi un bicchieri d'acqua. Appresso vinni don Titta Lopane seguitato da Fofò Zaccaria. Po' s'apprisintaro il giometra Spizzico e Cocò Torraca. C'erano tutti.

Siccome che ammancavano cinco minuti alli sei, don Agatino se li portò 'n salotto, spiegò come dovivano fari la catina e si raccumannò di non parlari e di non cataminarisi.

Aviva appena finuto che tuppiaro alla porta. Annò a rapriri. Erano Genoveffa e Saveria.

«La signora ha bisogno di concentrarsi per una decina di minuti» fici la picciotta.

Don Agatino l'accompagnò nella càmmara allato al salotto indove aviva fatto assistimari 'na durmusa.

«Ora vada. Le dirò io quando la signora sarà pronta».

Don Agatino sinni tornò 'n salotto.

«Meglio che pigliamo posto e astutamo il lume» dissi il notaro. «Macari nuautri dovemo concentrarci».

«E supra a chi cosa?» spiò don Titta Lopane.

«Supra a uno dei nostri rispettivi morti, quello col quali vorremmo parlari».

«Un momento» 'ntirvinni don Agatino subito priocсupato. «Ccà semo sei e si ognuno si metti a parlari col morto sò, facemo confusioni e la siduta dura fino a matino. Non vorria pariri scortesi, ma siccome che la facenna l'organizzai io, siccome che pago io e siccome che si svolgi 'nni la mè casa...».

«Ma i manuali, che io ho letto e lei evidentemente no...» principiò il notaro.

«Minni staio stracatafuttenno dei manuali!» ribattì don Agatino.

«La signora è pronta!» fici Saveria raprenno tanticchia la porta. «Spegnete il lume!».

Don Agatino astutò. Calò scuro fitto. E si sintì la voci di Fofò Zaccaria: «'Nzumma, me lo diciti a cu minchia aio a pinsari?».

Non ebbi risposta. La porta della càmmara allato si raprì e comparse Saveria col cannileri 'n mano.

Appresso viniva la medium che pariva sulo un linzolo di velo bianco caminanti.

«La fantasima!» gridò con voci attirrita Cocò Torraca e fici per susirisi e scappari.

Don Agatino e il notaro, che lo tinivano uno per mano, l'obbligaro a riassittarisi.

«Non è 'na fantasima. È la medium» gli spiegò il notaro.

«Vi prego di fare assoluto silenzio, altrimenti la seduta non può cominciare» dissi Saveria astutanno le cannile. E appresso:

«La catena è formata?».

«Sì» arrispunnì don Agatino.

«Me lo spiegati a cu devo pinsari?» tornò ad addimannari Fofò Zaccaria.

«Pinsasse ai cazzi sò» tagliò nirbùso il notaro.

'Ntirvinni Saveria, autoritaria.

«Silenzio assoluto, per favore!».

E la siduta finalmenti accomenzò.

Doppo manco cinco minuti il pedi del tavolino fici:

«Toc toc totoc toc».

«Chi sei?» spiò Saveria.

«Toc totoc toc toc totoc».

«È il corpo astrale di Alessandro Magno» spiegò Saveria.

«E cu è? Io non l'accanoscio» dissi Fofò Zaccaria.

«Lei per caso l'accanosce pirsonalmenti a questo Magno?» spiò don Titta Lopane al notaro.

«Pirsonalmenti, no. È stato un granni guerriero dell'antichità».

«Ma a noi che ninni futti del guerriero?» spiò il giometra Spizzico.

«Toc totoc toc toc toc toc!» fici il pedi del tavolino sbattenno forti 'n terra.

«Se ne è andato dicendo che non siete degni di colloquiare con lui» fici Saveria.

«Luce!» gridò a 'sto punto la medium.

Saveria addrumò il cannileri.

«Accompagnami di là!» ordinò susennosi.

Le dù fìmmine trasero nella càmmara allato e Saveria chiuì la porta.

«E ora che succedi?» spiò don Agatino addrumanno 'na cannila.

«Glielo spiego io» fici il notaro arraggiato. «La prima cosa che i manuali dicono è che bisogna essere sempre estremamente cortesi coi corpi astrali che si presentano. Chiaramente un grande imperatore come Alessandro Magno non è abituato a essere trattato così. Si sarà offeso a morte».

«Ma è già morto» ossirvò don Titta.

«Qua è come se fosse ancora vivo. E se si sparge la voce tra i corpi astrali che da noi non hanno buona accoglienza, ti saluto, non se ne presenterà più nessuno».

Don Agatino s'allarmò.

«Signori miei, 'sta siduta, parlanno papali papali, mi costa un occhio. Perciò vi prego di essiri pirsone aducate macari se si prisenta il corpo strali di 'na grannissima troia. Chiaro?».

La porta della càmmara allato si raprì.

«Formate la catena» dissi Saveria.

Don Agatino astutò la cannila e la catina si riformò. Tutto s'arripitì come a prima.

Po' doppo deci minuti scarsi il pedi del tavolino accomenzò a battiri 'n terra con una violenza tali che sicuramenti tutto il tavolino doviva isarisi nell'aria e po' ricadiri con forza per ottiniri 'na rumorata simili.

«Per carità, non muovetevi, non parlate» fici a voci vascia Saveria. «È un corpo astrale molto violento. Non è controllabile».

'Ntanto la medium faciva un lamintio continuato di dolori e ogni tanto murmuriava:

«Male... male...».

Il tavolino ora di sicuro volava furiuso nell'aria.

Nella scurità i prisenti se lo sintivano passari supra alle testi e stintivamenti se l'insaccavano tra le spalli.

Po' la voci della medium si misi a parlari masculina e arraggiata.

«Unni sì, grannissimo strunzo?».

Don Agatino agghiazzò. Quella era la voci di sò patre Agatino.

«Ccà sugno, papà» arriniscì ad arrispunniri con un filo di voci.

«Stammi a sintiri, grannissima testa di cazzo! Te lo dico 'na vota per tutte! 'U tistamento lo fici di mia spontania volontà, tò frati Filippo non ci trase nenti. E se voi sapiri pirchì, te lo spiego subito. Tu sei sempri stato un farabutto! Te l'arricordi su quante cambiali hai farsificato la mè firma approfittannoti del fatto che avivamo lo stisso nomi e cognomi? E te l'arricordi che mi rapristi la casciaforti con una chiavi fàvusa e ti futtisti tutto il dinaro che ci stava dintra e po' facisti 'n modo di fari cadiri la curpa supra a tò frati Filippo? Talè, cosa fitusa, scompari dalla mè prisenza!».

E il tavolino volanno nell'aria annò a sbattiri supra alla fronti di don Agatino. Don Agatino, facenno 'na vociata di porco scannato, si portò le mano alla fronti per attagnare il sangue. Macari la medium faciva voci da pazza. In un vidiri e svidiri, tutti, nello scuro, sinni scapparo dalla càmmara, atterriti.

E con la stissa vilocità sinni niscero fora in strata ognuno corrennosinni nella sò casa.

’Ntanto Saveria aviva fatto stinnicchiare la medium e po’ era annata a fasciari la testa di don Agatino.

«Ma perché hai insistito tanto che venisse chiamato il corpo astrale di tuo padre?» gli spiò.

Non ottinni risposta.

Doppo ’na decina di minuti, le dù fìmmine foro pronte per ghirisinni.

«Ci accompagni in albergo?» spiò ancora Saveria.

Non ottinni risposta.

Don Agatino sinni stava assittato supra alla seggia con la testa ’nfasciata e pariva caduto ’n catalessi.

Manco le parpebri sbattiva.

«Mi dispiace che sia andata così» dissi Saveria ghiennosinni.

Il treno per Palermo faciva ’na sosta di deci minuti a Catellonisetta Xirbi.

Saveria s’affacciò al finistrino e dissi a un signuri che sinni stava supra al marciapedi allato a un facchino con dù grosse baligie:

«Siamo qua».

Aspittò che il facchino assistimasse il bagaglio e po’ scinnì macari lei.

«Com’è andata?» le spiò Filippo Fazio.

Saveria arridì.

«Genoveffa gli ha ripetuto quello che ci ha detto lei. È rimasto inebetito. Non credo che riparlerà più del testamento».

Filippo Fazio cavò dalla sacchetta ’na busta granni e gonfia.

«Qua c'è quello che le avevo promesso».

La picciotta raprì la busta, detti 'n'occhiata a quello che c'era dintra. Trimila liri. 'Nfilò la busta nella vurzetta, pruì la mano all'omo. Don Filippo Fazio gliela stringì livannosi il cappeddro. Saveria acchianò 'n treno.

Il capostazioni friscò.

L'uovo sbattuto

Uno

Il marchisi della Roncola, che di nomi faciva Gerolamo, s'addunò d'aviri quarantanovi anni passati e d'avviarisi ad addivintari cinquantino, sulo tri jorni appresso alla morti di sò patre, quanno il notaro Sciangula gli liggì il tistamento. Nel quali ci stava scrivuto che lui, essenno figlio unico e orfano di matre, ereditava ogni cosa ma a condizioni che si maritasse prima d'aviri fatto cinquant'anni, masannò tutto annava in opiri di beneficenzia.

«Ci sono anche due codicilli» aviva continuato il notaro. «Il primo è che lei deve mantenere al suo servizio il cameriere Orazio Fragalà fino alla sua morte. Il secondo è che è tenuto a confermare come amministratore dei beni il cavaliere Zirretta. Ha qualcosa in contrario?».

E chi 'nni accanosciva lui dell'amministrazioni dei sò beni? Sapiva sulo che possidiva un feudo, 'na minera, un magazzino di sùrfaro, sei palazzi...

«Niente in contrario. Anzi vorrei che lei avvertisse Zirretta di sottopormi i conti ogni sei mesi e non mensilmente come faceva con papà».

«Le ricordo che ha nove mesi di tempo per sposarsi, si metta in regola» aviva concluduto il notaro.

Maritarisi? Bello sgherzo che gli aviva jocato sò patre! Lui aviva fatto cizzioni alla regola che voliva che un nobili, all'ebica, non passassi i vinticinco anni d'età per pigliari mogliere e, 'na vota supirato quello scoglio, aviva sempri navicato 'n mari aperto. Quanno che gliene era vinuto il bisogno, non aviva fatto che approfittari della mogliere di qualichi autro, senza fari distinzioni di ceto, nobili, borgisi o popolani, e di frequentarla il minimo 'ndispensabili per ottiniri quello che voliva.

Doppodiché, ti saluto e sono. Ma allura, dato che tutte le fìmmine accanoscivano l'unico scopo che aviva 'n testa quanno s'ammostrava cchiù gintili verso di una, pirchì accittavano sempri le sò attinzioni? L'unica spiegazioni possibbili era che il marchisi, d'artizza mezzana, biunnizzo, mutanghero, di scarsa saluti, sempri curato nei modi e nella pirsona, aviva un paro d'occhi accussì malincuniosi che facivano pena, pricisi 'ntifici a quelli di un cani vastoniato e abbannunato. Occhi che affatavano le fìmmine suscitannone l'istinto consolatorio. Se fossi stato per lui, il marchisi sinni sarebbi ristato rintanato jorno e notti nella sò casa, senza vidiri a nisciuno, senza parlari con nisciuno, corcato supra al letto a taliare il soffitto. Sapiva leggiri e scriviri pirchì patre Larussa era vinuto per anni a palazzo per darigli lezioni, ma non aviva mai liggiuto un libro. O meglio, ogni tanto si pigliava un libro dalla granni biblioteca di sò patre e si taliava le figure liggenno quello che ci era scrivuto sutta. Non portava nisciun 'ntiressi all'esistenzia, se non annare a caccia, ma da sulo, senza compagnia. Spiccicare paroli gli procurava 'na speci di soffirenza fisica. Aviva un sulo piaciri: mangiarisi alla matina un ovo sbattuto con lo zuccaro che gli priparava dintra a un cicaroni il cammarere Arazio. Quanno doviva aviri un incontro fimminino, diciva ad Arazio di sbattiri dù ova 'nveci di uno pirchì pari che facivano beni per l'abbisogno. Ma nell'urtimi tempi Arazio era addivintato troppo vecchio e non aviva cchiù la forza di sbattiri l'ovo fino a farlo addivintari denso e bianco, epperciò dintra al cicaroni ci stava 'na cosa gialla splapita e mezza liquita.

«Ma com'è che nella tò vita non te la sei fatta mai con una picciotta schetta?» gli aviva spiato un jorno 'ncuriusuto sò patre.

«Pirchì quella, doppo, avrebbi voluto farisi maritare. 'Nveci con le fìmmine già maritate, 'sto periglio non c'è».

Cchiù della morti di sò patre, che era stato l'unico vero amico che aviva, si era strammato per la constatazioni che era arrivato a ridosso della cinquantina senza manco addunarisinni. Come aviva fatto a spardarisi l'anni accussì?

E po', s'addimannava, passianno di càmmara in càmmara nella granni casa oramà diserta di Montelusa, come faciva a sciglirisi 'na mogliere in picca tempo? E quali sarebbi stata la sò vita con una fìmmina allato?

Vinni, a lento a lento, assugliato da 'na botta di forti malincunia.

Non era mai stato 'na bona forchetta, e ora, a parti l'ovo sbattuto matutino, arrinisciva ad agliuttirisi a malappena tanticchia di pasta squadata e un pisci bollito. Pigliò a nesciri raramenti dal palazzo e quanno lo faciva era per annarisinni a caccia in posti scogniti e solitari.

'Na matina che sinni stava corcato che non gli spirciava di susirisi, sintì tuppiare alla porta della càmmara. S'ammaravigliò pirchì Arazio, quanno gli portava l'ovo sbattuto, non usava tuppiare. Visto che non trasiva nisciuno, addimannò:

«Cu è?».

«Avi bisogno di cosa?» spiò 'na frisca voci fimminina.

Ristò strammato, 'ntronato, apparalizzato. Indove era annato a finiri Arazio? E chi era quella picciotta che aviva tuppiato?

«No, nenti, grazii» arriniscì a diri.

La curiosità fu accussì granni da vinciri supra alla lagnusia. Tempo 'na mezzorata era lavato, svarbato, vistuto. Si fici il piano nobili càmmara appresso càmmara. Tutto era puliziato, allustrato alla perfezioni e in ordini, ma non incontrò né ad Arazio né alla picciotta.

Erano anni che non acchianava al piano di supra indove ci stavano 'na grannissima càmmara di mangiari che non era stata cchiù usata dalla morti di sò matre, tri càmmare di letto, la gallaria dei quatri, la cucina granni e la cucina nica. Macari ccà non c'era nisciuno.

Allura acchianò all'urtimo piano, indove ci stavano l'alloggi della sirvitù un tempo numirosa e ora arridutta al sulo Arazio. Tutte le porti che davano nel corridoio scuroso erano 'nsirrate, sulo una era aperta. Sapiva che quella era la càmmara d'Arazio. Vi s'addiriggì ma si firmò di botto.

Dintra alla càmmara la picciotta aviva principiato a cantari a vucca chiusa un motivo allegro.

Da quann'era che non sintiva cantari 'na fìmmina dintra a quella casa? E allura gli capitò 'na cosa stramma.

Gli parse che quella voci si cangiasse in luci di soli, 'na luci càvuda, forti, che faciva miracolosamenti scompariri le filinie sospise supra alle pareti, la virnici scrostata del ligno delle porti, le crepature dei maduni del pavimento. Era come se ogni cosa ripigliassi gioventù, alligrizza, gana di vita. Votò le spalli e si annò a chiuiri nello studdio di sò patre al piano nobili. Non arriniscì manco a taliare le figure, si sintiva come doppo a un tirrimoto.

A mezzojorno e mezzo Arazio era solito tuppiare e dirigli che il pranzo era pronto. E stavota cosa sarebbi capitato?

La risposta l'ebbi un minuto doppo, quanno la picciotta tuppiò e dissi:

«Vidisse ca sirvuto è».

Lassò passari cinco minuti e annò nella càmmara di mangiari nica nica che nell'urtimi anni era sirvuta sulo a lui e a sò patre. Ristò 'mparpagliato. Arazio conzava la tavola cangianno ogni jorno tovaglia e tovagliolo, mittenno tri bicchieri e doppio sirvizio di posati, un piatto granni supra al quali mittiri i vari piatti di portata e un cannilabro che s'addrumava sulo per la sira.

Ora supra alla tavola ci stavano sulamenti un bicchieri, 'na forchetta, un cuteddro, mezza guasteddra di pani e basta. S'assittò e doppo tanticchia arrivò la picciotta che tiniva tra le mano un piattoni fumanti di pasta al suco. Non lo salutò, glielo posò davanti e fici per ghirisinni.

«Aspetta».

Aviva parlato squasi senza volirlo. La picciotta si firmò e si votò.

Matre santa, e che era? 'Na massa di capilli spittinati nìvuri e ricci ricci, dù occhi viola funnuti da fari spavento, 'na vucca ch'era 'na sciammata di pistola. Era di giusta artizza, né troppo àvuta né troppo curta. La cammisetta bianca era tanticchia strazzata propio sutta all'ascilla mancina, squasi per l'impossibilità di continiri le minne. Macari l'orlo della gonna pinnuliava strazzato. Era scàvusa.

Potiva aviri massimo massimo 'na vintina d'anni.

«Pirchì non c'è Arazio?».

«Aieri a sira si sintì mali e vinni 'nni la nostra casa dato che mè nanna è sò soro».

«Pirchì a mia non mi dissi nenti?».

«Non la vosi distrubbare. Mangiasse che s'arrifridda».

«Come ti chiami?».

«Manuela».

«Senti, Manuela, io non sugno cchiù bituato a mangiari tutta 'sta pasta. E po' col suco!».

«Non avi pititto?».

«No».

«E s'accapisci! Mangia sulo!».

«Che veni a diri?».

«Mangiari sulo fa passari 'u pititto. 'Nfatti, a mia, 'u pititto mi passò al pinsero di mangiari sula 'n cucina».

Il marchisi parlò arrè senza rinnirisi conto di quello che diciva.

«Vatti a pigliari il piatto e veni ccà a mangiari con mia».

Lei ristò ferma a taliarlo.

«Che c'è?».

«C'è che non pozzo».

«E pirchì?».

«Pirchì vossia è il patroni e io sugno la serva».

«Allura te l'ordino».

Senza replicari, Manuela niscì, tornò col sò piatto e s'assittò davanti a lui. Il marchisi notò che non si era portata la forchetta. E, affatato, vitti alla picciotta che 'nfilava la mano dintra al piatto, affirrava con tri dita 'na poco di spachetti, isava la mano àvuta, ci si mittiva con la testa sutta e si calava gli spachetti dintra alla vucca aperta al massimo.

'Na dimanna gli passò furminia per la testa: com'è che non provava disgusto a vidirla mangiari in quel modo? Anzi, quella voracità armalisca gli provocava 'na speci d'eccitazioni della quali aviva perso la memoria. E non s'addunò che s'era mangiato tutto il piatto di pasta.

«Lo vitti che a mangiari con qualichi autro 'u pititto veni?» gli spiò Manuela susennosi e pigliannogli il piatto vacante con la mano lorda di suco.

Tornò con un piatto di triglie fritte.

«Io ci tegno compagnia mangianno pani e tumazzo».

«Pirchì non ti sei fatta le triglie macari tu?».

«A mia mi piaci 'u pisci appena piscato».

«E come fai a trovarlo a Montelusa appena piscato?».

«Ma io non abito ccà, io abito a Vigàta con mè frati che fa 'u piscatori».

«E ti hanno fatto viniri ccà per sirviri a mia?».

«Sissi. Spero tra 'na simanata, se 'u zù Arazio sta meglio, di tornariminni».

«Non t'attrovi beni ccà?».

«Sissi, ma m'ammanca 'u mari».

Il doppopranzo il marchisi si faciva 'n'orata di sonno. Macari quel jorno si annò a corcare, ma non arriniscì a dormiri. Aviva davanti all'occhi la vucca spalancata di Manuela mentri che ci faciva calare dintra gli spachetti. L'assugliò 'na gana di fìmmina accussì forti che manco quanno aviva vint'anni. Doppo che si susì, non potti fari a meno d'annare a circari a Manuela. Non la vitti né al piano nobili né a quello di supra. Sinni acchianò all'urtimo. Sintì subito la picciotta che cantava. Ma stavota continuò a caminare. Il motivo era 'na speci di nenia lamentiosa.

S'affacciò alla porta della càmmara. Manuela gli votava le spalli, nuda completa. Stava addritta supra a 'na seggia, le mano affirrate alle sbarre di ferro dell'unica finistreddra àvuta, e taliava fora. Scura di pelli, aviva un corpo pirfetto, da pirdirici la vista di l'occhi.

«Che sta talianno?» si spiò il marchisi.

Po' accapì.

Da quella finistreddra si vidiva, luntano, il mari di Vigàta.

Due

No, con quella picciotta non era cosa di ristarici sutta allo stisso tetto, stabilì doppo che sinni fu tornato nello studdio. Non era prudenti, anzi era periglioso soprattutto pirchì si era fatto capace che la vista del sò corpo nudo gli aviva talmente smosso il disiderio da farlo addivintare sudatizzo e trimanti come se fusse la prima vota nella vita.

E accapì macari che se quel disiderio fossi arrinisciuto a sodisfarlo, e di certo non sarebbi stato difficili, avrebbi annullato la regola che s'era 'mposta: mai con 'na picciotta schetta. Che era macari la sò cammarera.

Capace che gli finiva come al baroni Tumminia che si era mittuto con la serva, ne aviva avuto un figlio e quello, quanno che era addivintato granni, tanto aviva fatto e tanto aviva ditto con la liggi che il baroni aviva addovuto arraccanoscirlo.

Perciò, verso le setti di sira, quanno stimò che Manuela stava trafichianno nella càmmara di mangiari, si pigliò di coraggio, si susì e ci annò.

La picciotta isò l'occhi e spiò:

«Ci abbisogna cosa?».

«Nenti, ti vorria parlari».

«Voli qualichi cosa di particolari stasira da mangiari?».

«Non si tratta di mangiari, si tratta di tia».

«Di mia?!» fici Manuela sgriddranno l'occhi per la sorprisa.

Taliannoli, al marchisi parse di pricipitari dintra a uno sbalanco viola. Ebbi come a 'na liggera virtigini. Si dovitti assittare.

A gran vilocità si fici pirsuaso di dù cose, la prima delle quali era che non la potiva cchiù mannare via e la secunna era che Manuela non avrebbi dovuto passari la nuttata nel palazzo. O meglio, che lui non avrebbi dovuto passari la nuttata nel sò palazzo.

«Ti volivo diri che stanotti non dormo ccà. Vaio nella mè casa di Vigàta».

«'U saccio unn'è».

«E se tu ti scanti a ristari sula, puoi tornaritinni a la tò casa».

«Io non mi scanto di nenti».

«Fai come ti pari» dissi il marchisi.

Si susì e sinni tornò nello studdio, sfinuto dallo sforzo che aviva fatto di parlari.

Verso l'otto, che si era fumato tri sicarri di seguito stannosinni alla finestra a vidiri la sira che si cangiava in notti, Manuela tuppiò alla porta.

«Sirvuto è».

C'era un posto sulo conzato. S'assittò. La picciotta comparse e gli posò davanti un piatto di ministrina. Fici per ghirisinni.

«Aspetta».

Manuela si girò. Notò che si era cusuta malamenti la strazzatura sutta all'ascilla.

'Mproviso, gli vinni 'n menti come avrebbi potuto fari per libbirarisi di lei.

«Resta indove ti trovi» ordinò. «Devi stari immobili come 'na statua».

Lei bidì senza mostrari sorprisa. Mangiò apposta con lintizza, ci 'mpiegò 'na vintina di minuti boni a finiri, l'urtime cucchiarate erano fridde.

«Levami il piatto e portami il secunno» ordinò sgarbato.

Annò e tornò sirvennogli 'na coscia di pollo. Po' si rimisi al posto di prima, a taliarlo mentri mangiava.

«Ora 'nginocchiati».

Manuela si 'nginocchiò senza parlari. Quanno finì, le dissi:

«Io minni parto».

E sinni niscì dalla càmmara senza manco salutarla.

Col carrozzino ci 'mpiegò tri quarti d'ura ad arrivari a Vigàta. E duranti il viaggio gli vinni 'na botta d'umori malo. Certo, nel villino indove annava di tanto in tanto, avrebbi attrovato tutto quello che gli potiva abbisognari, letto già conzato e cangio d'abito e di biancheria, ma che senso aviva avuto scapparisinni dal palazzo? Era stato un errori, avrebbi dovuto ristari e continuari a mostrarisi sempri cchiù fituso e pripotenti con Manuela fino a farle addivintari 'mpossibbili mantinirisi al sò sirvizio.

La casa di Vigàta era un villino a tri piani, chiuttosto isolato, propio a ripa di mari.

Era 'na gran bella sirata. Il marchisi si portò 'na seggia al balconi del primo piano, s'assittò e si misi a taliare il mari illuminato da uno spicchio di luna. Ma non c'era verso. Al posto del chiarori mirlittato delle cime dell'onde che si rompivano contro la pilaja, vidiva il corpo nudo di Manuela che nisciva fora dall'acqua.

Po', senza che sinni addunasse, la testa gli calò supra al petto e s'addrummiscì.

S'arrisbigliò, morto di friddo, che faciva jorno. Supra alla pilaja non c'era anima criata. Ma 'na pirsona stava niscenno dal mari. Gli parse di stari continuanno a sognari.

Era Manuela.

Non era nuda, ma la fodetta che portava le si era impiccicata supra alla pelli e la faciva pariri pejo che nuda.

Allura il marchisi si susì di scatto, ghittò la testa narrè e fici un longo ululato lupigno.

Po' scinnì di cursa e annò a raprirle la porta.

Sciaurava di mari ma nei sò capilli ristava liggero un aduri di coniglio sarbaggio che non si sarebbi stancato mai di respirari.

«Pirchì vinisti?».

«Pi portarici l'ova da sbattiri, mi l'aviva arraccomannato 'u zù Arazio, ma aieri mi lo scordai».

«Fammillo subito».

Annò 'n cucina, tornò col cicaroni, accomenzò a sbattiri.

«Cinni misi dù» dissi arridenno.

Lui si 'ncantò a taliarle le minne che le tremoliavano a leggio nel movimento. Se la scialò a mangiarisillo bello denso e bianco. Quanno finì, lei pigliò il cicaroni, niscì fora la lingua e lo puliziò. Si votò per posarlo supra al commodino e il marchisi subito l'abbrancò per i scianchi.

«Mizzica, che effetto che le fa!» dissi Manuela arridenno.

«Come facisti a viniri da Montelusa?».

«A pedi. Ma non fu sulo pi portarici l'ovo».

«C'era 'n'autra raggiuni?».

«Sissi. Mi scantai che vossia non tornava».

«E pirchì non sarei dovuto tornari?».

«Dato che io ci aviva fatto torto...».

«E che torto mi avivi fatto?».

«Non lo saccio».

«E allura pirchì pensi d'avirimi fatto torto?».

«Pirchì vossia mi castiò facennomi 'nginocchiari».

Ridacchiò ammucciannosi la facci supra al petto di lui.

«Che hai da ridiri?».

«Pinsavo a 'na cosa».

«Dimmilla».

«Tri anni passati avivo uno zito che mi castiava».

«Ti faciva agginocchiari?».

«Nonsi, mi faciva mittiri a culo a ponti, po' pigliava ’u battituri, quello che servi per battiri i tappiti, e cafuddrava».

«Non t’arribbillavi?».

«Nonsi».

«E pirchì?».

«Tanticchia mi piaciva».

«E ora ce l’hai uno zito?».

Manuela arridì.

«Uno?».

Il marchisi ristò ’mparpagliato.

«Ne hai chiossà d’uno?».

«Quanno mi spercia, minni piglio a uno».

«E quanto dura ’sto zitaggio?».

«A secunno. Se mi piaci, macari ’na simanata».

«E se duranti la simanata ’ncontri a qualichiduno che ti piaci macari lui che fai?».

Lei arridì daccapo.

«Me li tegno a tutti e dù».

Il marchisi pinsò che la meglio era non farla prosecutari a parlari. E le azzannò le labbra.

Un’orata appresso lei s’apprisintò ch’era pronta per nesciri.

«Vaio a fari la spisa. È jorno di mircato. A vossia ci abbisogna cosa?».

Il marchisi si susì a mezzo dal letto, pigliò il portafogli che tiniva supra al commodino, le detti ’na picca di dinaro.

«Assà sunno» fici Manuela.

«Al mircato accattati gonne e cammisette per tia e quello che ti pò sirbiri, mutanne, reggipetto...».

«Non porto né mutanne né reggipetto».

«Un paro di scarpi ce l'hai?».

«Nonsi».

«Accattatille».

«Ma a mia mi piaci caminare scàvusa».

«Accattatille lo stisso. Te le metti quanno te lo dico io».

«Me lo 'mpresta 'u carrozzino?».

«Lo sai portari?».

«Sissi».

«Vabbeni. Ah, senti, chiuimi le pirsiane che mi fazzo un'orata di sonno».

Si sintiva fagliare le forze. Se l'era perse tutte nel tempo passato con Manuela. Mai aviva fatto all'amuri con una speci di vestia sarbaggia. Sprofunnò subito in un sonno profunno, totali, come non gli era cchiù capitato da qualichi anno a 'sta parti.

«S'arrisbigliasse che 'u mangiari pronto è».

Raprì l'occhi faticoso. Non aviva gana di vistirisi. Addecisi d'annare a tavola 'n mutanne. Tanto, oramà... Si detti sulo 'na rinfriscata usanno la toletta che aviva 'n càmmara.

Manuela aviva conzato un posto sulo. Quanno gli portò il piatto, le dissi:

«Mangia con mia».

Notò che era vistuta col solito vistito.

«Te l'accattasti la robba per tia?».

«Sissi».

«Doppo che avemo finuto di mangiari, mettitilla».

«Sissi. Macari le scarpi?».

«Quelle, se non vuoi... Stasera ninni tornamo a Montelusa».

Lei abbasciò la testa supra al petto.

«Che hai?».

«Ccà mi piaci assà».

«Veni a diri che ci torneremo spisso».

Finuto che ebbiro di mangiari, Manuela si susì.

«Vaio 'n cucina a puliziare i piatti».

«Doppo» fici il marchisi.

Si susì, la pigliò per una mano e se la portò 'n càmmara di letto. Non gli abbastava mai di godirisilla.

Tre

Verso le cinco di doppopranzo, il marchisi aspittò che Manuela finissi d'arrizzittare la casa e po' sinni partero 'n carrozzino. Erano appena trasuti nell'abitato di Vigàta che Manuela dissi:

«Vossia si pò firmari ccà? Vaio a salutari a mè frati e a sò mogliere e torno subito».

Scinnì e s'avviò di cursa verso 'na casuzza ch'era un dado bianco posato supra alla pilaja. Si era mittuta la cammisetta e la gonna che aviva accattate al mercatino, ma era sempri scàvusa.

Tornò doppo manco cinco minuti. Aviva 'n mano tri grosse triglie attaccate per la cuda con un pezzo di spaco.

«Mè frati è ancora alla pisca. Mè cugnata mi dissi che 'u zù Arazio s'aggravò. 'U parrino ci chiamaro».

«Quanno arrivamo a Montelusa mi dici la strata che lo vaio ad attrovari».

Manuela lo taliò strammata.

«E pirchì lo voli annare ad attrovare?».

«Manuè, Arazio mi ha viduto nasciri!».

«E vossia lo voli vidiri moriri? E po' lo sapi 'u burdello che succedi se vossia compari nella nostra casa? Lo lassassi moriri 'n paci».

Forsi aviva raggiuni e Gerolamo non replicò.

Non aviva pigliato la strata provinciali, ma 'na trazzera d'accurzo che passava 'n mezzo alla campagna. A mità del camino lei dissi:

«Aio da fari un bisogno».

Scinnì, fici qualichi passo per arrivari 'n mezzo all'erba, si isò la gonna, s'acculò. Il marchisi, appena vitti il rivoletto di pisciazza scorriri supra al tirreno, sintì macari lui bisogno. Scinnì, si sbuttonò, le si misi allato.

Videnno i dù rivoletti congiungirisi e addivintari uno sulo ma cchiù grosso, Manuela si misi a ridiri. Di colpo, era addivintata 'na picciliddra.

Sempri arridenno e stanno acculata, isò le vrazza, agguantò al marchisi per le mano e, stinnicchiannosi 'n terra, se lo tirò di supra, muzzicannogli la vucca, il naso, il varvarozzo. Era 'na furia scatinata e faciva con le nasche come fanno le gatte arraggiate.

Doppo, non si susero subito. Ristaro a panza all'aria a taliare il celo che annottava.

«Fami aio» dissi tutto 'nzemmula Manuela.

«Vabbeni, ghiamoninni. Tra una decina di minuti semo a Montelusa» fici il marchisi accennanno a susirisi.

«Nonsi, ristassi corcato. Squasi squasi, se vossia primetti, mi mangio 'na triglia».

«E come te la coci?».

«Che bisogno c'è di cocirla?».

Annò al carrozzino, tornò con una triglia 'n mano. Si stinnicchiò novamenti e, tinenno àvuta la triglia per la testa, con un sulo mozzicuni le staccò la cuda e la sputò luntana. Po' affirrò la triglia con le dù mano e accomenzò a mangiarisilla. Tempo cinco minuti aviva finuto. Si liccò la resca e la testa e po' le ghittò. Fici un longo sospiro di biatitudini.

Nella scarsa luci, il marchisi s'addunò che dalle labbra le pinnuliava 'na speci di longo vermi russo, doviva essiri 'na qualichi parti delli 'ntragnisi del pisci che le era ristata attaccata.

Allura si misi supra di lei e gliela tirò via liccannula. Aviva un sapori amaro, faciva squasi vommitare.

Ma quel disgusto aumentò il sò piaciri.

«Veni a dormiri con mia?».

«Nonsi».

Il marchisi strammò.

«E pirchì?».

«Pirchì non semo marito e mogliere».

«Ma se avemo fatto tutte le cose che fanno marito e mogliere!».

«Che ci trase? Quelle sunno cose che fanno un mascolo e 'na fìmmina. E si voli, io vegno ora stisso nel letto con vossia. Ma non ci resto a dormiri, dormiri 'nzemmula è cosa di maritati».

«Allura facemo accussì. Io ora sugno tanticchia stanco, ma dumani a matino, verso le novi, mi veni ad arrisbigliari e ti corchi con mia».

«Sissi. Voli che l'aiuto a spogliarisi?».

Per spogliarisi e vistirisi, certe vote che non ne aviva gana, si faciva dari 'na mano da Arazio.

«Vabbeni».

Lui usava dormiri con la maglia e le mutanne, ma la picciotta gliele livò.

«Voli che lo lavo?».

Il marchisi si sintì pigliato dai turchi.

«E che sugno, un picciliddro?».

«Come voli vossia. Bonanotti».

«Aspetta».

L'idea di farisi lavari da 'na fìmmina lo tintava forti, ma non sapiva addecidirisi pirchì provava tanticchia di vrigogna.

«Vabbeni, lavami. Però levati i vistiti macari tu».

In un attimo fu nuda.

«Si mittissi addritta allato alla toletta».

Manuela inchì d'acqua il vacile fino all'orlo e ci 'nfilò dintra la facci. La tirò fora grondanti.

«Isasse il vrazzo mancino».

Lo isò e subito la lingua vagnata di Manuela si 'nfilò tra i pili dell'ascilla e accomenzò a liccare. Aviva la lingua tanticchia rasposa come a quella di un cani e quanno le si siccava, rinfilava la facci dintra al vacile.

Lo lavò accussì, coscienziosamenti, centilimetro appresso centilimetro e per il marchisi fu 'na speci di tortura amurusa che durò squasi un'orata. E la conclusioni fu inevitabili.

Quanno Manuela sinni annò a corcare nella càmmara sutta al tetto, il marchisi, a malgrado della stanchizza che gli rompiva l'ossa, ristò a longo vigliante. Se Arazio, com'era probbabili, moriva, era chiaro che Manuela avrebbi pigliato il posto sò ristanno da lui per sempri. La situazioni, da un lato gli faciva piaciri pirchì mai 'na fìmmina gli era trasuta nel sangue come a Manuela, dall'altro lo faciva scantare. Se la picciotta non era sutta alla vista dei sò occhi, il pinsero di lei gli faciva acchianare la timpiratura; se lei era vicina, non potiva resistiri ad abbrazzarla e a farici all'amuri. Però tra loro dù c'erano squasi trent'anni di differenzia d'età a sò sfavori. Fino a quanno le sò forzi avrebbiro potuto reggiri a quella timpesta continua ch'era Manuela? La prima cosa, stabilì, era quella di fari 'n modo che, almeno duranti la jornata, lui e la picciotta non avissiro occasioni d'attrovarisi suli. E come? Per esempio, annannosinni a caccia, tra l'autro ne aviva 'na grannissima gana pirchì era da tempo che non tirava un colpo. Addecidì d'accomenzare subito. Taliò il ralogio, era la mezzannotti. Quattro ure di sonno gli sarebbiro abbastate.

Per fari cchiù viloci si pigliò il cavaddro. Tempo dù ure di galoppo arrivò alla massaria del sò feudo, il massaro parse cuntento di vidirlo.

«Se voscenza voli fari bona caccia, avi a ghiri ccà vicino, al vosco della Cirasa. Vitti lebbri che parino cani».

Accomenzò a trasire nel vosco che il soli era già àvuto e subito ebbi modo di vidiri che il massaro gli aviva ditto giusto. Pariva che c'era l'adunata delle lebbri, sinni scappavano da tutte le parti. Sulo che lui sbagliava tutti i colpi. Non arrinisciva a pigliari bono la mira pirchì le vrazza gli trimavano e aviva sempri davanti all'occhi a Manuela nuda che gli lavava il vascio con la lingua. Si sintiva svacantato dintra e aviva il rispiro grosso. Tanticchia prima di mezzojorno arriniscì ad ammazzari a un cuniglio, accussì l'anuri fu sarbo e sinni potti tornari alla massaria.

Attrovò a 'na decina d'òmini che stavano mangianno.

«Voli favoriri?» spiò il massaro.

Non se la sintiva di ripartirisinni subito per Montelusa, era troppo stanco.

«Grazii, sì».

Il massaro ristò un momento 'mparpagliato, mai il marchisi aviva accittato l'invito. Gli cidì il posto a capotavola. La sò prisenza 'mpacciò l'òmini che continuaro a mangiarisi la caponatina con la testa calata supra al piatto.

«Baciolemani» fici un beddro picciotto vintino vinennogli a livari di davanti il piatto, il bicchieri e le pusate lordi e cangiannoglieli con quelli puliti. Aviva i modi di fari propi di un cammarere.

«E tu cu sì?» spiò il marchisi.

«Sugno Peppi, 'u figlio do massaro».

«E com'è che io non ti aio viduto 'nni 'sti parti?».

«Pirchì sugno stato sei anni al sirvizio del marchisi Jacono».

«Pirchì lo lassasti?».

«'U marchisi era camurrioso».

Era cosa cognita che al marchisi piacivano i beddri picciotti. Gli vinni 'n'idea subbitania.

«Ci veni a sirvizio 'nni mia?».

Pigliato alla sprovista, Peppi non seppi che diri. Se la sbrogliò dicenno:

«Aspittasse che le porto la caponatina».

Che era 'na cosa di liccarisi le dita.

«L'hai cucinata tu?».

«Sissi».

«Che sai fari 'n casa?».

«Ogni cosa».

Quanno tornò a Montelusa, attrovò a Manuela che l'aspittava affacciata al balconi e appena che lo vitti gli corrì 'ncontro.

«Maria, quanto stetti 'n pinsero!».

Lui non le arrispunnì, l'affirrò per una mano, se la portò in càmmara di letto. Aviva 'na fami attrassata che pariva che non la vidiva da 'na misata. Doppo le dissi che all'indomani sarebbi vinuto un novo cammarere.

Manuela s'annuvolò.

«E io?».

«Tu darai adenzia sulo a mia. Addiventerai 'na mezza patrona».

Fu a 'sto punto che s'arricordò che doviva maritarisi.

«Pirchì no?» si dissi. E continuò:

«E forsi un jorno sarai la patrona di tutto».

«Che veni a diri?» spiò la picciotta 'mparpagliata.

«Che può essiri che ti piglio per mogliere».

«Ma chi ci passa pi la testa! Vossia avi gana di babbiare!» fici Manuela arridenno.

E po' dissi:

«Però se devo abbadari sulo a vossia, vidisse che quanno va a caccia, ci vegno macari io».

«E che veni a fari?».

«'U cani da riporto. Ci è annato mai a cacciari nella tinuta del principi di Granatelli?».

La tinuta stava tra Vigàta e Montiriali, si partiva dalla pilaja e arrivava fino a squasi toccari il sò feudo.

«No, mai. Il principi è giluso».

«Si vossia voli, io la pozzo fari trasiri».

«E come?».

«Accanoscio bono il guardiano che si chiama Micheli».

Il piaciri di fari 'no sgarbo a quella grannissima testa di minchia del principi fu troppo forti.

«Tra qualichi jorno ci annamo».

«Unni l'assistemo a chisto cammarere che si pigliò?».

«In una delle càmmare dell'urtimo piano. Se la cosa ti duna fastiddio, tu tinni puoi annare a dormiri al secunno piano, ci sunno tante càmmare di letto».

«E chi fastiddio voli che mi duna? Nonsi, resto indove m'attrovo».

Quattro

’Na sira, che erano passati cinco jorni che Peppi aviva pigliato sirvizio, al marchisi Manuela non gli parse la solita mentri che facivano all’amuri.

Era mutanghera, chiuttosto ’nfuscata e lassava che facisse tutto lui. Mentri era sempri lei a ’nvintarisinni una nova. Era come se avisse un pinsero ’n testa che l’assorbiva tutta.

«Che hai?».

«Nenti».

«Forza, parla».

«Mi staio stuffanno».

«Di che?».

«Di non fari nenti tutto il jorno».

«E pirchì non fai qualichi cosa?».

«Pirchì Peppi non voli. Dici che attocca a lui di fari le cose. Macari di ripararici l’ovo sbattuto la matina. Dici che io non sugno la criata, ma l’amanti di vossia. Epperciò è come se fossi la patrona».

«Non è che avi tanto torto. Anzi, potrebbi aviri completa raggiuni se io ti maritassi».

Lei si isò e lo taliò stannosinni appuiata supra al vrazzo. Stetti a longo accussì e po’ s’addecidì a raprire la vucca.

«Vossia parla supra 'u serio?».

«Sì».

«Ma io 'na serva sugno e vossia è un marchisi!».

«Senti, deci minuti fa, mentri che ficcavamo, tu consideravi a tia 'na serva e a mia un marchisi?».

«Nonsi».

«E che èramo?».

«Un mascolo e 'na fìmmina».

«Epperciò che mi veni a contare?».

Lei sinni stetti tanticchia muta, po' si stringì nelle spalli.

«Se vossia la pensa accussì, vabbeni».

Il marchisi l'abbrazzò stritta.

«Allura, dato che semo ziti, ci resti a dormiri con mia?».

«Nonsi, è cosa da maritati, ci dissi».

«Allura fai 'na cosa. Piglia la tò robba e scinnitinni in una càmmara del secunno piano, ora che sei la mè zita non puoi stari vicino al cammarere».

«Vabbeni».

Quanno che lei lo lassò, il marchisi s'addrummiscì 'mmidiato.

S'arrisbigliò doppo un dù orate per la rumorata di un timporali spavintuso. Si susì e annò alla finestra che non aviva le pirsiane 'nserrate. Fora c'era un tirribbilio di vento, lampi e trona. Un àrbolo, nella strata, sutta ai sò occhi, vinni sradicato e fatto volari lontano. L'assugliò 'na prioccupazioni. Erano anni che non s'addecidiva a fari riparari il tetto. Il vento doviva essirisi portati via 'na poco di canala e l'acqua certo trasiva a tinchitè. Addrumò il lumi a pitroglio, niscì dalla càmmara e acchianò sino al piano sutta al tetto. Già nel corridoio c'erano pozze d'acqua. La porta della càmmara indove aviva dormuto Manuela era rapruta. Ci trasì. Propio supra al letto c'era 'na guttera che arrovisciava acqua come fusse un cannolo. Meno mali che le aviva ditto di spostarisi al piano di sutta. Niscenno, notò che macari la porta della càmmara di Peppi era mezza aperta. Taliò dintra. Non ci chiuviva, ma il letto era 'ntatto e Peppi non c'era. Siccome che i sò vistiti erano appuiati supra a 'na seggia, pinsò che era annato nel cammarino di commodo, che s'attrovava 'n funno al corridoio, a fari un bisogno. Ci annò, tuppiò alla porta chiusa.

«Peppi, ccà sì?».

Nisciuna risposta. Raprì. Il cammarino era vacante.

E 'mmidiatamenti appresso accapì indove, e con chi, s'attrovava Peppi. Sinni tornò nella sò càmmara.

Ristò addritta, con la fronti appuiata al vitro della finestra, a riflittiri. Sintì a picca a picca il timporali perdiri forza, alluntanarisi, lassari posto a 'na chiara jornata di soli. Via via che la luci del jorno avanzava, potiva vidiri nella piazza il gran danno lassato dalla ràpita passata di malottempo. Àrboli tranciati, carrozze arrovesciate, negozi allagati. 'Na rovina. Sarebbi stato accussì macari per lui doppo la passata del timporali Manuela? Forsi sì, ma non sapiva che farici. Oramà la sò vita era 'ncastrata nella riti di quella picciotta e accapiva che non sarebbi stato mai capace di scapottarisilla.

Era come se gli avissi fatto 'na magarìa, ogni minuto avrebbi voluto sintirisi 'n mezzo alle sò cosce, sciaurari l'aduri della sò pelli sudata, aviri le spalli gracciate dalle sò ugna di gatta...

Per un attimo, quanno aviva accaputo che Peppi era con lei, non aviva provato raggia o sdillusioni, ma anzi gli era vinuto di corriri da loro, spostari di lato a Peppi e continuari lui l'opira accomenzata dal picciotto. Possibbili che il tradimento aumintassi il disiderio?

No, stava sbaglianno, tradimento non era la parola giusta. 'Na gatta che subito appresso essiri stata con un gatto si fa montari da 'n autro gatto, che fa, tradisci il primo? Chi 'nni sapi, la vestia, di cose come fideltà o tradimento?

Del resto, Manuela era stata onesta con lui, gli aviva parlato chiaro quella prima vota a Vigàta.

E allura l'unica era di tinirisilla sutta continua sorviglianza, fari in modo che non avisse a chiffare con autri òmini che le potivano piaciri. Ma lei non la doviva minimamenti avvirtiri, la sorviglianza, masannò era capace di scapparisinni.

«Chi 'nni dici se, vista la bella jornata, ninni annamo ora stisso a Vigàta e ci ristamo qualichi jorno?».

«Sì, sì» fici Manuela abbrazzannolo.

«Vuoi che 'nni portamo macari a Peppi?».

Glielo aviva spiato apposta.

«Nonsi, che bisogno c'è d'iddro? Abbado a tutto io».

Nenti, Peppi non contava, un gatto come a 'n autro.

«Mannamillo ccà».

Al cammarere spiegò che sinni sarebbi stato fora 'na simanata, che gli priparassi il carrozzino e la baligia, mittennogli dintra il vistito e i stivali da caccia. Gli raccomannò macari di fari arriparari il tetto.

Mentri che lo stava mannanno via, s'addunò che aviva il labbro di sutta gonfio e firuto.

«Che ti facisti al labbro?».

Peppi si 'mpacciò.

«Forsi mi muzzicai dormenno».

Manuela s'apprisintò doppo 'na mezzorata pronta per partiri tinenno 'na grossa truscia 'n mano.

«Che ti portasti nella truscia?».

«Robba di mangiari, arrivamo a Vigàta troppo tardo per fari la spisa».

Vitti che lui aviva il dù botti a tracolla.

«Voli ghiri a caccia nella tinuta del principi?».

«Me la facisti tu la proposta. Se possibbili annarici domani a matino...».

«Allura abbisogna che avverto a Micheli, 'u guardiano».

Doppo che avivano finuto di mangiari il marchisi sinni stava ghienno a corcari tinennola per la mano quanno lei gli dissi:

«Si addispiaci se ora non vegno con vossia? Meglio che vaio subito ad avvirtiri a Micheli. Mi pozzo pigliari 'u carrozzino?».

Si annò a stinnicchiare e quanno raprì l'occhi erano le cinco passate. Chiamò a Manuela ma non ebbi risposta. Si susì, s'affacciò al balconi. Non era manco nella pilaja o a mari. Per arrivari alla tinuta ci si mittiva un'orata scarsa e lei era fora da quattro ure. Alle sei e mezza accomenzò a prioccuparisi, capace che era caduta col carrozzino. Ma non potiva farici nenti se non aspittari e addivintari sempri cchiù nirbùso.

Manuela s'arricampò tanticchia doppo le setti.

«Pirchì ci mittisti tutto 'sto tempo?».

«Micheli non c'era e io pinsai che era meglio aspittari».

Il marchisi l'affirrò, la vasò, le accomenzò a sbottonari la cammisetta.

Voliva sfogarisi subito del nirbùso e della troppo longa mancanza.

«Che prescia avi?» fici lei arridenno e libbirannosi. «Vaio a priparari 'u mangiari, mangiamo e doppo facemo chiddro che voli vossia».

«Ora mettiti a panza sutta».

Lei bidì e il marchisi vitti che supra a ogni natica aviva gracciuna tanto frischi che appena che ne toccò uno ripigliò a fari sangue.

«Come fu?».

«Stavo facenno un bisogno, persi l'accuilibbrio e annai a finiri dintra a 'na troffa di spinasanta».

Passata un'orata, lei spiò:

«A che ura 'nni dovemo arrisbigliari dumani a matino?».

«Alle quattro e mezza».

«Allura minni vaio a dormiri».

Si susì e sinni annò nella càmmara allato indove si era priparata il letto.

Arrivaro davanti al cancello di ferro della tinuta che erano le sei.

«Micheli!» chiamò Manuela.

Micheli niscì dalla casuzza che era appena darrè il cancello, l'annò a rapriri e il marchisi passò col carrozzino. Era un quarantino di pilo russo, stacciuto, forti. Detti 'na longa taliata a Manuela e si livò la coppola.

«'U carrozzino lo lassassi ccà, ci abbado io. Vidissi che ci stanno vestie granni. Cignali. 'U principi li fici viniri qualichi anno passato e ora sunno tanti. Sinni portò cartucci adatte?».

«No. Non lo sapivo che...».

«Mi facissi taliare 'u fucili».

Lo taliò e dissi che ce l'aviva lui e gliene potiva dari 'na decina.

Doppo un'orata e passa, che aviva già pigliato a dù lebbri, si fici capace di colpo che Manuela non era cchiù nelle vicinanze. Si era addivirtuta assà ad annare a circare 'n mezzo all'erba all'armàli ammazzati. La chiamò a longo ma non ebbi risposta. Tutto 'nzemmula ebbi la cirtizza di indove attrovarla. Ci 'mpiegò 'na mezzorata ad arrivari nella casuzza di Micheli. Non ebbi bisogno di trasire, pirchì dalla finestra aperta gli arrivò il soffio di gatta arraggiata di Manuela quanno faciva all'amuri. Votò le spalli e sinni tornò a cacciare.

Fu verso mezzojorno che sintì, darrè a 'na poco di

troffe fitte d'erba sarbaggia, il grugniri dei cignali. Si firmò, livò dal fucili le dù cartucci, le sostituì con dù di quelle che gli aviva dato Micheli. Dovivano essiri caricate a pallettoni. Fici per avanzari quateloso ma sintì 'na risata fimminina che viniva dall'àvuto. Isò l'occhi.

Manuela sinni stava, nuda, a cavaddro di un ramo d'àrbolo.

«Scinni».

«Nonsi, mi vinissi a pigliari vossia sinni è capaci».

Non ne sarebbi mai stato capaci d'arrampicarisi supra a quell'àrbolo, era troppo vecchio. E lei lo sapiva e lo stava sfuttenno.

«Non ce la fa a pigliarimi? O si scanta d'arrovinari la sò carnuzza muddracchira e bianca?».

E si misi a ridiri sguaiata. Di sicuro Micheli l'aviva fatta 'mbriacari di vino, oltri che del resto.

«Allura che fa?» continuò Manuela. «O forsi avi bisogno di tri ova sbattuti pi 'nforzarisi? Mi piglia o no?».

E tornò a ridiri ghittanno la testa tutta narrè. Il marchisi, a sintiri di l'ovo sbattuto, vinni assugliato da 'na raggia tanto 'mprovisa quanto gelita.

«Ti piglio» dissi quieto.

Mirò alla gola che gli viniva offerta e sparò.

Manuela sinni cadì dal ramo a chiummo.

Di padre ignoto

Uno

Il patre e la matre di Amalia Privitera, che s'acchiamavano Afonzo e Michela, erano abbraccianti gricoli stascionali, vali a diri che travagliavano quanno c'era travaglio e quanno non travagliavano campavano cchiù d'aria che di pani.

Sibbeni che tiravano la vita assà miseramenti, si livavano macari quel picca di mangiari dalla vucca pirchì la loro figlia unica annasse sempri vistuta bona, con le trizze fatte e con le scarpi ai pedi.

Siccome che tutti e dù erano divoti cristiani catolici postolici, non passava duminica che non s'apprisintassiro nella chiesa di San Nicolò per ascutari la santa missa.

Quanno che Amalia fici sei anni, 'na duminica che era 'u tri di dicembriro di l'anno milli e novicento e deci, 'u parrocu di San Nicolò, patre Costantino, doppo la missa, volli che Afonzo e Michela lo raggiungissiro 'n sagristia.

«Avissi di bisogno di vostra figlia Amalia» dissi il parrino mentri che si livava i paramenti.

«La voliti come cammarera?» spiò spiranzusa Michela.

Facenno la criata 'n casa di 'u parrocu, Amalia avrebbi avuto assicurato il mangiari d'ogni jorno.

«No. M'abbisogna d'avirla a mè disposizioni da ora fino a lu sei di ghinnaro».

«Ma a che vi servi?».

«Aio 'n testa di fari un granni prisepio viventi, però fatto tutto di picciliddri».

«Ma san Giusippuzzo vecchio era!» fici Afonzo.

«Ci metto 'na varba finta».

«E a mè figlia chi ci faciti fari?».

«La Madonna. Ma non la viditi quant'è beddra?».

Afonzo e Michela ristaro 'ngiarmati.

«E siccome chisto non è tempo per vui di travaglio» continuò il parrino, «e v'ammancano novantanovi cintesimi pi fari 'na lira, io vi dugno cinco liri per il distrubbo».

Afonzo e Michela per picca non cadero sbinuti 'n terra. Cinco liri! 'Na ricchizza!

Quanno, la notti del vintiquattro dicembriro, patre Costantino fici cadiri il tiloni che ammucciava il prisepio viventi allocato a scianco dell'artaro maggiori, dalla folla che stipava la chiesa si partì 'na sclamazioni di granni maraviglia.

Fettivamenti, il prisepio era 'na vera opira d'arti.

L'unici pirsonaggi finti erano il vò, l'asineddro e il Bammineddro Gesù.

L'armàli, fatti di cartoni pittato, non erano a grannizza naturali, ma costruiti 'n proporzioni all'artizza dei picciliddri.

Il Bammineddro 'nveci era di cira, ma pariva di carni.

Però quello che strammò, sturdì e commovì a tutti fu la grannissima biddrizza della picciliddra biunna che faciva la Madonna, coi sò granni occhi cilestri e la sò vuccuzza di rosa, e fici macari 'mpressioni comu taliava a Gesù supra alla paglia.

Amalia non era cchiù 'na picciliddra di sei anni, ma 'na vera matre che considerava a sò figlio appena nasciuto con gioia, amori, divozioni e 'na speci di luntana malincunianza per quello che l'avrebbi aspittato nella vita.

Fu in quella stissa famusa notti che don Americo Mastrogiovanni, omo senza cuscienzia, che a paro sò un lupu affamato era un angileddro del paradiso, il quali 'mpristava dinaro a strozzo e che aviva arrovinato senza pietà a 'na decina di famiglie vigatisi, si misi all'improviso a chiangiri e a darisi pugni supra al petto.

«Mi pentu, Madunnuzza! M'agginocchio davanti a tia e ti prego con tutto il cori! T'addimanno pirdono di tutto il mali che ho fatto alla povira genti! Pirdonami!».

E dicenno accussì, cavò dalla sacchetta un grosso rotolo di monita di carta e lo ghittò ai pedi d'Amalia.

Appresso a lui si fici largo la signura Maddalena Schillaci, grassa quanto 'na vutti, carrica di collani, vrazzaletti e aneddri, a mità strata tra la Madonna di Pompei e un àrbolo di Natali, con la facci assuppata di lagrimi.

«A mè soro Pasqualina la sò parti d'eredità ci futtii! Pirdonami, Madunnuzza santa!».

Si livò dù collani priziuse e le ghittò ad Amalia.

A patre Costantino, che era un parrino serio e rigoroso, quelle scene di fanatismo lo siddriaro. Si piazzò davanti al prisepio, isò le vrazza e si misi a fari voci:

«Basta! Finitila! Prigati 'n silenzio!».

Non ci fu verso.

'Ntonio Sciacchitano, che era àvuto dù metri e largo altrettanto, lo scansò con una manata e si misi a confissari i sò piccati davanti alla Madonna.

A farla brevi, quanno il setti di ghinnaro patre Costantino rimisi in libbirtà a tutti i picciliddri che avivano fatto il prisepio, arrisultò che Amalia aviva guadagnato quattromila e tricento liri per non parlari di quattro collani con petre priziuse, sei aneddri e otto braccialetti di grannissimo valori.

Patre Costantino si tenni sulo tricento liri. Ducento li distribuì ai picciliddri e cento li distinò per rifari il tetto della chiesa.

Da un jorno all'autro, grazii ad Amalia, che da allura in po' vinni 'n paìsi acchiamata la Madunnuzza, Afonzo e Michela s'arritrovaro bonostanti.

Siccome che erano pirsone quatrate e con la testa supra alle spalli, s'accattaro 'na casuzza con deci sarme di tirreno torno torno e il resto del dinaro, 'nzemmula con le cose priziuse, lo misiro 'n banca.

Ora travagliavano il loro tirreno, si vinnivano fave, mennule, frutta e virdura e non avivano prioccupazioni per il loro avviniri e per quello d'Amalia.

La matina del vinti di novembriro dell'anno appresso, che chioviva 'nintirrotto da quinnici jorni, mezza muntagna dell'Omomorto sinni calò frananno nella trazzera suttastanti nel priciso momento nel quali passavano Afonzo e Michela col loro carretto.

Amalia 'nveci non era potuta nesciri da casa pirchì aviva qualichi linia di fevri e accussì si sarvò.

Il Tribunali di Montelusa addecidì che la picciliddra doviva essiri affidata alla nonna Nunziata, matre di Afonzo, e curatori dell'interessi ne sarebbi stato, datosi che Nunziata era 'nalfabetica, il di lei figlio trentino Duardo, frati minori di Afonzo.

Sicuramenti il Tribunali gnorava che l'urtima cosa che si potiva addimannare a Duardo era quella di curari l'interessi di 'na qualisisiasi pirsona. Sarebbi stato come addimannare ad un aceddro di non volari o a un omo di non respirari.

Duardo era uno sdisbosciato buttaneri senz'arti né parti, che mai nella sò vita aviva avuto la minima gana di travagliare e che aviva macari il vizio del joco d'azzardo. E il bello era che pirdiva sempri.

Indove che attrovasse il dinaro per continuari a jocare e a perdiri, nisciuno 'n paìsi se lo sapiva spiegari, dato che sò matre campava sulamenti vinnenno l'ova di 'na vintina di gaddrine che possidiva e lui campava alle spalli della matre.

Le malilingue dicivano che arricattava alla marchisa Onorato che deci anni avanti aviva fatto l'errori di farici 'na vota all'amuri.

La prima cosa che Duardo stabilì fu di trasfiririsi con sò matre e la picciliddra nella casa che Afonzo aviva accattato, accussì Nunziata avrebbi potuto abbadare alla campagna.

Lui 'nveci s'accattò un carrozzino per annari e viniri da Vigàta.

Criscenno, Amalia si faciva sempri cchiù beddra.

A malgrado che il travaglio della terra era tanto difficoltoso da rompiri la schina e arrovinare le vrazza, le gamme, le mano, il sò corpo non sulo non si guastava, ma anzi addivintava di jorno in jorno cchiù armoniuso. E la sò pelli, pur con tutto il soli che pigliava, si mantiniva tennira e bianca.

La nonna morse mentri che nell'orto cogliva i cavoluzzi tri jorni appresso che Amalia aviva fatto quinnici anni.

Duardo, che già da tempo la taliava che l'occhi pariva che gli niscivano fora dalla testa, 'na simanata appresso le trasì di notti nel letto e fici i commodi sò.

E siccome che ci provò gusto assà, non annò cchiù a dormiri nella sò càmmara.

La praticanza di l'omo arrotunnò tanticchia i scianchi d'Amalia, facennola, se possibbili, ancora cchiù disidirabili.

Dato che 'n casa oramà ci aviva attrovato il meli, Duardo non passò cchiù le nottate fora a jocare come faciva prima. S'arricampava sempri, macari alle prime luci dell'arba, ma s'arricampava.

Perciò Amalia assà s'ammaravigliò quanno 'na notti, che era già diciottina, lo zì Duardo non si fici vidiri.

Era passato mezzojorno quanno il marisciallo dei carrabbineri le s'apprisintò per accomunicarle che Duardo era stato ammazzato doppo 'n'azzuffatina in una bisca.

Amalia, chiangenno (matre santa, quant'era beddra quanno chiangiva, era pricisa 'ntifica alla Madonna Addulurata!), annò nella banca per sapiri quello che doviva fari per aviri il dinaro nicissario al funerali.

E ccà il cascieri Biniditto Lodato, con palore quatelose, le arrivilò che non sulo 'n banca lei non aviva cchiù un centesimo, ma che Duardo si era mangiato macari i gioielli.

Aviva perso tutto al joco.

E le dissi macari di pejo.

E cioè che Duardo si era fatto 'mpristari da lui privatamenti milli liri portannogli a garanzia del prestito la casa 'n campagna e le deci sarme di terra.

Trasuta 'n banca cridennosi ancora bonostanti, Amalia sinni niscì mezz'ora doppo povira e pazza.

Il funerali di Duardo, di terza classi, quella dei morti di fami, vinni fatto a spisi del municipio.

L'unica pirsona che annò appresso al tabbuto fu Amalia.

Ma tutto il paìsi si commovì fino alle lagrime a vidiri quella scena.

Pirchì Amalia era 'na stampa e 'na figura con la Madonna dalle Setti Spate che le trafiggono il cori.

Il doppopranzo di dù jorni appresso, che era un sabato, l'annò ad attrovari il cascieri Lodato.

Biniditto Lodato all'ebica aviva trentacinco anni ed era un biunnizzo sdilicato, sempri aliganti, con l'occhiali d'oro. Era maritato con una vigatisa che gli aviva portato 'na grossa doti e aviva un figlio mascolo di deci anni.

A vidirlo, Amalia aggiarniò.

Quello di certo era vinuto a pigliarisi, com'era di giusto, la casa e il tirreno, dato che lei le milli liri da arrestituiri non le avrebbi potuto aviri mai e po' mai.

Erano dù notti che non durmiva assillata dal pinsero dell'imminenti miseria, eppuro a vidirla al cascieri le gamme gli trimaro. A quella picciotta il dolori, la disperazioni, lo scanto, l'accriscivano in biddrizza.

Macari la picciotta accomenzò a trimari.

«Per carità, non faciti accussì» dissi Biniditto, «sulo alla morti non c'è rimeddio».

«Quann'è che devo lassari la casa?» spiò Amalia mentri che le lagrime le rutuliavano dall'occhi.

«Mi posso assittari?» addimannò Biniditto dato che le gammi non l'arriggivano cchiù.

«Certo!» fici Amalia assittannosi macari lei.

Il cascieri cavò fora dalla sacchetta un foglio di carta bullata piegato 'n quattro, lo raprì, l'allisciò.

«Sapiti leggiri?».

«Sì» arrispunnì Amalia che aviva la quinta limintari.

«Allura liggiti» dissi Biniditto pruiennole il foglio.

«Dicitimi di che si tratta» fici Amalia. «Di vui mi fido».

«Chista è la scrittura privata con la quali vostro ziu mi dava la casa e il tirreno in caso di mancato pagamento delle milli liri 'mpristate da mia».

«Dumani stisso vi lasso tutto» dissi Amalia.

Due

Il cascieri la taliò 'n silenzio e a longo. Amalia si sintiva arrussicari. Che aviva quell'omo da taliarla accussì? L'occhi del cascieri pariva che avivano la capacità di spogliarla dei vistiti e di considerari il sò corpo centilimetro doppo centilimetro. Po' Biniditto agliuttì a vacante e spiò:

«Potiria aviri tanticchia d'acqua frisca, per favori?».

Amalia niscì fora a pigliari il bummulo che tiniva calato dintra al pozzo per mantiniri l'acqua frisca, tornò 'n casa, inchì un bicchieri e lo detti al cascieri.

Macari lei sinni vippi uno, aviva il cannarozzo arso.

«Vi devo arricordari che i debiti vanno pagati» dissi Biniditto con ariata sivera.

«E io li voglio pagari» fici Amalia arresoluta, «vi dissi e v'arripeto che già da dumani a matino...».

Biniditto l'interrompì isanno 'na mano.

«Potiti pagarimi macari a rati».

«Ma avanti che arrinescio ad arricogliri milli liri lo sapiti quantu tempu ci abbisogna?».

«Siti sicura di non aviri dinaro 'n casa?».

Amalia fici 'nzinga di no con la testa.

«Sicura sicura?» ’nsistì Biniditto.

Con tutto che si sintiva dispirata, ad Amalia vinni da sorridiri.

«Voliti babbiare?».

«Nun aio nisciuna gana di babbiare» fici il cascieri serio serio. «Ma forsi è beni assicurarisi che non tiniti dinaro».

E prima che Amalia potissi diri né ai né bai, Biniditto raprì il cascione del tavolino di cucina attorno al quali erano assittati e ci taliò dintra.

«Talè!» dissi con la facci ammaravigliata. «Pirchì mi aviti cuntato ’sta farfantaria?».

E sutta all’occhi sbarracati d’Amalia, tirò fora dal cascione ’na mazzetta di deci carti da cento.

Di sicuro, pinsò Amalia, ce l’aviva mittuti lui quanno era nisciuta per annare a pigliare il bummulo. Ma pirchì l’aviva fatto? Po’, tutto ’nzemmula, accapì.

«Contiamoli» dissi Biniditto.

Li contò viloci come faciva ’n banca. Po’ se l’infilò ’n sacchetta.

«Avite pagato tutto il debito. Non mi doviti cchiù un centesimo» fici sorridenno.

Pigliò il foglio di carta bullata, lo strazzò in tanti pezzi, si susì, annò alla porta, ghittò i pezzi al vento, ritrasì.

«Vi saluto» fici.

E votò le spalli. Ma si sintì aggrampare di darrè con violenza. Si rigirò.

E s’arritrovò con le labbra d’Amalia ’ncoddrate alle sò.

Quella sira Biniditto Lodato s'arricampò che erano squasi le novi. Non l'aviva mai fatto epperciò attrovò a sò mogliere prioccupata.

«Che ti capitò?».

«Il direttori volli essiri aiutato a fari la chiusura settimanali. Mi scanto che da ora in po' ogni sabato dovrò tornari tardo».

Passata che fu qualichi misata, Amalia si fici pirsuasa che la sò situazioni non era po' tanto confortevoli come pariva.

La terra le dava di che campare, ma il dinaro non era bastevoli per permittirle d'accattarisi un vistito novo o un paro di scarpi.

E po' ogni sabato si vrigugnava a spogliarisi davanti a Biniditto avenno la mutanna spirtusata o la fodetta consunta.

D'autra parti Biniditto quello che doviva fari l'aviva fatto e lei non se la sintiva d'addimannarigli autro dinaro.

Un lunidì si scatinò all'improviso un timporali che faciva spavento e Amalia pinsò che non era cosa di scinniri 'n paìsi a vinniri la robba. Faciva macari friddo, e lei addrumò il foco.

Tutto 'nzemmula sintì tuppiare 'nsistentementi alla porta e 'na voci che faciva:

«Pi carità, raprite!».

Annò a raprire e subito trasero tri òmini assammarati e dù cani. L'òmini erano armati di fucili di caccia.

«Scusate il distrubbo» fici uno dei tri «ma questo mallitto timporali ci pigliò alla sprovista e non avenno indove arripararinni...».

Amalia l'arraccanoscì 'mmidiato. Era il dottori Pirrotta, 'u medico cunnutto.

«Assittativi vicino al foco» fici Amalia.

I tri s'assittaro ringrazianno.

«Voliti un bicchieri di vino?».

«Se non vi porta fastiddio...».

Po' l'autri dù cacciatori s'apprisintaro.

Uno era don Umberto Sparma, ex varberi che ora possidiva tutti e quattro i saloni di Vigàta e macari un negozio di profumi, l'autro era don Filiberto Miccichè, propietario di 'na decina di paranze.

Doppo un'orata il celo fici occhio e i tri sinni ripartero.

La matina del jorno appresso, Amalia non si sintì bona, forsi si era raffriddata per il timporali del jorno avanti. La meglio era ristarisinni 'n casa e quatelarsi non scinnenno 'n paìsi.

A mezza matinata si vitti compariri davanti a don Umberto Sparma.

«Come mai oggi non siti scinnuta al mercato? V'aspittavo alla trasuta del paìsi».

«Mi pari che aio la fevri. Pirchì m'aspittavati?».

«Vi voglio parlari».

«E parlati».

«Prima non mi l'offriti un bicchieri di vino?».

Amalia gliel'offrì.

Don Umberto parlò per mezz'ora filata. E fu convincenti.

Nel doppopranzo di quella stissa jornata arrivò il dottori Pirrotta.

«L'amico Sparma mi ha ditto che non vi sintiti tanto bona. Spogliatevi che vi visito».

Il dottori era vinuto con la sincera 'ntinzioni di fari il sò misteri di medico, ma quanno ebbi davanti ad Amalia mezza nuda gli vinni difficili assà fari sulo il medico. A longo l'ascutò davanti e darrè con l'oricchio 'mpiccicato alli carni della picciotta che aduravano di giglio. D'autra parti, di che potiva adurari? Non la chiamavano la Madunnuzza?

«Quanto vi devu per la visita?» addimannò alla fini Amalia.

«Nenti. Vi posso parlari cinco minuti?» spiò Pirrotta col sciato grosso come un mantici.

«Parlati».

Il dottori Pirrotta parlò per un quarto d'ura. E fu convincenti.

Il terzo e urtimo a compariri 'n sirata fu don Filiberto Micciché.

Macari lui parlò per 'na vintina di minuti. E puro lui arrinisci convincenti.

A farla brevi, l'accordo che si vinni a stabiliri era il seguenti. Don Umberto Sparma sarebbi vinuto il lunidì doppopranzo, dato che in quel jorno i saloni di varberi stavano chiusi; il dottori Pirrotta il martidì sira dato che, come medico, potiva stari fora la notti; il jovidì doppo mangiato sarebbi stato accupato da don Filiberto Micciché e il sabato doppopranzo e sira 'nveci era distinato al cascieri Biniditto Lodato.

Ora Amalia non aviva cchiù prioccupazioni per i vistiti e le scarpi.

Anzi, potì accomenzare a mettiri il dinaro guadagnato nella banca di Biniditto il quali, per fortuna, non era omo che faciva dumanne.

E non ebbi cchiù bisogno di susirisi la matina alle sett'arbe per annare a vinniri la sò mircanzia al mircato di Vigàta. Ristò a coltivari sulo l'orticeddro per il piaciri di mangiari robba frisca e offrirla macari a qualichiduno dei sò amici se si firmava da lei.

'Na matina che sinni stava a pigliari 'u soli davanti alla porta della casa, vitti a dù farfalli che s'assicutavano nell'aria. Anzi, no: era una che assicutava all'autra. E questa si lassava avvicinari rallintanno il volo, ma propio quanno stava per essiri pigliata, scartava di colpo facenno un mezzo giro che la riportava al punto di partenza.

Po' la farfalla assicutata si posò supra a 'na gamma d'Amalia. Si era arrinnuta, forsi per stanchizza, forsi pirchì ora le piaciva accussì. Subito l'autra farfalla le fu di supra e, con un ràpito e gioioso battiri d'ali, si unì freneticamenti ad essa.

Fu 'na cosa di pochi secunni, appresso le dù farfalle si sciogliero, ognuna sinni volò via per i fatti sò.

Allura ad Amalia vinni di considerari, sintennosi pigliare da 'na botta di malincunia, che aviva sì quattro mascoli, ma che nisciuno di loro, al contrario della farfalla, se l'era voluto lei. Erano loro che l'avivano scigliuta e lei aviva accittato pirchì si era fatta pirsuasa che quello era il sò distino. Se fossi stata libbira di sceglìri, non si sarebbi pigliata a nisciuno dei quattro.

La calura del soli le stava danno 'na certa sonnolenzia. Chiuì l'occhi e a picca a picca s'addrummiscì.

S'arrisbigliò pirchì avvirtì che all'improviso qualichi cosa si era mittuto tra lei e i raggi del soli. Raprì l'occhi e vitti a un omo addritta, ma siccome stava controluci, non l'arraccanoscì.

«Cu siti?».

L'omo arridì.

«Alluciata siti? Iu sugno, Ninuzzo».

Ninuzzo Gangitano era un beddro picciotto vintino che faciva l'abbracciànti gricolo. Amalia spisso lo vidiva passari quanno annava a travaglio e quanno tornava.

«Che voliti?» spiò susennosi.

«Vi vorria parlari».

«Trasite 'n casa».

Ninuzzo aviva d'incoddro sulamenti i cazùna, manco tiniva le scarpi.

A malgrado della fami che spisso doviva patiri, aviva muscoli potenti e un sorriso allegracori.

Che bell'occhi che tiniva! E come si cataminava! Pariva un gatto.

«Sugno vinuto a farivi 'na proposta».

«Parlati».

«Ogni vota ca passo di ccà davanti e vio tutto il vostro beddro tirreno che va 'n ruvina senza che nisciuno lo cura, mi mori il cori. È piccato mortali lassare la terra accussì».

Aviva raggiuni.

«Voliti abbadarici vui?» spiò Amalia.

«Sissignura».

«E quanto voliti?».

«Mi date quello che vi spercia il cori».

«Vabbeni. Accomenzate da dumani a matino».

Per matine e matine di seguito, Amalia sinni stetti a taliare a Ninuzzo che travagliava azzappanno, sarchianno, potanno. Le piaciva vidiri il sudori che gli colava supra alle spalli potenti, supra al petto capace. Il patto era che avrebbi dovuto travagliare sulo la matina e non farisi vidiri il doppopranzo. Un mercordì, che per Amalia era jorno libbiro, e che scadiva la prima simana, lei dissi:

«Ristate a mangiare con mia».

Alla fini, lei gli pruì il dinaro della simanata. Le loro mano si toccaro.

Abbastò pirchì s'arritrovassiro un attimo doppo abbrazzati stritti stritti.

E il mercordì addivintò il jorno di Ninuzzo. Ma quella, però, era 'na cosa diversa dall'autri jorni. Loro dù si amavano.

Ogni duminica matina Amalia ghiva alla santa missa. Patre Costantino era morto e al posto sò era arrivato Don Girlanno, un montelusano quarantino dall'occhi ardenti e dalla parlata che pariva musica. Tutte le divote erano 'nnamurate di lui, ma lui non taliava 'n facci a nisciuno. 'Na duminica patre Girlanno si portò ad Amalia 'n sagristia e chiuì la porta a chiavi.

Po' le s'agginocchiò davanti, le pigliò le mano e accomenzò a vasargliele murmurianno:

«Madunnuzza mia! Quanto siti beddra, Madunnuzza mia!».

«Io nun fazzo cose vastase con un parrino!» fici sdignata Amalia.

«Ma io nun voglio fari cose vastase! Io vi voglio solo adorare!».

«E comu?».

«Posso viniri un jorno ad attrovarivi?».

«Facemo vinniridì doppopranzo» dissi Amalia.

Il parrino s'apprisintò puntuali con una baligia 'n mano. La consignò ad Amalia.

«Annate in càmmara di letto. Spogliativi e vistitivi con quello che attrovate ccà dintra».

Doppo deci minuti Amalia ricomparse. Era pricisa 'ntifica alla Madonna che c'era 'n chiesa, lo stisso manto azzurro, la stissa gonna longa. Avanzò lenta fino a qualichi passo dal parrino e sulo allura s'addunò che quello stava chiangenno.

Po' Don Girlanno s'agginocchiò a mano ghiunte, appresso ancora si stinnicchiò 'n terra e, struscianno sulla panza, le arrivò vicino, le sollivò appena appena la gonna, e accomenzò a vasarle i pedi nudi.

Accussì macari il vinniridì d'Amalia vinni 'mpignato.

Tre

Amalia arriniscì ad ammucciare d'essiri prena per tri misi.

Po' tutta la comarca maschili della simana s'addunò che la panza le crisciva e di conseguenzia, da un jorno all'autro, Biniditto Lodato, Umberto Sparma, il dottori Pirrotta, Filiberto Miccichè e patre Girlanno non si ficiro cchiù vidiri dalla picciotta.

Sì, macari patre Girlanno, dato che il parrino, 'na vota che le stava vasanno i pedi, continuò a vasarla acchiananno sempri cchiù in àvuto con la vucca e la facenna annò a finiri come doviva finiri. E s'arripitì a ogni successivo 'ncontro.

Tutti sinni erano scappati, ognuno scantannosi di sintirisi arrinfaccialari da Amalia che il responsabbili della gravidanza era lui.

Pirchì Sparma, Pirrotta, Lodato, Miccichè e patre Girlanno non sapivano nenti l'uno di l'autro, ognuno cridiva d'essiri l'unico a trasire dintra al letto d'Amalia.

Il cascieri di certo sospittava qualichi cosa, videnno arrivari 'n banca tutto quel dinaro che Amalia non avrebbi certo potuto guadagnarisi vinnenno cicoria e ova, ma prifiriva non ammiscarisi.

L'unico a sapiri la virità naturalmenti era Ninuzzo. Amalia non si volli fari vidiri prena 'n paìsi. E sulo Ninuzzo le ristò allato, 'n primisi pirchì d'Amalia era 'nnamurato e 'n secunnisi pirchì lei gli aviva ditto che quel figlio era sò, non c'erano dubbi, 'sti cose le fìmmine le sentino e non fallano mai.

Quanno ad Amalia ci voliva picca a sgravarisi, Ninuzzo 'na tinta matina cadì dintra al pozzo momintaniamenti asciutto al quali stava travaglianno e morse battenno la testa.

Amalia, facenno voci alla dispirata, circò di sarvarlo e si calò macari lei. Ma la corda non riggì il piso e lei fici la stissa fini di Ninuzzo.

'Na mezzorata appresso un viddrano che era vinuto ad addimannari tanticchia d'acqua, sintì il chianto di 'na criatura viniri dal pozzo.

E siccome 'n paìsi nisciuno sapiva che Amalia e Ninuzzo erano ziti, i funirali foro dù. A quello di Ninuzzo non ci annò nisciuno, per quello d'Amalia scasò il paìsi 'ntero. Patre Girlanno non potti celebrari, lo sostituì 'n autro parrino, lui era distruttu, consumatu, trimava, chiangiva 'n continuazioni e arripitiva:

«'Na santa! 'Na Madonna era!».

A sintiri quelle palori, il raggiuneri Scibetta s'arribbillò.

«E il picciliddro di cu era figlio? Di lu Spiritu Santu?».

Vinni ghittato fora dalla chiesa a furori di popolo. E tutti continuaro a contari le opiri di beni di Amalia:

«Ogni vota che passavo davanti alla sò casa mi dava un tozzo di pani e un bicchieri di vinu!» dissi un povirazzo.

E 'n autro:

«A mia, che non avivo nenti da mangiari, ogni tanto mi dava un ovo frisco!».

E 'na terza:

«Io m'era persa il borzellino, Amalia mi comparse 'n sonno e mi dissi indove era!».

Alla criatura, nasciuta il tri di austo del milli e novicento e vintisei, vinni dato il nomi di Binvenuto e fu registrato come figlio d'Amalia Privitera e di patre ignoto.

Il cascieri Lodato fici sapiri al Tribunali che la povira Amalia aviva 'n banca 'na gran quantità di dinaro tali da assicurari al figlio persino lo studdio universitario.

E accussì Binvenuto vinni mannato a Palermo in un istituto statali che s'accupava dell'orfani dinarosi.

Nisciuno a Vigàta 'nni seppi cchiù nenti fino a che vinni l'anno milli e novicento e cinquanta.

In quell'anno, il novo piano rigolatori trasformò 'na grossa zona di campagna, quella cchiù vicina al paìsi, da tirreno agricolo a tirreno edificabili. Dintra, c'erano le deci sarme che erano appartenute ad Amalia e che sò figlio aviva riditato.

Micheli Spampinato, uno che costruiva case, capenno che potiva fari un affari bono, tanto fici e tanto dissi che arrinisci a sapiri che Binvenuto Privitera, pigliatosi la laurea in liggi, faciva il praticanti nello studdio Lopez di via Maqueda, a Palermo.

'Na bella matina, ch'era un martidì, Spampinato s'arricampò allo studdio Lopez e dissi all'usceri che voliva vidiri all'avvocato Privitera.

Aspittò tanticchia e po' vinni arricivuto. Binvenuto era un beddro picciotto biunno, distinto, risirbato.

«In che posso esserle utile?».

«Lei lo sa che è proprietario di dieci salme di terreno a Vigàta con annessa casa rustica?».

«Sì, lo so, me lo comunicarono quando raggiunsi la maggiore età. Mi mandarono anche le chiavi».

«È mai venuto a Vigàta a vedere questa sua proprietà?».

«No. Non avevo nessuna ragione di venire. Ma perché mi fa queste domande?».

«Perché la sua proprietà me la vorrei comprare io».

E Spampinato gli contò la facenna del piano rigolatori. Ora quel tirreno e quella casuzza valivano un tisoro. Binvenuto s'addimostrò 'ntirissato.

E dissi a Spampinato che sarebbi vinuto a Vigàta il prossimo sabato doppopranzo col treno.

Fu Spampinato con la sò atomobili a pigliarlo alla stazioni e ad accompagnarlo sul loco.

Binvenuto, scinnenno dalla machina, assà s'ammaravigliò nel vidiri la casuzza ancora 'ntatta doppo tanti anni che non era stata bitata.

«Ma nisciuno l'avrebbi toccata!» fici Spampinato.

«Tutti 'n pàisi portavano rispetto a vostra matre. Anzi, fui io stisso che aggiustai il tetto 'na decina d'anni passati che ci fu 'na tromba d'aria».

«E pirchì?» spiò Binvenuto ancora cchiù ammaravigliato.

E macari tanticchia contento. Sempri aviva nutruto qualichi dubbio supra a sò matre, dato che aviva fatto a lui con uno scanosciuto che non era manco sò marito. E nello scanto d'aviri tinte sorprise, non era mai annato a Vigàta a portari un sciuri supra alla sò tomba. Spampinato lo taliò ammammaloccuto.

«Ma vui nenti sapiti di vostra matre?».

«No».

«Vi dico sulo questo: era 'na santa. Assimigliava pricisa 'ntifica alla Madonna».

Binvenuto vinni pigliato da 'na curiosità che mai aviva avuta.

«'Nni vulissi sapiri chiossà».

«Facemo accussì. Ora vui vi taliate la casa e po' torno a ripigliarivi tra un dù orate. Stasira viniti a mangiari 'nni mia e vi cunto di vostra matre. Annamo, v'aiuto a rapriri la porta che la sirratura si devi essiri arruggiuta».

Era 'na cosa stramma e misteriusa, ma la casa dava la 'mpressioni d'essiri stata chiuiuta massimo massimo da tri jorni.

Quanno raprì l'armuàr della càmmara di dormiri, a Binvenuto parse di sintiri un liggero sciauro di giglio. Possibbili che quello era ancora l'aduri di sò matre?

Si commovì.

Povira fìmmina, che vita solitaria che doviva aviri fatto! 'Nfatti, per quanto taliasse torno torno, non vitti traccia d'omo.

Forsi, beddra e sula com'era, qualichi farabutto di passaggio s'era approfittato di lei lassannola 'ncinta.

Per la prima vota nella sò vita, la figura della matre, fino ad allura 'ndistinta come nella neglia, accomenzò a pigliari contorni cchiù precisi, prisenza, corpo.

Po' attrovò 'na granni fotografia 'mpiccicata supra un foglio di cartoni, come s'usava allura. Rapprisintava un prisepio viventi fatto di picciliddri. Supra alla testa della picciliddra che faciva la Madonna c'era 'na fleccia 'ndicativa fatta a matita copiativa.

Girò la fotografia. Darrè ci stava scrivuto con una calligrafia 'nfantili:

Questa sono io, Amalia, a sei anni.

La rigirò, la taliò da cchiù vicino.

Gesù, quant'era beddra! Avivano raggiuni a chiamarla la Madonna!

Senza che lo volisse, l'occhi tutto 'nzemmula gli si inchero di lagrime.

Circò alla dispirata autre foto, ne attrovò una ancora.

Ccà sò matre, 'na picciotta vintina d'una biddrizza da dari la virtigine, era vistuta come la Madonna.

Darrè ci stava scrivuto con la stissa calligrafia dell'autra foto:

Fatta da patre Girlanno.

Circò ancora e gli capitò tra le mano un foglio di quaterno a quatretti con supra scrivuto qualichi cosa.

Non arrinisci a leggiri, le lagrime glielo 'mpidivano.

Si pigliò il foglio e le dù fotografie e nisci fora per aspittari a Spampinato.

Già scurava.

Doppo cena, Spampinato l'accompagnò in albergo. Ristaro d'accordo che si sarebbiro viduti verso le unnici della matina al cafè Castiglione pirchì Spampinato aviva 'ntinzioni di portarlo al circolo per farigli accanosciri i paisani cchiù 'mportanti.

Per tutta la mangiata, 'u costruttori e sò mogliere non ficiro autro che parlarigli di sò matre, da quanno piccciliddra vistuta da Madonna aviva fatto pintiri a 'na poco di piccatori, della sò cilistiali biddrizza, della sò bontà, della sò fidi.

Nella càmmara d'albergo, cavò dalla sacchetta le fotografie e la pagina del quaterno, le posò supra al tavolino, s'assittò e accomenzò a leggiri il foglio. Che era stato di certo scrivuto da sò matre, la calligrafia era la stissa di quella darrè alle fotografie.

Lunidì: Umperto Sparma
Martidì: dotori Pirrotta
Giovidì: Filibeto Miccichè
Vinniridì: patre Girlanno
Sabato: Binidito Lodato
Quanno che veni la luna, sàvuta turno di chi ci attocca.

Gli arrisultò 'ncomprensibili. Era un elenco di clienti fissi ai quali sò matre vinniva ova, frutta e virdura? E allura pirchì il mercordì non era signato?

E che significava la frasi supra alla luna?

La matina doppo, alli deci, s'apprisintò al camposanto di Vigàta.

«Mi dite dov'è la tomba di Amalia Privitera?» spiò al custoddi.

«Vui cu siti?».

«Il figlio».

Il custoddi si livò la coppola in signo di rispetto e gli spiegò come arrivarici. C'era 'na cruci di ligno chiantata supra alla nuda terra. Ma 'na gran quantità di sciuri frischi sparpagliati torno torno. Glieli portava la genti del paìsi, era chiaro. Pigliò 'na decisioni 'mmidiata. Sò matre avrebbi dovuto aviri 'na vera tomba. Tornò dal custoddi.

«Che devo fare per comprare il terreno per una tomba?».

«Dumani matino ghissi all'ufficio comunali. Raprono alle novi».

Stabilì che non sarebbi ripartito quella sira per Palermo, come aviva avuto 'n menti di fari. Avrebbi tilefonato allo studdio facennosi dari 'na decina di jorni di primisso.

Spampinato l'aspittava al cafè.

«Vulemo parlari della vinnita della propietà? Dato che stasira vinni ripartiti...».

«Piccamora nun partu cchiù. Voglio fari 'na vera tomba a mè matre».

Non s'addunò di stari parlanno 'n dialetto.

«Bravo figlio! Ve la fabbrico io a gratis! E ora annamo al circolo, nisciuno sapi cu siti, sarà 'na billissima sorprisa».

Al circolo, squasi tutti i tavoli da joco erano accupati. C'era chi jocava a briscola, chi a scopone scintifico, chi a trissetti, chi a ramino o a poker.

«Un minuto d'attenzioni, prego» fici a voci auta Spampinato.

Tutti i prisenti isaro l'occhi a taliarlo.

«Aio l'anuri di farivi accanosciri a Binvenuto, 'u figlio di Amalia Privitera, la nostra Madunnuzza!».

Prima ci fu un oh di maraviglia, po' scoppiò un applauso.

«Ora passamu tavolo tavolo e ve lo prisento a tutti».

Accomenzaro il giro. Uno gli dava la mano, uno l'abbrazzava, uno lo vasava... Arrivaro a un tavolino con quattro òmini anziani.

«Il signor Umberto Sparma, il dottor Pirrotta, il signor Filiberto Miccichè e il ragioniere Benedetto Lodato».

A sintiri quei nomi, Binvenuto sorridì, si calò in avanti e dissi a voci vascia:

«Sparma il lunedì, Pirrotta il martedì, Miccichè il giovedì e Lodato il sabato. È vero?».

Allura capitò 'na cosa stramma.

Quattro

In un vidiri e svidiri, Umberto Sparma si susì, chiuì l'occhi e cadì 'n terra sbinuto come un sacco vacanti 'ntanto che il dottori Pirrotta aviva come 'na scossa lettrica e accomenzava a trimoliari con l'occhi sbarracati e nel mentri che Filiberto Miccichè ghittava le carti supra al tavolino, si susiva e sinni scappava fora dal circolo e 'n contemporania Benedetto Lodato, volenno macari lui scappari, truppicava e annava a sbattiri contro un tavolino arrovisciannolo e gridanno, va a sapiri pirchì:

«Aiutu! Aiutu!».

A quattro tavoli di distanzia il commendatori Farlacca, che aviva la fissazioni di doviri un jorno o l'autro moriri abbrusciato in un incendio, di colpo pinsò che era arrivato il sò momento e si misi a fari voci:

«Al foco! Al foco!».

In un attimo, si scatinò un fuifui ginirali tra l'ammutta tu che ammutto io, in un tirribbilio di vociati, lamenti, biastemie, priere, 'nsurti. Tutti i soci s'apprecipitaro verso le scali, se le scinnero cadenno e arrutuliannosi, e 'nfini niscero fora nella strata continuanno a corriri alla dispirata:

«'U circolo foco pigliò!».

Tempo 'na mezzorata, arrivaro i pomperi da Montelusa.

Binvenuto naturalmenti non pinsò mai che fussero state le sò palori a provocari quel viriviri, anzi si fici perfettamenti pirsuaso della spiegazioni data dal dottori Pirrotta ai soci, quanno che le acque si foro carmate. Vali a diri che c'era stata 'na liggera passata di tirrimoto avvirtuta solamenti da lui e da Sparma che erano i cchiù sinsibbili a 'sti fatti. E il resto era stato un equivoco, un contagio di scanto reciproco. Binvenuto però non si spiegò pirchì il dottori, mentri parlava, ogni tanto lo taliava malamenti.

Ma dato che tutti erano ristati strammati e nirbùsi, Binvenuto stimò che non era il momento giusto per spiare al dottori e ai sò amici spiegazioni supra a quello che c'era scrivuto nel foglio a quatretti. L'avrebbi fatto a tempo debito.

Spampinato volli che Binvenuto tornasse a mangiare a la sò casa.

E ccà gli spiegò come e qualmenti Sparma, Pirrotta, Micciché e Lodato erano stati eleggiuti capintesta di un comitato citatino per le onoranze annuali ad Amalia Privitera, sia pirchì erano le pirsone cchiù ricche e 'nfruenti del paìsi sia pirchì ne erano tra le cchiù divote. Portavano sciuri frischi alla tomba, facivano recitari 'na missa sullenne nella ricorrenza del jorno della morti, avivano fatto un concorso per una statua, organizzavano pellegrinaggi alla casuzza...

«Ma se lei se l'accatta, la casa l'abbatterà?».

«Ma che dice?» arrispunnì Spampinato scannaliato. «La casuzza e il pozzo non li tocco! Sunno santuari! Se lo facissi, i vigatisi m'ammazzariano!».

Riaccompagnò a Binvenuto in albergo.

«Che fa cchiù tardo?».

«M'arriposo e po' vaio a farimi 'na passiata ai templi che non accanoscio».

«L'accumpagno io!».

Spampinato non voliva lassarlo sulo manco un momento. Si scantava che i sò qualleghi sinni approfittavano per farigli proposte migliori della sò per la vinnita della propietà. Quell'osso l'aviva annasato lui per primo e non voliva lassarlo ad autri cani.

Verso le cinco di doppopranzo di quella stissa duminica ci fu, 'n casa di Filiberto Miccichè, che era ristato vidovo e aviva i figli luntani, 'na riunioni straordinaria dei capi del comitato per le onoranze annuali ad Amalia Privitera.

Il principio della riunioni fu tanticchia agitato pirchì ognuno dei prisenti rimprovirava all'autri di non essiri stato mittuto al correnti che se la faciva con Amalia.

«Lassamo perdiri 'ste storie vecchie di chiossà di vint'anni passati e parlamo di cose serie» dissi a un certo punto Miccichè. «È chiaro che il picciotto sapi ogni cosa. Può arricattarinni come e quanno voli. Ci tiene in pugno e con quel sorriseddro maliziuso ce l'ha fatto accapiri chiaramenti».

«Ma come avrà fatto a sapiri?» spiò Sparma.

«Ci ho pinsato a longo» fici Pirrotta. «Amalia sapiva leggiri e scriviri. Capace che sò figlio ha trovato qualichi carta scritta da lei, coi nomi nostri e signati i jorni nei quali ognuno di noi annava ad attrovarla. E se ci sunno cose scritte, amici mè, vi devo diri che semo fottuti tutti».

«Sintiti» dissi Sparma. «Iu la penso accussì. Se non gli damo quello che ci addimannirà, di sicuro farà 'no scannalo. E iu, comu presidenti dell'òmini catolici, sugno cunsumato. E macari tu, Filibè, che sei presidenti dell'opira 'nfanzia abbannunata».

«Iu non sugno presidenti di 'na minchia» fici Pirrotta. «Ma a mia mè mogliere, se veni a sapiri che quello potrebbi essiri figlio mè, mi spara di sicuro».

«Se è per questo, finiremo tutti morti ammazzati» fici Sparma.

«Esagirato!» lo rimprovirò Lodato.

«Esagirato io? Ccà 'nni linciano, egregio! Se si veni a sapiri che i quattro capi del comitato per Amalia la santa erano macari i sò amanti, e uno le ha fatto fari un figlio, finisci a schifìo, questo è picca ma sicuro!».

Calò pisanti silenzio.

«Io un'idea ci l'aviria» fici tutto 'nzemmula Pirrotta.

«E sarebbi?» spiò Micciché.

«Annamo dumani a matina tutti a Catellonisetta a parlari con Sò Cillenza il viscovo. Gli dicemo come stanno le cose. La virità nuda e cruda. Lo conoscemo da 'na vita, è amico nostro, per noi è sempri patre Girlanno, è un divoto d'Amalia, ve l'arricordate com'era arridutto, mischino, il jorno del funerali? Lui 'nni potrà consigliari bono».

«Ma annanno a rivilargli che Amalia era... 'nzumma, che nui con lei... non gli damu un granni dolori a quel sant'omo?» ossirvò Lodato.

«Megliu lu dolori sò che la ruvina nostra» dissi Pirrotta.

Quanno Sò Cillenza il viscovo Girlanno Burrera seppi che i quattro erano stati amanti bituali d'Amalia, si stava vivenno il caffilatti. Erano le setti del matino e aviva finuto di diri missa.

«E bravi!» dissi friddo friddo.

E non aggiungì palora. I quattro, che s'aspittavano un liscebusso da livari il pilo, si sintero 'ncorati. 'Ntanto Sò Cillenza aviva livato la scorcia a un ovo duro.

«Pirchì aviti sintuto il bisogno di vinirimillo a confissari?».

«Pirchì aieri a Vigàta arrivò il figlio d'Amalia» arrispunnì Pirrotta.

«Ah!» fici Sò Cillenza il viscovo mastichianno l'ovo.

«E sapi ogni cosa di nui e di sò matre» fici Sparma.

Il viscovo agliuttì di colpo l'ovo che gli annò di traverso e lo fici tussiculiari.

«'Nni dissi i jorni della simana riservati a ognuno» pricisò Miccichè.

«Di sicuro ha trovato 'na cosa scritta da Amalia. E macari c'è qualichi autro nomi che ancora non ha ditto» dissi Lodato.

«E 'nni pò ricattari come voli» concludì Pirrotta. «Pirchì ognuno di nui pò essiri sò patre».

A 'sto punto Sò Cillenza prima aggiarniò, po' arrussicò, appresso addivintò virdi e 'nfini ebbi 'n autro colpo di tossi, sputò supra ai quattro la sprimuta d'aranci che si stava vivenno, si susì per corriri 'n bagno, ma non fici a tempo e vommitò supra al preziuso tappito del salotto tutto quello che aviva mangiato.

I quattro si taliaro 'ngiarmati con lo stisso 'ntifico pinsero 'n testa. Vuoi vidiri che macari patre Girlanno, vint'anni avanti...

Il primo documento che quella stissa matina l'impiegato dell'ufficio anagrafi consignò a Binvenuto fu l'atto di nascita.

Privitera Benvenuto fu Amalia e di padre ignoto, nato a Vigàta il 3 agosto 1926...

Come gli sonò mali quel patre ignoto ora che aviva accomenzato a canosciri a sò matre!

Po' dovitti annare all'ufficio apposito a fari la dimanna per accattarisi il tirreno per la tomba.

Trasì e ristò furminato.

La picciotta che stava addritta davanti alla finestra liggenno 'na carta era quella che s'era sempri 'mmagginato come possibbili mogliere. Le taliò le mano. Non aviva aneddri.

«Desidera?» spiò la picciotta.

Che bella voci che aviva! Affatava!

«Desidera?» arripitì la picciotta sorridennogli.

Gesù, che sorriso! Alluciava!

«Muto è?» spiò maliziusa la picciotta arridenno pirchì aviva accaputo la scascione dello strammamento del picciotto.

Binvenuto 'ntanto pinsava che quello che gli stava capitanno di certo era 'n autro miracolo di quella santa fìmmina di sò matre. Po' parlò.

«Sono Binvenuto Privitera, figlio d'Amalia».

«Binvenuto» gli dissi la picciotta.

E gli pruì la mano. Binvenuto gliela pigliò e non gliela lassò. Lei continuò a sorridiri e non l'arritirò. Po' s'assittaro e si misiro a parlari come se si conoscivano da sempri.

A tavola, Spampinato gli dissi che il dottori Pirrotta l'aviva 'nformato che il viscovo di Catellonisetta voliva vidirlo alle cinco di quello stisso doppopranzo. Binvenuto strammò. E che potiva voliri da lui? Spampinato gli spiegò allura che il viscovo don Girlanno era stato per tanti anni parroco della chiesa di Vigàta indove annava sempri Amalia e che di Amalia era stato divoto ed ora era il sostigno principali del comitato per le onoranze. E naturalmenti concludì:

«L'accumpagno io. Dovemo partiri da ccà alle tri e mezza».

«Prima devo passari dall'albergo a pigliari 'na cosa» dissi Binvenuto.

«Figlio mio!» sclamò Sò Cillenza abbrazzannolo.

Lo considerò con attinzioni, meno mali, non gli assimigliava per nenti, non potiva essiri figlio sò. Tirò un sospiro di sollevo.

«Siediti, siediti, ti devo parlare».

«Se mi permette» fici Binvenuto assittannosi. «Le vorrei dare questa».

E gli pruì la fotografia indove sò matre era vistuta come la Madonna.

Il viscovo la pigliò, la taliò, la rivotò, liggì quello che c'era scrivuto darrè, gliela ripruì. Ristò 'mpassibili, ma dintra a lui faciva timpesta. Avivano raggiuni Sparma e soci, quello li potiva arrovinari. A comenzare da lui.

«Figlio mio, tu dovresti capire...» principiò.

«Se vuole, se la tenga, gliela regalo» l'interrompì Binvenuto.

Sò Cillenza strammò. Ma come, gli cidiva 'n'arma accussì potenti?

«Ne hai fatto una copia?».

«No. Perché avrei dovuto?».

Il viscovo lo taliò occhi nell'occhi. Quelli di Binvenuto erano chiari, onesti, sinceri. Com'erano l'occhi di sò matre. Di colpo accapì che il picciotto non sapiva nenti dell'autra vita d'Amalia e che non aviva 'ntinzioni di ricattari a nisciuno. Era la loro malizia d'òmini fràciti ad allordare la 'nnuccenza di quel picciotto. Si vrigognò di se stisso. E pigliò 'na decisioni.

«Grazie, ma non posso accettare il tuo grande dono. Sei un giovane generoso. Sì, gliela scattai io, questa foto, il giorno dell'Immacolata. Hai trovato altro di tua madre?».

«Sì, Eccellenza, una foto di quando aveva sei anni e questo foglietto dove c'è anche il suo nome».

Lo tirò fora dalla sacchetta e glielo detti. Sò Cillenza lo liggì e sorridì. Doviva assolutamenti allontanari ogni sospetto, non per sé, ma per il beni del picciotto stisso.

«Lo sai che significano i nomi e i giorni scritti su questo foglio?».

«Non ne ho la minima idea, Eccellenza».

«Erano i giorni della settimana nei quali Amalia dedicava tutte le sue preghiere a ognuno di noi. E noi le facevamo un'offerta mensile. Lei risparmiava il centesimo. Sono questi soldi che ti hanno permesso di studiare».

«E quell'accenno alla luna?».

Sò Cillenza era un mastro d'opira fina e trovò pronta spiegazioni.

«Lei diceva d'avere la luna quando non si sentiva ispirata alla preghiera».

«Capisco» dissi Binvenuto.

«E ora io» ripigliò il viscovo «a nome anche degli altri quattro beneficati da tua madre, ti faccio una proposta che abbiamo concordato stamattina. Tu ti trasferisci a Vigàta, noi ti regaliamo una bella casa, ti apriamo uno studio d'avvocato, ti aiutiamo come possiamo, ti mandiamo clienti... Sempre che tu lo voglia, ti assicuriamo insomma l'avvenire. Che mi dici?».

«Che fìmmina straordinaria che doviva essiri stata mè matre!», fu la prima cosa che pinsò Binvenuto.

La secunna cosa che pinsò fu a quanto sarebbi stato

filici avenno come mogliere a Franca, accussì s'acchiamava la 'mpiegata del municipio.

La terza cosa fu che era di patre ignoto, sì, ma che 'n compenso aviva avuto la fortuna d'attrovari a cinco patri putativi.

«Le dico di sì» arrispunnì semplicementi.

Nota

Così come nel primo volume, anche in questo secondo che raccoglie otto nuove storie di Vigàta i personaggi, e le situazioni nelle quali essi si vengono a trovare, sono frutto di mia invenzione.

E quindi qualche omonimia con persone realmente esistite (o esistenti) è da considerarsi una casuale coincidenza.

Non inventati invece sono i rituali, gli usi, i comportamenti personali e collettivi di un'epoca che, pur recente, ormai appare lontanissima nel tempo.

A. C.

Indice

Questo volume è stato stampato
su carta Palatina
delle Cartiere Miliani di Fabriano
nel mese di marzo 2012
presso la Leva Arti Grafiche s.p.a. - Sesto S. Giovanni (MI)
e confezionato
presso IGF s.p.a. - Aldeno (TN)

La memoria

Ultimi volumi pubblicati

401 Andrea Camilleri. La voce del violino
402 Goliarda Sapienza. Lettera aperta
403 Marisa Fenoglio. Vivere altrove
404 Luigi Filippo d'Amico. Il cappellino
405 Irvine Welsh. La casa di John il Sordo
406 Giovanni Ferrara. La visione
407 Andrea Camilleri. La concessione del telefono
408 Antonio Tabucchi. La gastrite di Platone
409 Giuseppe Pitrè, Leonardo Sciascia. Urla senza suono. Graffiti e disegni dei prigionieri dell'Inquisizione
410 Tullio Pinelli. La casa di Robespierre
411 Mathilde Mauté. Moglie di Verlaine
412 Maria Messina. Personcine
413 Pierluigi Celli. Addio al padre
414 Santo Piazzese. La doppia vita di M. Laurent
415 Luciano Canfora. La lista di Andocide
416 D. J. Taylor. L'accordo inglese
417 Roberto Bolaño. La letteratura nazista in America
418 Rodolfo Walsh. Variazioni in rosso
419 Penelope Fitzgerald. Il fiore azzurro
420 Gaston Leroux. La poltrona maledetta
421 Maria Messina. Dopo l'inverno
422 Maria Cristina Faraoni. I giorni delle bisce nere
423 Andrea Camilleri. Il corso delle cose
424 Anthelme Brillat-Savarin. Fisiologia del gusto
425 Friedrich Christian Delius. La passeggiata da Rostock a Siracusa
426 Penelope Fitzgerald. La libreria
427 Boris Vian. Autunno a Pechino
428 Marco Ferrari. Ti ricordi Glauber
429 Salvatore Nicosia. Peppe Radar

430 Sergej Dovlatov. Straniera
431 Marco Ferrari. I sogni di Tristan
432 Ignazio Buttitta. La mia vita vorrei scriverla cantando
433 Sergio Atzeni. Raccontar fole
434 Leonardo Sciascia. Fatti diversi di storia letteraria e civile
435 Luisa Adorno. Sebben che siamo donne...
436 Philip K. Dick. Le tre stimmate di Palmer Eldritch
437 Philip K. Dick. Tempo fuori luogo
438 Adriano Sofri. Piccola posta
439 Jorge Ibargüengoitia. Due delitti
440 Rex Stout. Il guanto
441 Marco Denevi. Assassini dei giorni di festa
442 Margaret Doody. Aristotele detective
443 Noël Calef. Ascensore per il patibolo
444 Marie Belloc Lowndes. Il pensionante
445 Celia Dale. In veste di agnello
446 Ugo Pirro. Figli di ferroviere
447 Penelope Fitzgerald. L'inizio della primavera
448 Giuseppe Pitrè. Goethe in Palermo
449 Sergej Dovlatov. La valigia
450 Giulia Alberico. Madrigale
451 Eduardo Rebulla. Sogni d'acqua
452 Maria Attanasio. Di Concetta e le sue donne
453 Giovanni Verga. Felis-Mulier
454 Friedrich Glauser. La negromante di Endor
455 Ana María Matute. Cavaliere senza ritorno
456 Roberto Bolaño. Stella distante
457 Ugo Cornia. Sulla felicità a oltranza
458 Maurizio Barbato. Thomas Jefferson o della felicità
459 Il compito di latino. Nove racconti e una modesta proposta
460 Giuliana Saladino. Romanzo civile
461 Madame d'Aulnoy. La Bella dai capelli d'oro e altre fiabe
462 Andrea Camilleri. La gita a Tindari
463 Sergej Dovlatov. Compromesso
464 Thomas Hardy. Piccole ironie della vita
465 Luciano Canfora. Un mestiere pericoloso
466 Gian Carlo Fusco. Le rose del ventennio
467 Nathaniel Hawthorne. Lo studente
468 Alberto Vigevani. La febbre dei libri
469 Dezső Kosztolányi. Allodola
470 Joan Lindsay. Picnic a Hanging Rock
471 Manuel Puig. Una frase, un rigo appena
472 Penelope Fitzgerald. Il cancello degli angeli
473 Marcello Sorgi. La testa ci fa dire. Dialogo con Andrea Camilleri

474 Pablo De Santis. Lettere e filosofia
475 Alessandro Perissinotto. La canzone di Colombano
476 Marta Franceschini. La discesa della paura
477 Margaret Doody. Aristotele e il giavellotto fatale
478 Osman Lins. L'isola nello spazio
479 Alicia Giménez-Bartlett. Giorno da cani
480 Josephine Tey. La figlia del tempo
481 Manuel Puig. The Buenos Aires Affair
482 Silvina Ocampo. Autobiografia di Irene
483 Louise de Vilmorin. La lettera in un taxi
484 Marinette Pendola. La riva lontana
485 Camilo Castelo Branco. Amore di perdizione
486 Pier Antonio Quarantotti Gambini. L'onda dell'incrociatore
487 Sergej Dovlatov. Noialtri
488 Ugo Pirro. Le soldatesse
489 Berkeley, Dorcey, Healy, Jordan, MacLaverty, McCabe, McGahern, Montague, Morrissy, Ó Cadhain, Ó Dúill, Park, Redmond. Irlandesi
490 Di Giacomo, Dossi, Moretti, Neera, Negri, Pariani, Pirandello, Prosperi, Scerbanenco, Serao, Tozzi. Maestrine. Dieci racconti e un ritratto
491 Margaret Doody. Aristotele e la giustizia poetica
492 Theodore Dreiser. Un caso di coscienza
493 Roberto Bolaño. Chiamate telefoniche
494 Aganoor, Bernardini, Contessa Lara, Guglielminetti, Jolanda, Prosperi, Regina di Luanto, Serao, Térésah, Vertua Gentile. Tra letti e salotti
495 Antonio Pizzuto. Si riparano bambole
496 Paola Pitagora. Fiato d'artista
497 Vernon Lee. Dionea e altre storie fantastiche
498 Ugo Cornia. Quasi amore
499 Luigi Settembrini. I Neoplatonici
500
501 Alessandra Lavagnino. Una granita di caffè con panna
502 Prosper Mérimée. Lettere a una sconosciuta
503 Le storie di Giufà
504 Giuliana Saladino. Terra di rapina
505 Guido Gozzano. La signorina Felicita e le poesie dei «Colloqui»
506 Ackworth, Forsyth, Harrington, Holding, Melyan, Moyes, Rendell, Stoker, Vickers, Wells, Woolf, Zuroy. Il gatto di miss Paisley. Dodici racconti gialli con animali
507 Andrea Camilleri. L'odore della notte
508 Dashiell Hammett. Un matrimonio d'amore
509 Augusto De Angelis. Il mistero delle tre orchidee
510 Wilkie Collins. La follia dei Monkton

511 Pablo De Santis. La traduzione
512 Alicia Giménez-Bartlett. Messaggeri dell'oscurità
513 Elisabeth Sanxay Holding. Una barriera di vuoto
514 Gian Mauro Costa. Yesterday
515 Renzo Segre. Venti mesi
516 Alberto Vigevani. Estate al lago
517 Luisa Adorno, Daniele Pecorini-Manzoni. Foglia d'acero
518 Gian Carlo Fusco. Guerra d'Albania
519 Alejo Carpentier. Il secolo dei lumi
520 Andrea Camilleri. Il re di Girgenti
521 Tullio Kezich. Il campeggio di Duttogliano
522 Lorenzo Magalotti. Saggi di naturali esperienze
523 Angeli, Bazzero, Contessa Lara, De Amicis, De Marchi, Deledda, Di Giacomo, Fleres, Fogazzaro, Ghislanzoni, Marchesa Colombi, Molineri, Pascoli, Pirandello, Tarchetti. Notti di dicembre. Racconti di Natale dell'Ottocento
524 Lionello Massobrio. Dimenticati
525 Vittorio Gassman. Intervista sul teatro
526 Gabriella Badalamenti. Come l'oleandro
527 La seduzione nel Celeste Impero
528 Alicia Giménez-Bartlett. Morti di carta
529 Margaret Doody. Gli alchimisti
530 Daria Galateria. Entre nous
531 Alessandra Lavagnino. Le bibliotecarie di Alessandria
532 Jorge Ibargüengoitia. I lampi di agosto
533 Carola Prosperi. Eva contro Eva
534 Viktor Šklovskij. Zoo o lettere non d'amore
535 Sergej Dovlatov. Regime speciale
536 Chiusole, Eco, Hugo, Nerval, Musil, Ortega y Gasset. Libri e biblioteche
537 Rodolfo Walsh. Operazione massacro
538 Turi Vasile. La valigia di fibra
539 Augusto De Angelis. L'Albergo delle Tre Rose
540 Franco Enna. L'occhio lungo
541 Alicia Giménez-Bartlett. Riti di morte
542 Anton Čechov. Il fiammifero svedese
543 Penelope Fitzgerald. Il Fanciullo d'oro
544 Giorgio Scerbanenco. Uccidere per amore
545 Margaret Doody. Aristotele e il mistero della vita
546 Gianrico Carofiglio. Testimone inconsapevole
547 Gilbert Keith Chesterton. Come si scrive un giallo
548 Giulia Alberico. Il gioco della sorte
549 Angelo Morino. In viaggio con Junior
550 Dorothy Wordsworth. I diari di Grasmere
551 Giles Lytton Strachey. Ritratti in miniatura

552 Luciano Canfora. Il copista come autore
553 Giuseppe Prezzolini. Storia tascabile della letteratura italiana
554 Gian Carlo Fusco. L'Italia al dente
555 Marcella Cioni. La porta tra i delfini
556 Marisa Fenoglio. Mai senza una donna
557 Ernesto Ferrero. Elisa
558 Santo Piazzese. Il soffio della valanga
559 Penelope Fitzgerald. Voci umane
560 Mary Cholmondeley. Il gradino più basso
561 Anthony Trollope. L'amministratore
562 Alberto Savinio. Dieci processi
563 Guido Nobili. Memorie lontane
564 Giuseppe Bonaviri. Il vicolo blu
565 Paolo D'Alessandro. Colloqui
566 Alessandra Lavagnino. I Daneu. Una famiglia di antiquari
567 Leonardo Sciascia scrittore editore ovvero La felicità di far libri
568 Alexandre Dumas. Ascanio
569 Mario Soldati. America primo amore
570 Andrea Camilleri. Il giro di boa
571 Anatole Le Braz. La leggenda della morte
572 Penelope Fitzgerald. La casa sull'acqua
573 Sergio Atzeni. Gli anni della grande peste
574 Roberto Bolaño. Notturno cileno
575 Alicia Giménez-Bartlett. Serpenti nel Paradiso
576 Alessandro Perissinotto. Treno 8017
577 Augusto De Angelis. Il mistero di Cinecittà
578 Françoise Sagan. La guardia del cuore
579 Gian Carlo Fusco. Gli indesiderabili
580 Pierre Boileau, Thomas Narcejac. La donna che visse due volte
581 John Mortimer. Avventure di un avvocato
582 François Fejtö. Viaggio sentimentale
583 Pietro Verri. A mia figlia
584 Toni Maraini. Ricordi d'arte e prigionia di Topazia Alliata
585 Andrea Camilleri. La presa di Macallè
586 Guillaume Prévost. I sette delitti di Roma
587 Margaret Doody. Aristotele e l'anello di bronzo
588 Guido Gozzano. Fiabe e novelline
589 Gaetano Savatteri. La ferita di Vishinskij
590 Gianrico Carofiglio. Ad occhi chiusi
591 Ana María Matute. Piccolo teatro
592 Mario Soldati. I racconti del Maresciallo
593 Benedetto Croce. Luisa Sanfelice e la congiura dei Baccher
594 Roberto Bolaño. Puttane assassine
595 Giorgio Scerbanenco. La mia ragazza di Magdalena

596 Elio Petri. Roma ore 11
597 Raymond Radiguet. Il ballo del conte d'Orgel
598 Penelope Fitzgerald. Da Freddie
599 Poesia dell'Islam
600
601 Augusto De Angelis. La barchetta di cristallo
602 Manuel Puig. Scende la notte tropicale
603 Gian Carlo Fusco. La lunga marcia
604 Ugo Cornia. Roma
605 Lisa Foa. È andata così
606 Vittorio Nisticò. L'Ora dei ricordi
607 Pablo De Santis. Il calligrafo di Voltaire
608 Anthony Trollope. Le torri di Barchester
609 Mario Soldati. La verità sul caso Motta
610 Jorge Ibargüengoitia. Le morte
611 Alicia Giménez-Bartlett. Un bastimento carico di riso
612 Luciano Folgore. La trappola colorata
613 Giorgio Scerbanenco. Rossa
614 Luciano Anselmi. Il palazzaccio
615 Guillaume Prévost. L'assassino e il profeta
616 John Ball. La calda notte dell'ispettore Tibbs
617 Michele Perriera. Finirà questa malìa?
618 Alexandre Dumas. I Cenci
619 Alexandre Dumas. I Borgia
620 Mario Specchio. Morte di un medico
621 Giorgio Frasca Polara. Cose di Sicilia e di siciliani
622 Sergej Dovlatov. Il Parco di Puškin
623 Andrea Camilleri. La pazienza del ragno
624 Pietro Pancrazi. Della tolleranza
625 Edith de la Héronnière. La ballata dei pellegrini
626 Roberto Bassi. Scaramucce sul lago Ladoga
627 Alexandre Dumas. Il grande dizionario di cucina
628 Eduardo Rebulla. Stati di sospensione
629 Roberto Bolaño. La pista di ghiaccio
630 Domenico Seminerio. Senza re né regno
631 Penelope Fitzgerald. Innocenza
632 Margaret Doody. Aristotele e i veleni di Atene
633 Salvo Licata. Il mondo è degli sconosciuti
634 Mario Soldati. Fuga in Italia
635 Alessandra Lavagnino. Via dei Serpenti
636 Roberto Bolaño. Un romanzetto canaglia
637 Emanuele Levi. Il giornale di Emanuele
638 Maj Sjöwall, Per Wahlöö. Roseanna
639 Anthony Trollope. Il Dottor Thorne

640 Studs Terkel. I giganti del jazz
641 Manuel Puig. Il tradimento di Rita Hayworth
642 Andrea Camilleri. Privo di titolo
643 Anonimo. Romanzo di Alessandro
644 Gian Carlo Fusco. A Roma con Bubù
645 Mario Soldati. La giacca verde
646 Luciano Canfora. La sentenza
647 Annie Vivanti. Racconti americani
648 Piero Calamandrei. Ada con gli occhi stellanti. Lettere 1908-1915
649 Budd Schulberg. Perché corre Sammy?
650 Alberto Vigevani. Lettera al signor Alzheryan
651 Isabelle de Charrière. Lettere da Losanna
652 Alexandre Dumas. La marchesa di Ganges
653 Alexandre Dumas. Murat
654 Constantin Photiadès. Le vite del conte di Cagliostro
655 Augusto De Angelis. Il candeliere a sette fiamme
656 Andrea Camilleri. La luna di carta
657 Alicia Giménez-Bartlett. Il caso del lituano
658 Jorge Ibargüengoitia. Ammazzate il leone
659 Thomas Hardy. Una romantica avventura
660 Paul Scarron. Romanzo buffo
661 Mario Soldati. La finestra
662 Roberto Bolaño. Monsieur Pain
663 Louis-Alexandre Andrault de Langeron. La battaglia di Austerlitz
664 William Riley Burnett. Giungla d'asfalto
665 Maj Sjöwall, Per Wahlöö. Un assassino di troppo
666 Guillaume Prévost. Jules Verne e il mistero della camera oscura
667 Honoré de Balzac. Massime e pensieri di Napoleone
668 Jules Michelet, Athénaïs Mialaret. Lettere d'amore
669 Gian Carlo Fusco. Mussolini e le donne
670 Pier Luigi Celli. Un anno nella vita
671 Margaret Doody. Aristotele e i Misteri di Eleusi
672 Mario Soldati. Il padre degli orfani
673 Alessandra Lavagnino. Un inverno. 1943-1944
674 Anthony Trollope. La Canonica di Framley
675 Domenico Seminerio. Il cammello e la corda
676 Annie Vivanti. Marion artista di caffè-concerto
677 Giuseppe Bonaviri. L'incredibile storia di un cranio
678 Andrea Camilleri. La vampa d'agosto
679 Mario Soldati. Cinematografo
680 Pierre Boileau, Thomas Narcejac. I vedovi
681 Honoré de Balzac. Il parroco di Tours
682 Béatrix Saule. La giornata di Luigi XIV. 16 novembre 1700
683 Roberto Bolaño. Il gaucho insostenibile

684 Giorgio Scerbanenco. Uomini ragno
685 William Riley Burnett. Piccolo Cesare
686 Maj Sjöwall, Per Wahlöö. L'uomo al balcone
687 Davide Camarrone. Lorenza e il commissario
688 Sergej Dovlatov. La marcia dei solitari
689 Mario Soldati. Un viaggio a Lourdes
690 Gianrico Carofiglio. Ragionevoli dubbi
691 Tullio Kezich. Una notte terribile e confusa
692 Alexandre Dumas. Maria Stuarda
693 Clemente Manenti. Ungheria 1956. Il cardinale e il suo custode
694 Andrea Camilleri. Le ali della sfinge
695 Gaetano Savatteri. Gli uomini che non si voltano
696 Giuseppe Bonaviri. Il sarto della stradalunga
697 Constant Wairy. Il valletto di Napoleone
698 Gian Carlo Fusco. Papa Giovanni
699 Luigi Capuana. Il Raccontafiabe
700
701 Angelo Morino. Rosso taranta
702 Michele Perriera. La casa
703 Ugo Cornia. Le pratiche del disgusto
704 Luigi Filippo d'Amico. L'uomo delle contraddizioni. Pirandello visto da vicino
705 Giuseppe Scaraffia. Dizionario del dandy
706 Enrico Micheli. Italo
707 Andrea Camilleri. Le pecore e il pastore
708 Maria Attanasio. Il falsario di Caltagirone
709 Roberto Bolaño. Anversa
710 John Mortimer. Nuovi casi per l'avvocato Rumpole
711 Alicia Giménez-Bartlett. Nido vuoto
712 Toni Maraini. La lettera da Benares
713 Maj Sjöwall, Per Wahlöö. Il poliziotto che ride
714 Budd Schulberg. I disincantati
715 Alda Bruno. Germani in bellavista
716 Marco Malvaldi. La briscola in cinque
717 Andrea Camilleri. La pista di sabbia
718 Stefano Vilardo. Tutti dicono Germania Germania
719 Marcello Venturi. L'ultimo veliero
720 Augusto De Angelis. L'impronta del gatto
721 Giorgio Scerbanenco. Annalisa e il passaggio a livello
722 Anthony Trollope. La Casetta ad Allington
723 Marco Santagata. Il salto degli Orlandi
724 Ruggero Cappuccio. La notte dei due silenzi
725 Sergej Dovlatov. Il libro invisibile
726 Giorgio Bassani. I Promessi Sposi. Un esperimento

727 Andrea Camilleri. Maruzza Musumeci
728 Furio Bordon. Il canto dell'orco
729 Francesco Laudadio. Scrivano Ingannamorte
730 Louise de Vilmorin. Coco Chanel
731 Alberto Vigevani. All'ombra di mio padre
732 Alexandre Dumas. Il cavaliere di Sainte-Hermine
733 Adriano Sofri. Chi è il mio prossimo
734 Gianrico Carofiglio. L'arte del dubbio
735 Jacques Boulenger. Il romanzo di Merlino
736 Annie Vivanti. I divoratori
737 Mario Soldati. L'amico gesuita
738 Umberto Domina. La moglie che ha sbagliato cugino
739 Maj Sjöwall, Per Wahlöö. L'autopompa fantasma
740 Alexandre Dumas. Il tulipano nero
741 Giorgio Scerbanenco. Sei giorni di preavviso
742 Domenico Seminerio. Il manoscritto di Shakespeare
743 André Gorz. Lettera a D. Storia di un amore
744 Andrea Camilleri. Il campo del vasaio
745 Adriano Sofri. Contro Giuliano. Noi uomini, le donne e l'aborto
746 Luisa Adorno. Tutti qui con me
747 Carlo Flamigni. Un tranquillo paese di Romagna
748 Teresa Solana. Delitto imperfetto
749 Penelope Fitzgerald. Strategie di fuga
750 Andrea Camilleri. Il casellante
751 Mario Soldati. ah! il Mundial!
752 Giuseppe Bonarivi. La divina foresta
753 Maria Savi-Lopez. Leggende del mare
754 Francisco García Pavón. Il regno di Witiza
755 Augusto De Angelis. Giobbe Tuama & C.
756 Eduardo Rebulla. La misura delle cose
757 Maj Sjöwall, Per Wahlöö. Omicidio al Savoy
758 Gaetano Savatteri. Uno per tutti
759 Eugenio Baroncelli. Libro di candele
760 Bill James. Protezione
761 Marco Malvaldi. Il gioco delle tre carte
762 Giorgio Scerbanenco. La bambola cieca
763 Danilo Dolci. Racconti siciliani
764 Andrea Camilleri. L'età del dubbio
765 Carmelo Samonà. Fratelli
766 Jacques Boulenger. Lancillotto del Lago
767 Hans Fallada. E adesso, pover'uomo?
768 Alda Bruno. Tacchino farcito
769 Gian Carlo Fusco. La Legione straniera
770 Piero Calamandrei. Per la scuola

771 Michèle Lesbre. Il canapé rosso
772 Adriano Sofri. La notte che Pinelli
773 Sergej Dovlatov. Il giornale invisibile
774 Tullio Kezich. Noi che abbiamo fatto La dolce vita
775 Mario Soldati. Corrispondenti di guerra
776 Maj Sjöwall, Per Wahlöö. L'uomo che andò in fumo
777 Andrea Camilleri. Il sonaglio
778 Michele Perriera. I nostri tempi
779 Alberto Vigevani. Il battello per Kew
780 Alicia Giménez-Bartlett. Il silenzio dei chiostri
781 Angelo Morino. Quando internet non c'era
782 Augusto De Angelis. Il banchiere assassinato
783 Michel Maffesoli. Icone d'oggi
784 Mehmet Murat Somer. Scandaloso omicidio a Istanbul
785 Francesco Recami. Il ragazzo che leggeva Maigret
786 Bill James. Confessione
787 Roberto Bolaño. I detective selvaggi
788 Giorgio Scerbanenco. Nessuno è colpevole
789 Andrea Camilleri. La danza del gabbiano
790 Giuseppe Bonaviri. Notti sull'altura
791 Giuseppe Tornatore. Baarìa
792 Alicia Giménez-Bartlett. Una stanza tutta per gli altri
793 Furio Bordon. A gentile richiesta
794 Davide Camarrone. Questo è un uomo
795 Andrea Camilleri. La rizzagliata
796 Jacques Bonnet. I fantasmi delle biblioteche
797 Marek Edelman. C'era l'amore nel ghetto
798 Danilo Dolci. Banditi a Partinico
799 Vicki Baum. Grand Hotel
800
801 Anthony Trollope. Le ultime cronache del Barset
802 Arnoldo Foà. Autobiografia di un artista burbero
803 Herta Müller. Lo sguardo estraneo
804 Gianrico Carofiglio. Le perfezioni provvisorie
805 Gian Mauro Costa. Il libro di legno
806 Carlo Flamigni. Circostanze casuali
807 Maj Sjöwall, Per Wahlöö. L'uomo sul tetto
808 Herta Müller. Cristina e il suo doppio
809 Martin Suter. L'ultimo dei Weynfeldt
810 Andrea Camilleri. Il nipote del Negus
811 Teresa Solana. Scorciatoia per il paradiso
812 Francesco M. Cataluccio. Vado a vedere se di là è meglio
813 Allen S. Weiss. Baudelaire cerca gloria
814 Thornton Wilder. Idi di marzo

815 Esmahan Aykol. Hotel Bosforo
816 Davide Enia. Italia-Brasile 3 a 2
817 Giorgio Scerbanenco. L'antro dei filosofi
818 Pietro Grossi. Martini
819 Budd Schulberg. Fronte del porto
820 Andrea Camilleri. La caccia al tesoro
821 Marco Malvaldi. Il re dei giochi
822 Francisco García Pavón. Le sorelle scarlatte
823 Colin Dexter. L'ultima corsa per Woodstock
824 Augusto De Angelis. Sei donne e un libro
825 Giuseppe Bonaviri. L'enorme tempo
826 Bill James. Club
827 Alicia Giménez-Bartlett. Vita sentimentale di un camionista
828 Maj Sjöwall, Per Wahlöö. La camera chiusa
829 Andrea Molesini. Non tutti i bastardi sono di Vienna
830 Michèle Lesbre. Nina per caso
831 Herta Müller. In trappola
832 Hans Fallada. Ognuno muore solo
833 Andrea Camilleri. Il sorriso di Angelica
834 Eugenio Baroncelli. Mosche d'inverno
835 Margaret Doody. Aristotele e i delitti d'Egitto
836 Sergej Dovlatov. La filiale
837 Anthony Trollope. La vita oggi
838 Martin Suter. Com'è piccolo il mondo!
839 Marco Malvaldi. Odore di chiuso
840 Giorgio Scerbanenco. Il cane che parla
841 Festa per Elsa
842 Paul Léautaud. Amori
843 Claudio Coletta. Viale del Policlinico
844 Luigi Pirandello. Racconti per una sera a teatro
845 Andrea Camilleri. Gran Circo Taddei e altre storie di Vigàta
846 Paolo Di Stefano. La catastròfa. Marcinelle 8 agosto 1956
847 Carlo Flamigni. Senso comune
848 Antonio Tabucchi. Racconti con figure
849 Esmahan Aykol. Appartamento a Istanbul
850 Francesco M. Cataluccio. Chernobyl
851 Colin Dexter. Al momento della scomparsa la ragazza indossava
852 Simonetta Agnello Hornby. Un filo d'olio
853 Lawrence Block. L'Ottavo Passo
854 Carlos María Domínguez. La casa di carta
855 Luciano Canfora. La meravigliosa storia del falso Artemidoro
856 Ben Pastor. Il Signore delle cento ossa
857 Francesco Recami. La casa di ringhiera
858 Andrea Camilleri. Il gioco degli specchi

859 Giorgio Scerbanenco. Lo scandalo dell'osservatorio astronomico
860 Carla Melazzini. Insegnare al principe di Danimarca
861 Bill James. Rose, rose
862 Roberto Bolaño, A. G. Porta. Consigli di un discepolo di Jim Morrison a un fanatico di Joyce
863 Stefano Benni. La traccia dell'angelo
864 Martin Suter. Allmen e le libellule
865 Giorgio Scerbanenco. Nebbia sul Naviglio e altri racconti gialli e neri
866 Danilo Dolci. Processo all'articolo 4
867 Maj Sjöwall, Per Wahlöö. Terroristi
868 Ricardo Romero. La sindrome di Rasputin
869 Alicia Giménez-Bartlett. Giorni d'amore e inganno
870 Andrea Camilleri. La setta degli angeli
871 Guglielmo Petroni. Il nome delle parole
872 Giorgio Fontana. Per legge superiore
873 Anthony Trollope. Lady Anna
874 Gian Mauro Costa, Carlo Flamigni, Alicia Giménez-Bartlett, Marco Malvaldi, Ben Pastor, Santo Piazzese, Francesco Recami. Un Natale in giallo
875 Marco Malvaldi. La carta più alta
876 Franz Zeise. L'Armada
877 Colin Dexter. Il mondo silenzioso di Nicholas Quinn
878 Salvatore Silvano Nigro. Il Principe fulvo
879 Ben Pastor. Lumen
880 Dante Troisi. Diario di un giudice
881 Ginevra Bompiani. La stazione termale